20 世纪中国古代文化经典域外传播研究书系

张西平　总主编

日本明治时期刊行的中国文学史研究

赵苗　著

中原出版传媒集团
大地传媒

大象出版社
·郑州·

图书在版编目(CIP)数据

日本明治时期刊行的中国文学史研究/赵苗著.—郑州：大象出版社，2018.6
(20世纪中国古代文化经典域外传播研究书系)
ISBN 978-7-5347-9654-8

Ⅰ.①日… Ⅱ.①赵… Ⅲ.①中国文学—古代文学史—1882—1919 Ⅳ.①I209

中国版本图书馆CIP数据核字(2017)第324272号

20世纪中国古代文化经典域外传播研究书系

日本明治时期刊行的中国文学史研究

RIBEN MINGZHI SHIQI KANXING DE ZHONGGUO WENXUESHI YANJIU

赵　苗　著

出 版 人	王刘纯
项目统筹	张前进　刘东蓬
责任编辑	张韶闻
责任校对	毛　路　李婧慧
装帧设计	张　帆

出版发行	大象出版社(郑州市开元路16号　邮政编码450044)
	发行科　0371-63863551　总编室　0371-65597936
网　　址	www.daxiang.cn
印　　刷	郑州市毛庄印刷厂
经　　销	各地新华书店经销
开　　本	787mm×1092mm　1/16
印　　张	16.5
字　　数	253千字
版　　次	2018年6月第1版　2018年6月第1次印刷
定　　价	69.00元

若发现印、装质量问题，影响阅读，请与承印厂联系调换。
印厂地址　郑州市惠济区清华园路毛庄工业园
邮政编码　450044　　　　电话　0371-63784396

总　序

张西平[①]

呈现在读者面前的这套"20世纪中国古代文化经典域外传播研究书系"是我2007年所申请的教育部哲学社会科学研究重大课题攻关项目的成果。

这套丛书的基本设计是：导论1卷，编年8卷，中国古代文化域外传播专题研究10卷，共计19卷。

中国古代文化经典在域外的传播和影响是一个崭新的研究领域，之前中外学术界从未对此进行过系统研究。它突破了以往将中国古代文化经典的研究局限于中国本土的研究方法，将研究视野扩展到世界主要国家，研究中国古代文化经典在那里的传播和影响，以此说明中国文化的世界性意义。

我在申请本课题时，曾在申请表上如此写道：

> 研究20世纪中国古代文化经典在域外的传播和影响，可以使我们走出"东方与西方""现代与传统"的二元思维，在世界文化的范围内考察中国文化的价值，以一种全球视角来重新审视中国古代文化的影响和现代价值，揭示中国文化的普世性意义。这样的研究对于消除当前中国学术界、文化界所存在的对待中国古代文化的焦虑和彷徨，对于整个社会文化转型中的中国重新

[①] 北京外国语大学中国海外汉学研究中心（现在已经更名为"国际中国文化研究院"）原主任，中国文化走出去协同创新中心原副主任。

确立对自己传统文化的自信,树立文化自觉,都具有极其重要的思想文化意义。

通过了解20世纪中国古代文化经典在域外的传播与接受,我们也可以进一步了解世界各国的中国观,了解中国古代文化如何经过"变异",融合到世界各国的文化之中。通过对20世纪中国古代文化经典在域外传播和影响的研究,我们可以总结出中国文化向外部世界传播的基本规律、基本经验、基本方法,为国家制定全球文化战略做好前期的学术准备,为国家对外传播中国文化宏观政策的制定提供学术支持。

中国文化在海外的传播,域外汉学的形成和发展,昭示着中国文化的学术研究已经成为一个全球的学术事业。本课题的设立将打破国内学术界和域外汉学界的分隔与疏离,促进双方的学术互动。对中国学术来说,课题的重要意义在于:使国内学术界了解域外汉学界对中国古代文化研究的进展,以"它山之石"攻玉。通过本课题的研究,国内学术界了解了域外汉学界在20世纪关于中国古代文化经典的研究成果和方法,从而在观念上认识到:对中国古代文化经典的研究已经不再仅仅属于中国学术界本身,而应以更加开阔的学术视野展开对中国古代文化经典的研究与探索。

这样一个想法,在我们这项研究中基本实现了。但我们应该看到,对中国古代文化经典在域外的传播与影响的研究绝非我们这样一个课题就可以完成的。这是一个崭新的学术方向和领域,需要学术界长期关注与研究。基于这样的考虑,在课题设计的布局上我们的原则是:立足基础,面向未来,着眼长远。我们希望本课题的研究为今后学术的进一步发展打下坚实的基础。为此,在导论中,我们初步勾勒出中国古代文化经典在西方传播的轨迹,并从理论和文献两个角度对这个研究领域的方法论做了初步的探讨。在编年系列部分,我们从文献目录入手,系统整理出20世纪以来中国古代文化经典在世界主要国家的传播编年。编年体是中国传统记史的一个重要体裁,这样大规模的中国文化域外传播的编年研究在世界上是首次。专题研究则是从不同的角度对这个主题的深化。

为完成这个课题,30余位国内外学者奋斗了7年,到出版时几乎是用了10年时间。尽管我们取得了一定的成绩,这个研究还是刚刚开始,待继续努力的方向还很多。如:这里的中国古代文化经典主要侧重于以汉文化为主体,但中国古代文化是一个"多元一体"的文化,在其长期发展中,少数民族的古代文化经典已经逐步融合到汉文化的主干之中,成为中华文化充满活力、不断发展的动力和原因之一。由于时间和知识的限制,在本丛书中对中国古代少数民族的经典在域外的传播研究尚未全面展开,只是在个别卷中有所涉猎。在语言的广度上也待扩展,如在欧洲语言中尚未把西班牙语、瑞典语、荷兰语等包括进去,在亚洲语言中尚未把印地语、孟加拉语、僧伽罗语、乌尔都语、波斯语等包括进去。因此,我们只是迈开了第一步,我们希望在今后几年继续完成中国古代文化在使用以上语言的国家中传播的编年研究工作。希望在第二版时,我们能把编年卷做得更好,使其成为方便学术界使用的工具书。

中国文化是全球性的文化,它不仅在东亚文化圈、欧美文化圈产生过重要影响,在东南亚、南亚、阿拉伯世界也都产生过重要影响。因此,本丛书尽力将中国古代文化经典在多种文化区域传播的图景展现出来。或许这些研究仍待深化,但这样一个图景会使读者对中国文化的影响力有一个更为全面的认识。

中国古代文化经典的域外传播研究近年来逐步受到学术界的重视,据初步统计,目前出版的相关专著已经有十几本之多,相关博士论文已经有几十篇,国家社科基金课题及教育部课题中与此相关的也有十余个。随着国家"一带一路"倡议的提出,中国文化"走出去"战略也开始更加关注这个方向。应该说,这个领域的研究进步很大,成果显著。但由于这是一个跨学科的崭新研究领域,尚有不少问题需要我们深入思考。例如,如何更加深入地展开这一领域的研究? 如何从知识和学科上把握这个研究领域? 通过什么样的路径和方法展开这个领域的研究? 这个领域的研究在学术上的价值和意义何在? 对这些问题笔者在这里进行初步的探讨。

一、历史:展开中国典籍外译研究的基础

根据目前研究,中国古代文化典籍第一次被翻译为欧洲语言是在1592年,由来自西班牙的传教士高母羡(Juan Cobo,1546—1592)[①]第一次将元末明初的中国

[①] "'Juan Cobo',是他在1590年寄给危地马拉会友信末的落款签名,也是同时代的欧洲作家对他的称呼;'高母羡',是1593年马尼拉出版的中文著作《辩正教真传实录》一书扉页上的作者;'羡高茂',是1592年他在翻译菲律宾总督致丰臣秀吉的回信中使用的署名。"蒋薇:《1592年高母羡(Fr.Juan Cobo)出使日本之行再议》,硕士论文抽样本,北京:北京外国语大学;方豪:《中国天主教史人物传》(上),北京:中华书局,1988年,第83—89页。

文人范立本所编著的收录中国文化先贤格言的蒙学教材《明心宝鉴》翻译成西班牙文。《明心宝鉴》收入了孔子、孟子、庄子、老子、朱熹等先哲的格言,于洪武二十六年(1393)刊行。如此算来,欧洲人对中国古代文化典籍的翻译至今已有424年的历史。要想展开相关研究,对研究者最基本的要求就是熟知西方汉学的历史。

仅仅拿着一个译本,做单独的文本研究是远远不够的。这些译本是谁翻译的? 他的身份是什么? 他是哪个时期的汉学家? 他翻译时的中国助手是谁? 他所用的中文底本是哪个时代的刻本? ……这些都涉及对汉学史及中国文化史的了解。例如,如果对《明心宝鉴》的西班牙译本进行研究,就要知道高母羡的身份,他是道明会的传教士,在菲律宾完成此书的翻译,此书当时为生活在菲律宾的道明会传教士学习汉语所用。他为何选择了《明心宝鉴》而不是其他儒家经典呢? 因为这个本子是他从当时来到菲律宾的中国渔民那里得到的,这些侨民只是粗通文墨,不可能带有很经典的儒家本子,而《菜根谭》和《明心宝鉴》是晚明时期民间流传最为广泛的儒家伦理格言书籍。由于这是以闽南话为基础的西班牙译本,因此书名、人名及部分难以意译的地方,均采取音译方式,其所注字音当然也是闽南语音。我们对这个译本进行研究就必须熟悉闽南语。同时,由于译者是天主教传教士,因此研究者只有对欧洲天主教的历史发展和天主教神学思想有一定的了解,才能深入其文本的翻译研究之中。

又如,法国第一位专业汉学家雷慕沙(Jean Pierre Abel Rémusat,1788—1832)的博士论文是关于中医研究的《论中医舌苔诊病》(*Dissertatio de glossosemeiotice sive de signis morborum quae è linguâ sumuntur, praesertim apud sinenses*,1813,Thése,Paris)。论文中翻译了中医的一些基本文献,这是中医传向西方的一个重要环节。如果做雷慕沙这篇文献的研究,就必须熟悉西方汉学史,因为雷慕沙并未来过中国,他关于中医的知识是从哪里得来的呢? 这些知识是从波兰传教士卜弥格(Michel Boym,1612—1659)那里得来的。卜弥格的《中国植物志》"是西方研究中国动植物的第一部科学著作,曾于1656年在维也纳出版,还保存了原著中介绍的每一种动植物的中文名称和卜弥格为它们绘制的二十七幅图像。后来因为这部著作受到欧洲读者极大的欢迎,在1664年,又发表了它的法文译本,名为《耶稣会士卜弥格神父写的一篇论特别是来自中国的花、水果、植物和个别动物的论文》……

荷兰东印度公司一位首席大夫阿德列亚斯·克莱耶尔(Andreas Clayer)……1682年在德国出版的一部《中医指南》中,便将他所得到的卜弥格的《中医处方大全》《通过舌头的颜色和外部状况诊断疾病》《一篇论脉的文章》和《医学的钥匙》的部分章节以他的名义发表了"①。这就是雷慕沙研究中医的基本材料的来源。如果对卜弥格没有研究,那就无法展开对雷慕沙的研究,更谈不上对中医西传的研究和翻译时的历史性把握。

这说明研究者要熟悉从传教士汉学到专业汉学的发展历史,只有如此才能展开研究。西方汉学如果从游记汉学算起已经有七百多年的历史,如果从传教士汉学算起已经有四百多年的历史,如果从专业汉学算起也有近二百年的历史。在西方东方学的历史中,汉学作为一个独立学科存在的时间并不长,但学术的传统和人脉一直在延续。正像中国学者做研究必须熟悉本国学术史一样,做中国文化典籍在域外的传播研究首先也要熟悉域外各国的汉学史,因为绝大多数的中国古代文化典籍的译介是由汉学家们完成的。不熟悉汉学家的师承、流派和学术背景,自然就很难做好中国文化的海外传播研究。

上面这两个例子还说明,虽然西方汉学从属于东方学,但它是在中西文化交流的历史中产生的。这就要求研究者不仅要熟悉西方汉学史,也要熟悉中西文化交流史。例如,如果不熟悉元代的中西文化交流史,那就无法读懂《马可·波罗游记》;如果不熟悉明清之际的中西文化交流史,也就无法了解以利玛窦为代表的传教士汉学家们的汉学著作,甚至完全可能如堕烟海,不知从何下手。上面讲的卜弥格是中医西传第一人,在中国古代文化典籍西传方面贡献很大,但他同时又是南明王朝派往梵蒂冈教廷的中国特使,在明清时期中西文化交流史上占有重要的地位。如果不熟悉明清之际的中西文化交流史,那就无法深入展开研究。即使一些没有来过中国的当代汉学家,在其进行中国典籍的翻译时,也会和中国当时的历史与人物发生联系并受到影响。例如20世纪中国古代文化经典最重要的翻译家阿瑟·韦利(Arthur David Waley,1889—1966)与中国作家萧乾、胡适的交往,都对他的翻译活动产生过影响。

历史是进行一切人文学科研究的基础,做中国古代文化经典在域外的传播研

---

① 张振辉:《卜弥格与明清之际中学的西传》,《中国史研究》2011年第3期,第184—185页。

究尤其如此。

中国学术界对西方汉学的典籍翻译的研究起源于清末民初之际。辜鸿铭对西方汉学家的典籍翻译多有微词。那时的中国学术界对西方汉学界已经不陌生,不仅不陌生,实际上晚清时期对中国学问产生影响的西学中也包括汉学。① 近代以来,中国学术的发展是西方汉学界与中国学界互动的结果,我们只要提到伯希和、高本汉、葛兰言在民国时的影响就可以知道。② 但中国学术界自觉地将西方汉学作为一个学科对象加以研究和分梳的历史并不长,研究者大多是从自己的专业领域对西方汉学发表评论,对西方汉学的学术历史研究甚少。莫东言的《汉学发达史》到1936年才出版,实际上这本书中的绝大多数知识来源于日本学者石田干之助的《欧人之汉学研究》③。近30年来中国学术界对西方汉学的研究有了长足进展,个案研究、专书和专人研究及国别史研究都有了重大突破。像徐光华的《国外汉学史》、阎纯德主编的《列国汉学史》等都可以为我们的研究提供初步的线索。但应看到,对国别汉学史的研究才刚刚开始,每一位从事中国典籍外译研究的学者都要注意对汉学史的梳理。我们应承认,至今令学术界满意的中国典籍外译史的专著并不多见,即便是国别体的中国典籍外译的专题历史研究著作都尚未出现。④ 因为这涉及太多的语言和国家,绝非短期内可以完成。随着国家"一带一路"倡议的提出,了解沿路国家文化与中国文化之间的互动历史是学术研究的题中应有之义。但一旦我们翻阅学术史文献就会感到,在这个领域我们需要做的事情还有很多,尤其需要增强对沿路国家文化与中国文化互动的了解。百年以西为师,我们似乎忘记了家园和邻居,悲矣! 学术的发展总是一步步向前的,愿我们沿着季羡林先生开辟的中国东方学之路,由历史而入,拓展中国学术发展的新空间。

---

① 罗志田:《西学冲击下近代中国学术分科的演变》,《社会科学研究》2003年第1期。
② 桑兵:《国学与汉学——近代中外学界交往录》,北京:中国人民大学出版社,2010年;李孝迁:《葛兰言在民国学界的反响》,《华东师范大学学报》(哲学社会科学版)2010年第4期。
③ [日]石田干之助:《欧人之汉学研究》,朱滋萃译,北京:北平中法大学出版社,1934年。
④ 马祖毅、任荣珍:《汉籍外译史》,武汉:湖北教育出版社,1997年。这本书尽管是汉籍外译研究的开创性著作,但书中的错误颇多,注释方式也不规范,完全分不清资料的来源。关键在于作者对域外汉学史并未深入了解,仅在二手文献基础上展开研究。学术界对这本书提出了批评,见许冬平《〈汉籍外译史〉还是〈汉籍歪译史〉?》,光明网,2011年8月21日。

二、文献：西方汉学文献学亟待建立

张之洞在《书目答问》中开卷就说："诸生好学者来问应读何书,书以何本为善。偏举既嫌绛漏,志趣学业亦各不同,因录此以告初学。"①学问由目入,读书自识字始,这是做中国传统学问的基本方法。此法也同样适用于中国文化在域外的传播研究及中国典籍外译研究。因为19世纪以前中国典籍的翻译者以传教士为主,传教士的译本在欧洲呈现出非常复杂的情况。17世纪时传教士的一些译本是拉丁文的,例如柏应理和一些耶稣会士联合翻译的《中国哲学家孔子》,其中包括《论语》《大学》《中庸》。这本书的影响很大,很快就有了各种欧洲语言的译本,有些是节译,有些是改译。如果我们没有西方汉学文献学的知识,就搞不清这些译本之间的关系。

18世纪欧洲的流行语言是法语,会法语是上流社会成员的标志。恰好此时来华的传教士由以意大利籍为主转变为以法国籍的耶稣会士为主。这些法国来华的传教士学问基础好,翻译中国典籍极为勤奋。法国传教士的汉学著作中包含了大量的对中国古代文化典籍的介绍和翻译,例如来华耶稣会士李明返回法国后所写的《中国近事报道》(*Nouveaux mémoires sur l'état présent de la Chine*),1696年在巴黎出版。他在书中介绍了中国古代重要的典籍"五经",同时介绍了孔子的生平。李明所介绍的孔子的生平在当时欧洲出版的来华耶稣会士的汉学著作中是最详细的。这本书出版后在四年内竟然重印五次,并有了多种译本。如果我们对法语文本和其他文本之间的关系不了解,就很难做好翻译研究。

进入19世纪后,英语逐步取得霸主地位,英文版的中国典籍译作逐渐增加,版本之间的关系也更加复杂。美国诗人庞德在翻译《论语》时,既参照早年由英国汉学家柯大卫(David Collie)翻译的第一本英文版"四书"②,也参考理雅各的译本,如果只是从理雅各的译本来研究庞德的翻译肯定不全面。

20世纪以来对中国典籍的翻译一直在继续,翻译的范围不断扩大。学者研

---

① 〔清〕张之洞著,范希曾补正:《书目答问补正》,上海:上海古籍出版社,2001年,第3页。
② David Collie, *The Four Books*, Malacca: Printed at Mission Press, 1828.

究百年的《论语》译本的数量就很多,《道德经》的译本更是不计其数。有的学者说世界上译本数量极其巨大的文化经典文本有两种,一种是《圣经》,另一种就是《道德经》。

这说明我们在从事文明互鉴的研究时,尤其在从事中国古代文化经典在域外的翻译和传播研究时,一定要从文献学入手,从目录学入手,这样才会保证我们在做翻译研究时能够对版本之间的复杂关系了解清楚,为研究打下坚实的基础。中国学术传统中的"辨章学术,考镜源流"在我们致力于域外汉学研究时同样需要。

目前,国家对汉籍外译项目投入了大量的经费,国内学术界也有相当一批学者投入这项事业中。但我们在开始这项工作时应该摸清世界各国已经做了哪些工作,哪些译本是受欢迎的,哪些译本问题较大,哪些译本是节译,哪些译本是全译。只有清楚了这些以后,我们才能确定恰当的翻译策略。显然,由于目前我们在域外汉学的文献学上做得不够理想,对中国古代文化经典的翻译情况若明若暗。因而,国内现在确立的一些翻译计划不少是重复的,在学术上是一种浪费。即便国内学者对这些典籍重译,也需要以前人的工作为基础。

就西方汉学而言,其基础性书目中最重要的是两本目录,一本是法国汉学家考狄编写的《汉学书目》(*Bibliotheca sinica*),另一本是中国著名学者、中国近代图书馆的奠基人之一袁同礼 1958 年出版的《西文汉学书目》(*China in Western Literature: a Continuation of Cordier's Bibliotheca Sinica*)①。

从西方最早对中国的记载到 1921 年西方出版的关于研究中国的书籍,四卷本的考狄书目都收集了,其中包括大量关于中国古代文化典籍的译本目录。袁同礼的《西文汉学书目》则是"接着说",其书名就表明是接着考狄来做的。他编制了 1921—1954 年期间西方出版的关于中国研究的书目,其中包括数量可观的关于中国古代文化典籍的译本目录。袁同礼之后,西方再没有编出一本类似的书目。究其原因,一方面是中国研究的进展速度太快,另一方面是中国研究的范围在快速扩大,在传统的人文学科的思路下已经很难把握快速发展的中国研究。

当然,国外学者近 50 年来还是编制了一些非常重要的专科性汉学研究文献

---

① 书名翻译为《西方文学作品里的中国书目——续考狄之汉学书目》更为准确,《西文汉学书目》简洁些。

目录,特别是关于中国古代文化经典的翻译也有了专题性书目。例如,美国学者编写的《中国古典小说研究与欣赏论文书目指南》①是一本很重要的专题性书目,对于展开中国古典文学在西方的传播研究奠定了基础。日本学者所编的《东洋学文献类目》是当代较权威的中国研究书目,收录了部分亚洲研究的文献目录,但涵盖语言数量有限。当然中国学术界也同样取得了较大的进步,台湾学者王尔敏所编的《中国文献西译书目》②无疑是中国学术界较早的西方汉学书目。汪次昕所编的《英译中文诗词曲索引:五代至清末》③,王丽娜的《中国古典小说戏曲名著在国外》④是新时期第一批从目录文献学上研究西方汉学的著作。林舒俐、郭英德所编的《中国古典戏曲研究英文论著目录》⑤,顾钧、杨慧玲在美国汉学家卫三畏研究的基础上编制的《〈中国丛报〉篇名目录及分类索引》,王国强在其《〈中国评论〉(1872—1901)与西方汉学》中所附的《中国评论》目录和《中国评论》文章分类索引等,都代表了域外汉学和中国古代文化外译研究的最新进展。

从学术的角度看,无论是海外汉学界还是中国学术界在汉学的文献学和目录学上都仍有继续展开基础性研究和学术建设的极大空间。例如,在17世纪和18世纪"礼仪之争"后来华传教士所写的关于在中国传教的未刊文献至今没有基础性书目,这里主要指出傅圣泽和白晋的有关文献就足以说明问题。⑥ 在罗马传信部档案馆、梵蒂冈档案馆、耶稣会档案馆有着大量未刊的耶稣会士关于"礼仪之争"的文献,这些文献多涉及中国典籍的翻译问题。在巴黎外方传教会、方济各传教会也有大量的"礼仪之争"期间关于中国历史文化研究的未刊文献。这些文献目录未整理出来以前,我们仍很难书写一部完整的中国古代文献西文翻译史。

由于中国文化研究已经成为一个国际化的学术事业,无论是美国亚洲学会的

---

① Winston L.Y.Yang, Peter Li and Nathan K.Mao, *Classical Chinese Fiction: A Guide to Its Study and Appreciation—Essays and Bibliographies*, Boston: G.K.Hall & Co., 1978.
② 王尔敏编:《中国文献西译书目》,台北:台湾商务印书馆,1975年。
③ 汪次昕编:《英译中文诗词曲索引:五代至清末》,台北:汉学研究中心,2000年。
④ 王丽娜:《中国古典小说戏曲名著在国外》,上海:学林出版社,1988年。
⑤ 林舒俐、郭英德编:《中国古典戏曲研究英文论著目录》(上),《戏曲研究》2009年第3期;《中国古典戏曲研究英文论著目录》(下),《戏曲研究》2010年第1期。
⑥ [美]魏若望:《耶稣会士傅圣泽神甫传:索隐派思想在中国及欧洲》,吴莉苇译,郑州:大象出版社,2006年;[丹]龙伯格:《清代来华传教士马若瑟研究》,李真、骆洁译,郑州:大象出版社,2009年;[德]柯兰霓:《耶稣会士白晋的生平与著作》,李岩译,郑州:大象出版社,2009年;[法]维吉尔·毕诺:《中国对法国哲学思想形成的影响》,耿昇译,北京:商务印书馆,2000年。

中国学研究网站所编的目录,还是日本学者所编的目录,都已经不能满足学术发展的需要。我们希望了解伊朗的中国历史研究状况,希望了解孟加拉国对中国文学的翻译状况,但目前没有目录能提供这些。袁同礼先生当年主持北平图书馆工作时曾说过,中国国家图书馆应成为世界各国的中国研究文献的中心,编制世界的汉学研究书目应是我们的责任。先生身体力行,晚年依然坚持每天在美国国会图书馆的目录架旁抄录海外中国学研究目录,终于继考狄之后完成了《西文汉学书目》,开启了中国学者对域外中国研究文献学研究的先河。今日的中国国家图书馆的同人和中国文献学的同行们能否继承前辈之遗产,为飞出国门的中国文化研究提供一个新时期的文献学的阶梯,提供一个真正能涵盖多种语言,特别是非通用语的中国文化研究书目呢? 我们期待着。正是基于这样的考虑,10 年前我承担教育部重大攻关项目"20 世纪中国古代文化经典在域外的传播与影响"时,决心接续袁先生的工作做一点尝试。我们中国海外汉学研究中心和北京外国语大学与其他院校学界的同人以 10 年之力,编写了一套 10 卷本的中国文化传播编年,它涵盖了 22 种语言,涉及 20 余个国家。据我了解,这或许是目前世界上第一次涉及如此多语言的中国文化外传文献编年。

尽管这些编年略显幼稚,多有不足,但中国的学者们是第一次把自己的语言能力与中国学术的基础性建设有机地结合起来。我们总算在袁同礼先生的事业上前进了一步。

学术界对于加强海外汉学文献学研究的呼声很高。李学勤当年主编的《国际汉学著作提要》就是希望从基础文献入手加强对西方汉学名著的了解。程章灿更是提出了十分具体的方案,他认为如果把欧美汉学作为学术资源,应该从以下四方面着手:"第一,从学术文献整理的角度,分学科、系统编纂中外文对照的专业论著索引。就欧美学者的中国文学研究而言,这一工作显得相当迫切。这些论著至少应该包括汉学专著、汉籍外译本及其附论(尤其是其前言、后记)、各种教材(包括文学史与作品选)、期刊论文、学位论文等几大项。其中,汉籍外译本与学位论文这两项比较容易被人忽略。这些论著中提出或涉及的学术问题林林总总,如果并没有广为中国学术界所知,当然也就谈不上批判或吸收。第二,从学术史角度清理学术积累,编纂重要论著的书目提要。从汉学史上已出版的研究中国文学的专著中,选取有价值的、有影响的,特别是有学术史意义的著作,每种写一篇两三千字的书目提要,述其内容大要、方法特点,并对其作学术史之源流梳理。对这些海外汉学文献的整理,就是学术史的建设,其道理与第一点是一样的。第三,从学术术语与话语沟通的角度,编纂一册中英文术语对照词典。就中国文学研究而言,目前在世界范围内,英语与汉语是两种最重要的工作语言。但是,对于同一个中国文学专有名词,往往有多种不同的英语表达法,国内学界英译中国文学术语时,词不达意、生拉硬扯的现象时或可见,极不利于中外学者的沟通和中外学术的交流。如有一册较好的中英文中国文学术语词典,不仅对于中国研究者,而且对于学习中国文学的外国人,都有很大的实用价值。第四,在系统清理研判的基础上,编写一部国际汉学史略。"[1]

历史期待着我们这一代学人,从基础做起,从文献做起,构建起国际中国文化研究的学术大厦。

三、语言:中译外翻译理论与实践有待探索

翻译研究是做中国古代文化对外传播研究的重要环节,没有这个环节,整个研究就不能建立在坚实的学术基础之上。在翻译研究中如何创造出切实可行的中译外理论是一个亟待解决的问题。如果翻译理论、翻译的指导观念不发生变革,一味依赖西方的理论,并将其套用在中译外的实践中,那么中国典籍的外译将不会有更大的发展。

外译中和中译外是两种翻译实践活动。前者说的是将外部世界的文化经典翻译成中文,后者说的是将中国古代文化的经典翻译成外文。几乎每一种有影响的文化都会面临这两方面的问题。

中国文化史告诉我们,我们有着悠久的外译中的历史,例如从汉代以来中国对佛经的翻译和近百年来中国对西学和日本学术著作的翻译。中国典籍的外译最早可以追溯到玄奘译老子的《道德经》,但真正形成规模则始于明清之际来华的传教士,即上面所讲的高母羡、利玛窦等人。中国人独立开展这项工作则应从晚清时期的陈季同和辜鸿铭算起。外译中和中译外作为不同语言之间的转换有

---

[1] 程章灿:《作为学术文献资源的欧美汉学研究》,《文学遗产》2012年第2期,第134—135页。

共同性,这是毋庸置疑的。但二者的区别也很明显,目的语和源语言在外译中和中译外中都发生了根本性置换,这种目的语和源语言的差别对译者提出了完全不同的要求。因此,将中译外作为一个独立的翻译实践来展开研究是必要的,正如刘宓庆所说:"实际上东方学术著作的外译如何解决文化问题还是一块丰腴的亟待开发的处女地。"①

由于在翻译目的、译本选择、语言转换等方面的不同,在研究中译外时完全照搬西方的翻译理论是有问题的。当然,并不是说西方的翻译理论不可用,而是这些理论的创造者的翻译实践大都是建立在西方语言之间的互译之上。在此基础上产生的翻译理论面对东方文化时,特别是面对以汉字为基础的汉语文化时会产生一些问题。潘文国认为,至今为止,西方的翻译理论基本上是对印欧语系内部翻译实践的总结和提升,那套理论是"西西互译"的结果,用到"中西互译"是有问题的,"西西互译"多在"均质印欧语"中发生,而"中西互译"则是在相距遥远的语言之间发生。因此他认为"只有把'西西互译'与'中西互译'看作是两种不同性质的翻译,因而需要不同的理论,才能以更为主动的态度来致力于中国译论的创新"②。

语言是存在的家园。语言具有本体论作用,而不仅仅是外在表达。刘勰在《文心雕龙·原道》中写道:"文之为德也大矣,与天地并生者何哉?夫玄黄色杂,方圆体分,日月叠璧,以垂丽天之象;山川焕绮,以铺理地之形:此盖道之文也。仰观吐曜,俯察含章,高卑定位,故两仪既生矣。惟人参之,性灵所钟,是谓三才。为五行之秀,实天地之心。心生而言立,言立而文明,自然之道也。傍及万品,动植皆文:龙凤以藻绘呈瑞,虎豹以炳蔚凝姿;云霞雕色,有逾画工之妙;草木贲华,无待锦匠之奇。夫岂外饰,盖自然耳。至于林籁结响,调如竽瑟;泉石激韵,和若球锽:故形立则章成矣,声发则文生矣。夫以无识之物,郁然有彩,有心之器,其无文欤?"③刘勰这段对语言和文字功能的论述绝不亚于海德格尔关于语言性质的论述,他强调"文"的本体意义和内涵。

---

① 刘宓庆:《中西翻译思想比较研究》,北京:中国对外翻译出版公司,2005年,第272页。
② 潘文国:《中籍外译,此其时也——关于中译外问题的宏观思考》,《杭州师范学院学报》(社会科学版)2007年第6期。
③ 〔南朝梁〕刘勰著,周振甫译注:《文心雕龙选译》,北京:中华书局,1980年,第19—20页。

中西两种语言,对应两种思维、两种逻辑。外译中是将抽象概念具象化的过程,将逻辑思维转换成伦理思维的过程;中译外是将具象思维的概念抽象化,将伦理思维转换成逻辑思维的过程。当代美国著名汉学家安乐哲(Roger T. Ames)与其合作者也有这样的思路:在中国典籍的翻译上反对用一般的西方哲学思想概念来表达中国的思想概念。因此,他在翻译中国典籍时着力揭示中国思想异于西方思想的特质。

语言是世界的边界,不同的思维方式、不同的语言特点决定了外译中和中译外具有不同的规律,由此,在翻译过程中就要注意其各自的特点。基于语言和哲学思维的不同所形成的中外互译是两种不同的翻译实践,我们应该重视对中译外理论的总结,现在流行的用"西西互译"的翻译理论来解释"中西互译"是有问题的,来解释中译外问题更大。这对中国翻译界来说应是一个新课题,因为在"中西互译"中,我们留下的学术遗产主要是外译中。尽管我们也有辜鸿铭、林语堂、陈季同、吴经熊、杨宪益、许渊冲等前辈的可贵实践,但中国学术界的翻译实践并未留下多少中译外的经验。所以,认真总结这些前辈的翻译实践经验,提炼中译外的理论是一个亟待努力开展的工作。同时,在比较语言学和比较哲学的研究上也应着力,以此为中译外的翻译理论打下坚实的基础。

在此意义上,许渊冲在翻译理论及实践方面的探索尤其值得我国学术界关注。许渊冲在20世纪中国翻译史上是一个奇迹,他在中译外和外译中两方面均有很深造诣,这十分少见。而且,在中国典籍外译过程中,他在英、法两个语种上同时展开,更是难能可贵。"书销中外五十本,诗译英法唯一人"的确是他的真实写照。从陈季同、辜鸿铭、林语堂等开始,中国学者在中译外道路上不断探索,到许渊冲这里达到一个高峰。他的中译外的翻译数量在中国学者中居于领先地位,在古典诗词的翻译水平上,更是成就卓著,即便和西方汉学家(例如英国汉学家韦利)相比也毫不逊色。他的翻译水平也得到了西方读者的认可,译著先后被英国和美国的出版社出版,这是目前中国学者中译外作品直接进入西方阅读市场最多的一位译者。

特别值得一提的是,许渊冲从中国文化本身出发总结出一套完整的翻译理论。这套理论目前是中国翻译界较为系统并获得翻译实践支撑的理论。面对铺天盖地而来的西方翻译理论,他坚持从中国翻译的实践出发,坚持走自己的学术道路,自成体系,面对指责和批评,他不为所动。他这种坚持文化本位的精神,这种坚持从实践出发探讨理论的风格,值得我们学习和发扬。

许渊冲把自己的翻译理论概括为"美化之艺术,创优似竞赛"。"实际上,这十个字是拆分开来解释的。'美'是许渊冲翻译理论的'三美'论,诗歌翻译应做到译文的'意美、音美和形美',这是许渊冲诗歌翻译的本体论;'化'是翻译诗歌时,可以采用'等化、浅化、深化'的具体方法,这是许氏诗歌翻译的方法论;'之'是许氏诗歌翻译的意图或最终想要达成的结果,使读者对译文能够'知之、乐之并好之',这是许氏译论的目的论;'艺术'是认识论,许渊冲认为文学翻译,尤其是诗词翻译是一种艺术,是一种研究'美'的艺术。'创'是许渊冲的'创造论',译文是译者在原诗规定范围内对原诗的再创造;'优'指的是翻译的'信达优'标准和许氏译论的'三势'(优势、劣势和均势)说,在诗歌翻译中应发挥译语优势,用最好的译语表达方式来翻译;'似'是'神似'说,许渊冲认为忠实并不等于形似,更重要的是神似;'竞赛'指文学翻译是原文和译文两种语言与两种文化的竞赛。"①

许渊冲的翻译理论不去套用当下时髦的西方语汇,而是从中国文化本身汲取智慧,并努力使理论的表述通俗化、汉语化和民族化。例如他的"三美"之说就来源于鲁迅,鲁迅在《汉文学史纲要》中指出:"诵习一字,当识形音义三:口诵耳闻其音,目察其形,心通其义,三识并用,一字之功乃全。其在文章,则写山曰崚嶒嵯峨,状水曰汪洋澎湃,蔽芾葱茏,恍逢丰木,鳟鲂鳗鲤,如见多鱼。故其所函,遂具三美:意美以感心,一也;音美以感耳,二也;形美以感目,三也。"②许渊冲的"三之"理论,即在翻译中做到"知之、乐之并好之",则来自孔子《论语·雍也》中的"知之者不如好之者,好之者不如乐之者"。他套用《道德经》中的语句所总结的翻译理论精练而完备,是近百年来中国学者对翻译理论最精彩的总结:

译可译,非常译。

忘其形,得其意。

得意,理解之始;

忘形,表达之母。

---

① 张进:《许渊冲唐诗英译研究》,硕士论文抽样本,西安:西北大学,2011 年,第 19 页;张智中:《许渊冲与翻译艺术》,武汉:湖北教育出版社,2006 年。
② 鲁迅:《鲁迅全集》(第九卷),北京:人民文学出版社,2005 年,第 354—355 页。

故应得意,以求其同;

故可忘形,以存其异。

两者同出,异名同理。

得意忘形,求同存异;

翻译之道。

2014年,在第二十二届世界翻译大会上,由中国翻译学会推荐,许渊冲获得了国际译学界的最高奖项"北极光"杰出文学翻译奖。他也是该奖项自1999年设立以来,第一个获此殊荣的亚洲翻译家。许渊冲为我们奠定了新时期中译外翻译理论与实践的坚实学术基础,这个事业有待后学发扬光大。

四、知识:跨学科的知识结构是对研究者的基本要求

中国古代文化经典在域外的翻译与传播研究属于跨学科研究领域,语言能力只是进入这个研究领域的一张门票,但能否坐在前排,能否登台演出则是另一回事。因为很显然,语言能力尽管重要,但它只是展开研究的基础条件,而非全部条件。

研究者还应该具备中国传统文化知识与修养。我们面对的研究对象是整个海外汉学界,汉学家们所翻译的中国典籍内容十分丰富,除了我们熟知的经、史、子、集,还有许多关于中国的专业知识。例如,俄罗斯汉学家阿列克谢耶夫对宋代历史文学极其关注,翻译宋代文学作品数量之大令人吃惊。如果研究他,仅仅俄语专业毕业是不够的,研究者还必须通晓中国古代文学,尤其是宋代文学。清中前期,来华的法国耶稣会士已经将中国的法医学著作《洗冤集录》翻译成法文,至今尚未有一个中国学者研究这个译本,因为这要求译者不仅要懂宋代历史,还要具备中国古代法医学知识。

中国典籍的外译相当大一部分产生于中外文化交流的历史之中,如果缺乏中西文化交流史的知识,常识性错误就会出现。研究18世纪的中国典籍外译要熟悉明末清初的中西文化交流史,研究19世纪的中国典籍外译要熟悉晚清时期的中西文化交流史,研究东亚之间文学交流要精通中日、中韩文化交流史。

同时,由于某些译者有国外学术背景,想对译者和文本展开研究就必须熟悉

译者国家的历史与文化、学术与传承,那么,知识面的扩展、知识储备的丰富必不可少。

目前,绝大多数中国古代文化外译的研究者是外语专业出身,这些学者的语言能力使其成为这个领域的主力军,但由于目前教育分科严重细化,全国外语类大学缺乏系统的中国历史文化的教育训练,因此目前的翻译及其研究在广度和深度上尚难以展开。有些译本作为国内外语系的阅读材料尚可,要拿到对象国出版还有很大的难度,因为这些译本大都无视对象国汉学界译本的存在。的确,研究中国文化在域外的传播和发展是一个崭新的领域,是青年学者成长的天堂。但同时,这也是一个有难度的跨学科研究领域,它对研究者的知识结构提出了新挑战。研究者必须走出单一学科的知识结构,全面了解中国文化的历史与文献,唯此才能对中国古代文化经典的域外传播和中国文化的域外发展进行更深入的研究。当然,术业有专攻,在当下的知识分工条件下,研究者已经不太可能系统地掌握中国全部传统文化知识,但掌握其中的一部分,领会其精神仍十分必要。这对中国外语类大学的教学体系改革提出了更高的要求,中国历史文化课程必须进入外语大学的必修课中,否则,未来的学子们很难承担起这一历史重任。

五、方法:比较文化理论是其基本的方法

从本质上讲,中国文化域外传播与发展研究是一种文化间关系的研究,是在跨语言、跨学科、跨文化、跨国别的背景下展开的,这和中国本土的国学研究有区别。关于这一点,严绍璗先生有过十分清楚的论述,他说:"国际中国学(汉学)就其学术研究的客体对象而言,是指中国的人文学术,诸如文学、历史、哲学、艺术、宗教、考古等等,实际上,这一学术研究本身就是中国人文学科在域外的延伸。所以,从这样的意义上说,国际中国学(汉学)的学术成果都可以归入中国的人文学术之中。但是,作为从事于这样的学术的研究者,却又是生活在与中国文化很不相同的文化语境中,他们所受到的教育,包括价值观念、人文意识、美学理念、道德伦理和意识形态等等,和我们中国本土很不相同。他们是以他们的文化为背景而从事中国文化的研究,通过这些研究所表现的价值观念,从根本上说,是他们的'母体文化'观念。所以,从这样的意义上说,国际中国学(汉学)的学术成果,其

实也是他们'母体文化'研究的一种。从这样的视角来考察国际中国学(汉学),那么,我们可以说,这是一门在国际文化中涉及双边或多边文化关系的近代边缘性的学术,它具有'比较文化研究'的性质。"①严先生的观点对于我们从事中国古代文化典籍外译和传播研究有重要的指导意义。有些学者认为西方汉学家翻译中的误读太多,因此,中国文化经典只有经中国人来翻译才忠实可信。显然,这样的看法缺乏比较文学和跨文化的视角。

"误读"是翻译中的常态,无论是外译中还是中译外,除了由于语言转换过程中知识储备不足产生的误读②,文化理解上的误读也比比皆是。有的译者甚至故意误译,完全按照自己的理解阐释中国典籍,最明显的例子就是美国诗人庞德。1937年他译《论语》时只带着理雅各的译本,没有带词典,由于理雅各的译本有中文原文,他就盯着书中的汉字,从中理解《论语》,并称其为"注视字本身",看汉字三遍就有了新意,便可开始翻译。例如"《论语·公冶长第五》,'子曰:道不行,乘桴浮于海。从我者,其由与?子路闻之喜。子曰:由也,好勇过我,无所取材。'最后四字,朱熹注:'不能裁度事理。'理雅各按朱注译。庞德不同意,因为他从'材'字中看到'一棵树加半棵树',马上想到孔子需要一个'桴'。于是庞德译成'Yu like danger better than I do. But he wouldn't bother about getting the logs.'(由比我喜欢危险,但他不屑去取树木。)庞德还指责理雅各译文'失去了林肯式的幽默'。后来他甚至把理雅各译本称为'丢脸'(an infamy)"③。庞德完全按自己的理解来翻译,谈不上忠实,但庞德的译文却在美国和其他西方国家产生了巨大影响。日本比较文学家大塚幸男说:"翻译文学,在对接受国文学的影响中,误解具有异乎寻常的力量。有时拙劣的译文意外地产生极大的影响。"④庞德就是这样的翻译家,他翻译《论语》《中庸》《孟子》《诗经》等中国典籍时,完全借助理雅各的译本,但又能超越理雅各的译本,在此基础上根据自己的想法来翻译。他把《中庸》翻

---

① 严绍璗:《我对国际中国学(汉学)的认识》,《国际汉学》(第五辑),郑州:大象出版社,2000年,第11页。
② 英国著名汉学家阿瑟·韦利在翻译陶渊明的《责子》时将"阿舒已二八"翻译成"A-Shu is eighteen",显然是他不知在中文中"二八"是指16岁,而不是18岁。这样知识性的翻译错误是常有的。
③ 赵毅衡:《诗神远游:中国如何改变了美国现代诗》,成都:四川文艺出版社,2013年,第277—278页。
④ [日]大塚幸男:《比较文学原理》,陈秋峰、杨国华译,西安:陕西人民出版社,1985年,第101页。

译为 Unwobbling Pivot(不动摇的枢纽),将"君子而时中"翻译成"The master man's axis does not wobble"(君子的轴不摇动),这里的关键在于他认为"中"是"一个动作过程,一个某物围绕旋转的轴"①。只有具备比较文学和跨文化理论的视角,我们才能理解庞德这样的翻译。

从比较文学角度来看,文学著作一旦被翻译成不同的语言,它就成为各国文学历史的一部分,"在翻译中,创造性叛逆几乎是不可避免的"②。这种叛逆就是在翻译时对源语言文本的改写,任何译本只有在符合本国文化时,才会获得第二生命。正是在这个意义上,谢天振主张将近代以来的中国学者对外国文学的翻译作为中国近代文学的一部分,使它不再隶属于外国文学,为此,他专门撰写了《中国现代翻译文学史》③。他的观点向我们提供了理解被翻译成西方语言的中国古代文化典籍的新视角。

尽管中国学者也有在中国典籍外译上取得成功的先例,例如林语堂、许渊冲,但这毕竟不是主流。目前国内的许多译本并未在域外产生真正的影响。对此,王宏印指出:"毋庸讳言,虽然我们取得的成就很大,但国内的翻译、出版的组织和质量良莠不齐,加之推广和运作方面的困难,使得外文形式的中国典籍的出版发行多数限于国内,难以进入世界文学的视野和教学研究领域。有些译作甚至成了名副其实的'出口转内销'产品,只供学外语的学生学习外语和翻译技巧,或者作为某些懂外语的人士的业余消遣了。在现有译作精品的评价研究方面,由于信息来源的局限和读者反应调查的费钱费力费时,大大地限制了这一方面的实证研究和有根有据的评论。一个突出的困难就是,很难得知外国读者对于中国典籍及其译本的阅读经验和评价情况,以至于影响了研究和评论的视野和效果,有些译作难免变成译者和学界自作自评和自我欣赏的对象。"④

王宏印这段话揭示了目前国内学术界中国典籍外译的现状。目前由政府各部门主导的中国文化、中国学术外译工程大多建立在依靠中国学者来完成的基本思路上,但此思路存在两个误区。第一,忽视了一个基本的语言学规律:外语再

---

① 赵毅衡:《诗神远游:中国如何改变了美国现代诗》,成都:四川文艺出版社,2013年,第278页。
② [美]乌尔利希·韦斯坦因:《比较文学与文学理论》,刘象愚译,沈阳:辽宁人民出版社,1987年,第36页。
③ 谢天振:《中国现代翻译文学史》,上海:上海外语教育出版社,2004年。
④ 王宏印:《中国文化典籍英译》,北京:外语教学与研究出版社,2009年,第6页。

好,也好不过母语,翻译时没有对象国汉学家的合作,在知识和语言上都会遇到不少问题。应该认识到林语堂、杨宪益、许渊冲毕竟是少数,中国学者不可能成为中国文化外译的主力。第二,这些项目的设计主要面向西方发达国家而忽视了发展中国家。中国"一带一路"倡议涉及60余个国家,其中大多数是发展中国家,非通用语是主要语言形态[1]。此时,如果完全依靠中国非通用语界学者们的努力是很难完成的[2],因此,团结世界各国的汉学家具有重要性与迫切性。

莫言获诺贝尔文学奖后,相关部门开启了中国当代小说的翻译工程,这项工程的重要进步之一就是面向海外汉学家招标,而不是仅寄希望于中国外语界的学者来完成。小说的翻译和中国典籍文化的翻译有着重要区别,前者更多体现了跨文化研究的特点。

以上从历史、文献、语言、知识、方法五个方面探讨了开展中国古代文化典籍域外传播研究必备的学术修养。应该看到,中国文化的域外传播以及海外汉学界的学术研究标示着中国学术与国际学术接轨,这样一种学术形态揭示了中国文化发展的多样性和丰富性。在从事中国文化学术研究时,已经不能无视域外汉学家们的研究成果,我们必须与其对话,或者认同,或者批评,域外汉学已经成为中国学术与文化重建过程中一个不能忽视的对象。

在世界范围内开展中国文化研究,揭示中国典籍外译的世界性意义,并不是要求对象国家完全按照我们的意愿接受中国文化的精神,而是说,中国文化通过典籍翻译进入世界各国文化之中,开启他们对中国的全面认识,这种理解和接受已经构成了他们文化的一部分。尽管中国文化于不同时期在各国文化史中呈现出不同形态,但它们总是和真实的中国发生这样或那样的联系,都说明了中国文化作为他者存在的价值和意义。与此同时,必须承认已经融入世界各国的中国文化和中国自身的文化是两种形态,不能用对中国自身文化的理解来看待被西方塑形的中国文化;反之,也不能以变了形的中国文化作为标准来判断真实发展中的

---

[1] 在非通用语领域也有像林语堂、许渊冲这样的翻译大家,例如北京外国语大学亚非学院的泰语教授邱苏伦,她已经将《大唐西域记》《洛阳伽蓝记》等中国典籍翻译成泰文,受到泰国读者的欢迎,她也因此获得了泰国的最高翻译奖。
[2] 很高兴看到中华外译项目的语种大大扩展了,莫言获诺贝尔文学奖后,中国小说的翻译也开始面向全球招标,这是进步的开始。

中国文化。

在当代西方文化理论中,后殖民主义理论从批判的立场说明西方所持有的东方文化观的特点和产生的原因。赛义德的理论有其深刻性和批判性,但他不熟悉西方世界对中国文化理解和接受的全部历史,例如,18世纪的"中国热"实则是从肯定的方面说明中国对欧洲的影响。其实,无论是持批判立场还是持肯定立场,中国作为西方的他者,成为西方文化眼中的变色龙是注定的。这些变化并不能改变中国文化自身的价值和它在世界文化史中的地位,但西方在不同时期对中国持有不同认知这一事实,恰恰说明中国文化已成为塑造西方文化的一个重要外部因素,中国文化的世界性意义因而彰显出来。

从中国文化史角度来看,这种远游在外、已经进入世界文化史的中国古代文化并非和中国自身文化完全脱离关系。笔者不认同套用赛义德的"东方主义"的后现代理论对西方汉学和译本的解释,这种解释完全隔断了被误读的中国文化与真实的中国文化之间的精神关联。我们不能跟着后现代殖民主义思潮跑,将这种被误读的中国文化看成纯粹是西方人的幻觉,似乎这种中国形象和真实的中国没有任何关系。笔者认为,被误读的中国文化和真实的中国文化之间的关系,可被比拟为云端飞翔的风筝和牵动着它的放风筝者之间的关系。一只飞出去的风筝随风飘动,但线还在,只是细长的线已经无法解释风筝上下起舞的原因,因为那是风的作用。将风筝的飞翔说成完全是放风筝者的作用是片面的,但将飞翔的风筝说成是不受外力自由翱翔也是荒唐的。

正是在这个意义上,笔者对建立在19世纪实证主义哲学基础上的兰克史学理论持一种谨慎的接受态度,同时,对20世纪后现代主义的文化理论更是保持时刻的警觉,因为这两种理论都无法说明中国和世界之间复杂多变的文化关系,都无法说清世界上的中国形象。中国文化在世界的传播和影响及世界对中国文化的接受需要用一种全新的理论加以说明。长期以来,那种套用西方社会科学理论来解释中国与外部世界关系的研究方法应该结束了,中国学术界应该走出对西方学术顶礼膜拜的"学徒"心态,以从容、大度的文化态度吸收外来文化,自觉坚守自身文化立场。这点在当下的跨文化研究领域显得格外重要。

学术研究需要不断进步,不断完善。在10年内我们课题组不可能将这样一个丰富的研究领域做得尽善尽美。我们在做好导论研究、编年研究的基础性工作之外,还做了一些专题研究。它们以点的突破、个案的深入分析给我们展示了在跨文化视域下中国文化向外部的传播与发展。这是未来的研究路径,亟待后来者不断丰富与开拓。

这个课题由中外学者共同完成。意大利罗马智慧大学的马西尼教授指导中国青年学者王苏娜主编了《20世纪中国古代文化经典在意大利的传播编年》,法国汉学家何碧玉、安必诺和中国青年学者刘国敏、张明明一起主编了《20世纪中国古代文化经典在法国的传播编年》。他们的参与对于本项目的完成非常重要。对于这些汉学家的参与,作为丛书的主编,我表示十分的感谢。同时,本丛书也是国内学术界老中青学者合作的结果。北京大学的严绍璗先生是中国文化在域外传播和影响这个学术领域的开拓者,他带领弟子王广生完成了《20世纪中国古代文化经典在日本的传播编年》;福建师范大学的葛桂录教授是这个项目的重要参与者,他承担了本项目2卷的写作——《20世纪中国古代文学在英国的传播与影响》和《中国古典文学的英国之旅——英国三大汉学家年谱:翟理斯、韦利、霍克思》。正是由于中外学者的合作,老中青学者的合作,这个项目才得以完成,而且展示了中外学术界在这些研究领域中最新的研究成果。

这个课题也是北京外国语大学近年来第一个教育部社科司的重大攻关项目,学校领导高度重视,北京外国语大学的欧洲语言文化学院、亚非学院、阿拉伯语系、中国语言文学学院、哲学社会科学学院、英语学院、法语系等几十位老师参加了这个项目,使得这个项目的语种多达20余个。其中一些研究具有开创性,特别是关于中国古代文化在亚洲和东欧一些国家的传播研究,在国内更是首次展开。开创性的研究也就意味着需要不断完善,我希望在今后的一个时期,会有更为全面深入的文稿出现,能够体现出本课题作为学术孵化器的推动作用。

北京外国语大学中国海外汉学研究中心(现在已经更名为"国际中国文化研究院")成立已经20年了,从一个人的研究所变成一所大学的重点研究院,它所取得的进步与学校领导的长期支持分不开,也与汉学中心各位同人的精诚合作分不开。一个重大项目的完成,团队的合作是关键,在这里我对参与这个项目的所有学者表示衷心的感谢。20世纪是动荡的世纪,是历史巨变的世纪,是世界大转机的世纪。

20世纪初,美国逐步接替英国坐上西方资本主义世界的头把交椅。苏联社会主义制度在20世纪初的胜利和世纪末苏联的解体成为本世纪最重要的事件,并影响了历史进程。目前,世界体系仍由西方主导,西方的话语权成为其资本与意识形态扩张的重要手段,全球化发展、跨国公司在全球更广泛地扩张和组织生产正是这种形势的真实写照。

20世纪后期,中国的崛起无疑是本世纪最重大的事件。中国不仅作为一个政治大国和经济大国跻身于世界舞台,也必将作为文化大国向世界展示自己的丰富性和多样性,展示中国古代文化的智慧。因此,正像中国的崛起必将改变已有的世界政治格局和经济格局一样,中国文化的海外传播,中国古代文化典籍的外译和传播,必将把中国思想和文化带到世界各地,这将从根本上逐渐改变19世纪以来形成的世界文化格局。

20世纪下半叶,随着中国实施改革开放政策和国力增强,西方汉学界加大了对中国典籍的翻译,其翻译的品种、数量都是前所未有的,中国古代文化的影响力进一步增强[①]。虽然至今我们尚不能将其放在一个学术框架中统一研究与考量,但大势已定,中国文化必将随中国的整体崛起而日益成为具有更大影响的文化,西方文化独霸世界的格局必将被打破。

世界仍在巨变之中,一切尚未清晰,意大利著名经济学家阿锐基从宏观经济与政治的角度对21世纪世界格局的发展做出了略带有悲观色彩的预测。他认为今后世界有三种结局:

> 第一,旧的中心有可能成功地终止资本主义历史的进程。在过去500多年时间里,资本主义历史的进程是一系列金融扩张。在此过程中,发生了资本主义世界经济制高点上卫士换岗的现象。在当今的金融扩张中,也存在着产生这种结果的倾向。但是,这种倾向被老卫士强大的立国和战争能力抵消了。他们很可能有能力通过武力、计谋或劝说占用积累在新的中心的剩余资本,从而通过组建一个真正全球意义上的世界帝国来结束资本主义历史。

> 第二,老卫士有可能无力终止资本主义历史的进程,东亚资本有可能渐

---

① 李国庆:《美国对中国古典及当代作品翻译概述》,载朱政惠、崔丕主编《北美中国学的历史与现状》,上海:上海辞书出版社,2013年,第126—141页;[美]张海惠主编:《北美中国学:研究概述与文献资源》,北京:中华书局,2010年;[德]马汉茂、[德]汉雅娜、张西平、李雪涛主编:《德国汉学:历史、发展、人物与视角》,郑州:大象出版社,2005年。

渐占据体系资本积累过程中的一个制高点。那样的话,资本主义历史将会继续下去,但是情况会跟自建立现代国际制度以来的情况截然不同。资本主义世界经济制高点上的新卫士可能缺少立国和战争能力,在历史上,这种能力始终跟世界经济的市场表层上面的资本主义表层的扩大再生产很有联系。亚当·斯密和布罗代尔认为,一旦失去这种联系,资本主义就不能存活。如果他们的看法是正确的,那么资本主义历史不会像第一种结果那样由于某个机构的有意识行动而被迫终止,而会由于世界市场形成过程中的无意识结果而自动终止。资本主义(那个"反市场"[anti-market])会跟发迹于当代的国家权力一起消亡,市场经济的底层会回到某种无政府主义状态。

最后,用熊彼特的话来说,人类在地狱般的(或天堂般的)后资本主义的世界帝国或后资本主义的世界市场社会里窒息(或享福)前,很可能会在伴随冷战世界秩序的瓦解而出现的不断升级的暴力恐怖(或荣光)中化为灰烬。如果出现这种情况的话,资本主义历史也会自动终止,不过是以永远回到体系混乱状态的方式来实现的。600年以前,资本主义历史就从这里开始,并且随着每次过渡而在越来越大的范围里获得新生。这将意味着什么?仅仅是资本主义历史的结束,还是整个人类历史的结束?我们无法说得清楚。①

就此而言,中国文化的世界影响力从根本上是与中国崛起后的世界秩序重塑紧密联系在一起的,是与中国的国家命运联系在一起的。国衰文化衰,国强文化强,千古恒理。20世纪已经结束,21世纪刚刚开始,一切尚在进程之中。我们处在"三千年未有之大变局之中",我们期盼一个以传统文化为底蕴的东方大国全面崛起,为多元的世界文化贡献出她的智慧。路曼曼其远矣,吾将上下求索。

张西平
2017年6月6日定稿于游心书屋

---

① [意]杰奥瓦尼·阿锐基:《漫长的20世纪——金钱、权力与我们社会的根源》,姚乃强等译,南京:江苏人民出版社,2001年,第418—419页。

目 录

绪 论　1

第一章　中国文学史在日本的缘起　11
第一节　概述　12
第二节　"文学"观念的演进与中国文学史书写　19
第三节　明治时期中国文学史的核心理念　40

第二章　日本社会语境下的中国文学史书写　49
第一节　明治社会与中国文学史书写　50
第二节　日本近代大学学科的设置与中国文学史　56

第三章　明治时期出版的中国文学史　65
第一节　末松谦澄：追溯先秦文化之源　66
第二节　儿岛献吉郎：上下求索的学问家　73
第三节　古城贞吉：中国文学史第一人　105
第四节　笹川种郎：中国俗文学研究的先驱　125

第五节　久保天随：个性与才气兼具的文学史家　143
第六节　盐谷温：近代中国俗文学研究的集大成者　151
第七节　两部中国文学断代史　167

第四章　泰纳的文学理论与中国文学史书写　173
第一节　泰纳的文学理论东渐日本　174
第二节　泰纳的"三因素"学说　175
第三节　泰纳的文学理论与明治时期的中国文学史　178

第五章　明治时期中国文学史观的建构　183

第六章　明治时期中国文学史的分期研究　203

第七章　中国文学史的姊妹篇：日本汉文学史　213

余　论　221

参考及征引书目　226
日语部分　226
中文部分　230

后　记　235

绪论

如果从1904年林传甲的《中国文学史》算起，迄今为止中国本土文学史的书写历史已有112年。一般认为，世界上第一部中国文学史为1880年俄罗斯的瓦西里耶夫（В.П.Васильев）所著①，据此算起，则世界范围内中国文学史的书写历程已逾130年。百余年的光阴，亦短亦长。如果将其置于历史发展的长河，不过是转瞬即逝的一朵浪花，或是人类求索路上一个微不足道的瞬间。然而，它又是漫长的，是由无数鲜活的生命以点滴努力连缀起来的学术长卷。可以说，百年中国文学史真实地记录了一个世纪学人的筚路蓝缕，以及从未停止的思考，从这个意义上讲，学术即是追忆。

19世纪末，一场始料未及的西学风暴席卷了中国大地。在此影响之下，传统学术"经、史、子、集"的框架几乎完全被打破。由于中国传统文化重直觉思维与内在感悟，文学研究往往以序跋、文论、诗话、词话及评点等形式呈现，因此，无论是研究方法，还是思维理念，均与西方存在巨大差异，此种差异注定了中国文学研究转型的艰难。首先，近代意义上的"文学"，并非中国固有的词语，而是19世纪

---

① 据李明滨所作调查，1880年，俄罗斯圣彼得堡斯塔秀列维奇印刷所出版了俄国汉学家王西里（原名В.П.Васильев，亦译成"瓦西里·帕夫洛维奇·瓦西里耶夫"）的《中国文学史纲要》，此书为目前已知的世界第一部中国文学史。瓦西里毕业于俄国喀山大学，毕业后曾随东正教使团来中国，在中国居住过十年之久（1840—1850），他精通汉、满、蒙、藏、梵文多种语言，回国时带走大量的中国书籍。另据郭廷礼研究，英国汉学家赫伯特·阿伦·翟理思（Herbert Allen Giles）的《中国文学史》出版于1897年，此前学者多认为此书出版于1901年。此外，1902年，德国汉学家威廉·顾鲁柏（Wilhelm Grube）的《中国文学史》由莱比锡阿麦朗格斯出版。1882年，末松谦澄的《中国古文学略史》由日本文学社出版，此书为日本首次以中国文学史题名的著作。中国早期出版的文学史有林传甲的《中国文学史》（1904年编印）、黄人的《中国文学史》（约1905年）等。

日本翻译英文"Lliterature"时使用的一个译词。对此鲁迅曾阐释:"古人用那么艰难的文字写出来的古语摘要,我们先前也叫'文',现在新派一点的叫'文学',这不是从'文学子游子夏'上割下来的,是从日本输入,是他们对于英文'Lliterature'的译名。"①也即是说,作为译名的"文学"与中国固有的"文学",形相同而意相远,实际上属于两个不同概念,早期的中国文学史,正是以"Lliterature"为中心展开叙述的。此外,文学史的书写体例也是一个舶来品,其起源于18世纪末的欧洲,与欧洲近代国家的形成有密切关联。彼时欧洲各民族结束了豪族及王亲国戚割据的局面,民族精神与国民文化逐渐走向自觉,欧洲各国以此为契机,开始尝试编纂本国文学史,以追溯本国传统文化与民族精神。此种运用近代史学的研究体例,以追忆本民族传统文化,激发爱国情感与民族自豪感为基调,同时注重从文学的外部因素对文学加以阐释的实证主义研究方法,于19世纪末漂洋过海传入亚洲。

然而,晚清向来缺少了解西学的主动性。尽管早在1840年已有中国学者开始译介西学,但清政府对此并未重视。直至19世纪末,日本编纂中国文学史已蔚然成风,且已作为一门课程进入日本大学的讲堂,才终于引发清政府对此现象的关注。1902年,清政府颁布《钦定京师大学堂章程》,该章程依照日本大学的体制,设立政治、文学、格致、农业、工艺、商务、医术七科。随后颁布《奏定京师大学堂章程》,表示日本有《中国文学史》,中国学者可作为参考,自行加以编纂。在此情形之下,1904年,林传甲为京师大学堂编写了《中国文学史》教材,几乎与此同时,在苏州的东吴大学,黄人也开始编写《中国文学史》。作为中国最早的两部文学史,林传甲与黄人均受到日本的影响。黄人表示,他的文学观受到太田善男《文学概论》的启发,林传甲更是开篇便说:"传甲斯编,将仿日本笹川种郎中国文学史之意以成书焉"②,直言对笹川种郎《中国文学史》的模仿。从清政府颁布《钦定京师大学堂章程》《奏定京师大学堂章程》,到林传甲与黄人的《中国文学史》,此种自上而下对日本的关注,证明了晚清学术与日本关联之密切。

---

① 鲁迅:《门外文谈·不识字的作家》,《鲁迅全集》第6卷,人民文学出版社,1980年,第99页。
② 林传甲:《中国文学史》,自序一,收录于陈平原辑:《早期北大文学史讲义三种》,北京大学出版社,2005年,第29页。

实际上，不唯林传甲与黄人，此后谢无量、葛尊礼、顾实、曾毅、童行白、康碧成等人的著述，均或多或少存在模拟之迹。直至 20 世纪 40 年代，朱自清（1947）仍在感慨："早期的中国文学史大概不免直接间接的以日本人的著述为样本，后来是自行编纂了，可是还不免早期的影响。"① 文学以外，历史学、哲学、政治学等领域的情况也大致如此，由于近代日本在引入西学方面较中国先行一步，因此，晚清借鉴西学主要通过日本，日本成为晚清、尤其是 1895 年至 1914 年二十年间，中国学习西方文化的重要媒介，而此时期正是构建中国近代学术的关键期。

尽管深受日本影响，但这并非意味着，中国只是单方面被动接受，实际上中日双方存在着密切交流，其研究成果体现了双方的学术互动，鲁迅与王国维是其中代表性人物。不仅鲁迅的《摩罗诗力说》是在日本留学期间完成，其在厦门大学的中国文学史讲义，所附参考文献中也有日本人的著述，如儿岛献吉郎的《中国文学史纲》与铃木虎雄的《中国文学之研究》。② 鲁迅的代表作《中国小说史略》（1923），曾被指责抄袭盐谷温的《中国文学概论讲话》（1919），对此鲁迅在《不是信》中予以驳斥："盐谷氏的书，确是我的参考书之一，我的《小说史略》二十八篇的第二篇，是根据它的，还有论《红楼梦》的几点和一张《贾氏系图》，也是根据它的，但不过是大意，次序和意见就很不同。"③ 事实证明，抄袭之说纯系子虚乌有，但是借鉴的确存在，因为在此之前，中国并不存在文学史的著述体例，鲁迅本人也表示，"中国之小说自来无史；有之，则先见于外国人所作之中国文学史中"④。1929 年，盐谷温本人在东京大学讲授中国文学史时，曾以鲁迅的《中国小说史略》为教材，盐谷温甚至要求学生，所引书籍必核对原书，一字一句不可错过。⑤ 由此足以证明《中国小说史略》极其重要的价值。不仅是《中国小说史略》，自 1920 年开始，鲁迅的著述便不断被译成日文，在日本产生了广泛而持久的影响。1936 年

---

① 林庚：《中国文学简史》，北京大学出版社，2005 年，附录，朱佩弦先生序。
② 此讲义前三篇为"中国文学史略"，第四篇至第十篇为"汉文学史纲要"，1938 年编入《鲁迅全集》首次正式出版。在《汉文学史纲要》的第十篇的参考书目中，列有儿岛献吉郎《中国文学史纲》（第三篇第六章）、铃木虎雄《中国文学之研究》（第一卷）。
③ 《不是信》原载于 1926 年 2 月《语丝》周刊第 65 期，署名鲁迅，后收录于《鲁迅全集》。鲁迅在此文中对陈源的攻击予以驳斥。
④ 鲁迅：《中国小说史略》，商务印书馆，2011 年，第 4 页。
⑤ 参阅赵京华：《鲁迅与盐谷温——兼及国民文学时代的中国文学史编撰体制之创建》，《鲁迅研究月刊》2014 年第 2 期。

10月鲁迅去世,1937年8月日本改造社便出版了七卷本《大鲁迅全集》,比1938年7月中国本土出版的《鲁迅全集》提前近一年。

与鲁迅有"双璧"之称的王国维,同样受到日本近代俗文学研究的影响,尤其得益于藤田丰八的启发。王国维以《宋元戏曲史》为日本学界所熟知,"王氏游于京都,我学界大受刺激,以狩野君山博士为首,久保天随学士、铃木豹轩学士、西村天冈居士、亡友金井君皆深于斯文之造诣"①。开创东京大学的中国俗文学学派的盐谷温坦承,王国维的《宋元戏曲史》是自己研究的基础,而另一京都学派的著名学者青木正儿,也是在王国维的影响下走上戏曲研究之路。

王国维运用西方文学理论写下《宋元戏曲史》,改变了既有的中国古代文学研究模式,而运用西方文学理论研究中国古代文学,则起始于日本明治时期的《中国文学史》。对此章培恒认为:"至迟从20世纪初期开始,中国的文史研究就受到日本汉学研究日益深刻的影响。直至抗日战争开始,从表面看来这种影响几乎消歇,但实际上仍在不同程度地保留着。到改革开放以来,这种影响又大为增长。因此,要真正明白中国文史研究的来龙去脉,就非要对日本的汉学研究有所了解不可。"②诚如斯言,一个世纪以来,方法论对于中国古代文学研究的重要性已成为共识,因此,如果要追溯中国文学史的发展历程,有必要对日本出版的中国文学史有所了解,这不仅是由于中国早期的文学史对日本多有借鉴,同时也关系到20世纪初中国学界如何以明治时期的日本为中介,将西方教育体制及知识体系引入中国,从而建立中国近代人文学术的进程。

本课题将研究范围设定在日本明治时期(1868—1912),论题时间自1882年起,下限在1912年。总体而言,此阶段正是日本传统学术发生转型,由传统学术向近代学术的过渡期。考虑到1919年的五四运动是近代中国社会的转折点,同时由于盐谷温的《中国文学概论讲话》于1919年出版,因此,本课题将研究下限延长至1919年。时间上限的1882年末松谦澄的《中国古文学略史》出版,此书为中国文学史在日本的滥觞。为便于展开研究,将1882年至1919年期间的中国文学史划分为三个时期。此分期主要依据中国文学史在日本出版的实际情况,同时考

---

① [日]盐谷温:《中国文学概论》,弘道馆,1948年,第223页。
② 李庆:《日本汉学史:起源和确立》,上海人民出版社,2010年,第6页。

虑到日本汉学发展的客观因素。① 其中,1882 年至 1890 年为第一期,1891 年至 1905 年为第二期,1906 年至 1919 年为第三期。以下简要介绍关于分期的具体情况。

1882 年,日本驻英国外交官末松谦澄将他在英国的演讲稿整理出版,题名为《中国古文学略史》,此书是日本第一部以"文学史"题名的著述。在此时期,古典讲习会和汉学杂志《斯文》较为活跃,相较明治初期,汉学研究呈现一定的复兴态势。与此同时,儒学在此阶段仍具有广泛的社会影响力,为强化政治统治,明治政府于 1890 年 10 月颁布《教育勅语》,以国家教育纲领的形式宣告了"以儒教为根本,西洋哲学为参考"的教育准则。与此相应,此阶段出版的中国文学史也体现了日本国家教育纲领的主旨。

第二期为 1891 年至 1905 年,此时期东西学术呈现短暂融合之势,中国文学史陆续出版,数量与质量均呈上升趋势。自 1891 年 8 月至 1892 年 2 月,日本同文社《中国文学》杂志开始连载儿岛献吉郎的《中国文学史》。1894 年,儿岛献吉郎的《文学小史》出版,此书的主要内容曾在汉文书院出版的《中国学》杂志第 1 号、第 2 号、第 6 号上连载,共连载三期。② 1895 年至 1897 年间,藤田丰八的《中国文学史》作为东京专门学校的讲义出版,1897 年,藤田丰八的《中国文学史稿·先秦文学》出版。值得一提的是,古城贞吉的《中国文学史》于 1897 年出版,此书为日本第一部叙述先秦至清的中国文学史通史。同年,笹川种郎的《中国小说戏曲小史》出版,1898 年,笹川种郎的《中国文学史》出版。此外,笹川种郎还与白河鲤洋、大町桂月、藤田丰八、田冈岭云五人合著《中国文学大纲》,陆续出版于 1897 年至 1904 年。随后有高濑武次郎的《中国文学史》(1899—1905),中根淑的《中国文学史要》(1900),久保天随的《中国文学史》(1903),以及久保天随的第二部《中国文学史》(1904)等。

中国文学史集中出现于此时期,原因大致有三方面。第一,是基于学术研究

---

① 町田三郎在《明治汉学家》一书中,将明治汉学分为四期。其中,第一期是从明治元年(1868)至明治十年(1877),第二期是明治十一年(1878)至明治二十三年(1890),第三期是明治二十四年(1891)至明治三十六年(1903),第四期是明治三十七年(1904)至明治末年(1912)。此处参考了町田三郎的分期法。
② 参阅[日]川合康三主编:《中国的文学史观》,创文社,2002 年,第 21 页,幸福香织执笔。

需要,欧洲的文学史体例传入日本后,此理论与研究方法运用于文学研究,首先出现了日本文学史,继之以中国文学史与日本汉文学史。日本文学史、中国文学史、日本汉文学史的出版时间的先后顺序,相应体现了其在日本的关注度,此三类文学史皆是西方近代文学观的具体体现。第二,明治时期的学术研究尚难以独立于政治体制之外,在与中国外交日益复杂的情况下,中国文学史的集中出现,不排除具有竞争此领域学术主导权之意,而竞争的格局一旦投映在文学研究上,便相应地在文学史中出现了如下的呼声:"在中国人尚不了解中国文学史的必要性之际,日本人应抓紧此时机编纂中国文学史。"[1]第三,由于日本在漫长的岁月里接受中国文化的影响,因此,编纂中国文学史实际上是以追溯日本传统文化为目的,为日本本国的文化研究提供必要资料,此为日本编纂中国文学史的基本立足点与出发点。

本课题研究的第三期为1906年至1919年,此时期日本学术研究逐渐成熟,对于"文学"与"文学史"概念的界定渐趋一致。其间出版的儿岛献吉郎《中国大文学史古代篇》(1909)与《中国文学史纲》(1912),距其本人所著的第一部《中国文学史》已整整二十年。1919年,盐谷温的《中国文学概论讲话》出版,此书将日本近代的中国文学研究尤其是俗文学研究推向高峰,标志着日本的中国文学研究正式跨入了近代化的学术体系。

具体而言,第一章主要叙述日本明治时期中国文学史的缘起,以及"文学"观念的演进,追溯"文学"一词古今意义的嬗变。在此基础上,立足于明治时期出版的中国文学史文本,对其体现的文学观加以分析,并对明治时期中国文学史的核心理念进行定性与定位:即明治时期出版的中国文学史并非单纯出于对中国文化的亲近感,而是以中国文化为历史参照,基于日本的民族与国家观念,对日本自身传统文化进行回顾与追溯。

第二章主要叙述明治社会语境下中国文学史的书写,包括明治社会环境与中国文学史、日本近代大学的学科设置与中国文学史。明治维新后,日本成为亚洲第一个进入近代化的国家,作为一个特殊的历史时期,国学、西学与汉学的错杂,

---

[1] 井上哲次郎在为古城贞吉的《中国文学史》(东华堂,1897)所题序言中称:"中国人自身缺乏概括能力,对当前的学术动向亦无从辨析,中国人尚并不知晓编写中国文学史的必要性。"以此劝诫日本人抓紧时机编纂中国文学史。

西方各种思潮与流派的涌入,与其他国家的战略外交等均不可避免地投映到中国文学史书写上。不仅如此,"文学史"与日本近代大学的学科设置之间也存在密切关联,"Lliterature"于1871年被译成"文学"后,最早便出现于学校的课程表中,而为数众多的中国文学史其实也是各大学的讲义录。如以儿岛献吉郎的《中国文学史》为首,藤田丰八的《中国文学史》为东京专门学校、高濑武次郎的《中国文学史》为哲学馆、久保天随的《中国文学史》为早稻田大学编写的讲义录等。① 百余年来,尽管受各种政治因素影响,日本的中国文学研究处于不断变动的态势,但正是有赖于大学的中国文学课程,使中国文学史得以以大学讲义录的形式不断延续出版,从这个角度讲,中国文学史与大学课程设置之间是互为依存的关系。

第三章是明治时期的中国文学史本体研究,包括对中国文学特质的探讨,对文学作品的介绍与分析,以及有关作者、版本情况的考证等。

第四章对泰纳文学理论进行简要介绍,并对泰纳的文学理论东渐日本的过程进行了回顾,着重分析了泰纳的"三因素"学说对日本明治时期的中国文学史产生的影响,指出明治中国文学史侧重从文学外部因素探讨文学发展规律源于泰纳理论。

第五章主要叙述明治时期的中国文学史观,分别从儒学对文学的影响、俗文学观的演进、泰纳文学理论的接受、中国古代文论的影响、中日文学传统的差异等方面,探讨了明治时期的中国文学史观,指出由于明治文学史家与中国本土文学史家的社会环境、政治环境、文化环境的不同,对同一作家作品及文学现象的评价存在差异,而对中国文学史所做的差异性探讨,有助于深化对中国文学的理解。

第六章主要介绍中国文学史分期情况,着重对古城贞吉、笹川种郎、儿岛献吉郎、久保天随、藤田丰八、高濑武次郎、盐谷温的中国文学史分期进行梳理,在此基础上,对此时期中国文学史的分期分类如下:第一种是儿岛献吉郎的多层次兼顾的中国文学史分期法,即兼顾朝代更换与中国文学思潮、文学流变的分期法;第二种以笹川种郎为代表,依据历史朝代自然更换的分期法,此分期法主要是"九分法";第三种是以久保天随为代表的"四分法",即将中国文学史分为"上古文学"

---

① 叶国良、陈明姿:《日本汉学研究续探:文学篇》,华东师范大学出版社,2008年,第167页,《中国文学史的诞生:20世纪日本的中国文学研究之一面》,川合康三著,朱秋而译。

"中古文学""中世文学""近世文学"四个时期,此分期法既考虑到历史朝代的完整性与连贯性,同时也考虑到中国文学思潮的演变,对中国本土文学史的影响较大。1919 年,盐谷温的《中国文学概论讲话》出版,此书打破了以往的中国文学史分期方式,首次将中国文学按照体裁加以分类。

第七章梳理了日本汉文学史的发展历程,指出对日本汉文学史的研究,实际上是对中国文学史的有益参照与补充,然而,无论是日本还是中国,目前对此方面的研究还为数较少。

本书的"结论"部分,将日本明治时期的中国文学史的总体特征归结为以下几点:第一,明治时期的社会历史环境对于中国文学史书写产生了较大影响;第二,日本文学史家以儒学的角度切入中国文学的特质,注重对先秦诸子学说及儒学的介绍,此为明治中国文学史的显著特征;第三,明治时期,泰纳的文学理论已传入日本,中国文学史在一定程度上体现了泰纳的文学观尤其是"三因素"学说;第四,由于 19 世纪欧洲对中国小说戏曲译介的兴盛,以及明治时期以《小说神髓》为代表的对文学反映"人情世态"的强调,共同促成了明治时期中国俗文学研究的勃兴;第五,明治时期的中国文学史体现出中日两国文学传统与价值取向差异,此种差异性也是比较文学的价值所在;第六,总体而言,日本明治时期出版的中国文学史体现了由传统学术向近代学术的过渡,不可避免地具有一定时代局限性,由于对"文学"与"文学史"理解的不确定性,有些文学史著述并非真正意义的文学史,而是包括文字、典章制度、诸子学说等在内的国学史。值得注意的是,在向中国传播的过程中,此种情况对中国本土文学史书写产生了一定影响。

综上所述,尽管明治时期的中国文学史理论并非自觉而成熟,对"文学""文学史"的理解尚处于不断变动的状态,但作为近代西方文学观及研究方法与中国古代文学研究的首次链接,颇具开创性的价值与意义,并对中国本土文学史书写产生了广泛而持久的影响,以至于 20 世纪侧重从文学社会环境与外部条件来叙述中国文学成为中国本土文学史的主流。

第一章

中国文学史在日本的缘起

第一节 概述

1882年,末松谦澄将其在英国日本留学生会上的演讲稿整理出版,题名为《中国古文学略史》,此为日本近代史上第一部以"文学史"题名的著述。严格意义上讲,此书与近代意义上的文学史相距甚远,不唯文学观与近代西方的"Lliterature"相差悬殊,编写体例与研究方法也乏善可陈。末松谦澄作为19世纪80年代日本派赴英国的外交官,在伦敦生活达八年之久,时值欧洲近代文学观逐步确立、国别文学史编写风起云涌之际,然而,末松谦澄似乎对此并无兴趣,其文学贡献更在于译介日本古典,如首次将《源氏物语》译成英文。

末松谦澄之后,日本的中国文学史书写大约沉寂了十年时间。1891年,日本同文社《中国文学》杂志开始连载儿岛献吉郎的《中国文学史》。此后三十年间,日本共计出版了约19部中国文学断代史与中国文学通史,以令人惊叹的速度成为当时世界范围内中国文学史领域的霸主。

继中国白话小说在江户时期(1603—1867)兴盛后,明治时期(1868—1912)再次迎来中国文学史的热潮。察其所因,前者由于幕府统治者将儒学确立为官学,日本自上而下推崇中国文化,因此,以《水浒传》为代表的中国白话小说的流行不足为奇。后者的情形则较为特殊,众所周知,明治时期是日本历史的转折点,随着明治维新所引发的激烈社会变革,日本社会整体上呈现出与中国文化渐行渐远的态势,按照一般常理,在此环境与时代氛围下,中国文学研究理应呈现低迷之势。

然而,事实与常理恰恰相反。中国文学史不但诞生于明治时期,而且随即迎来书写与出版的黄金期。对此,川合康三曾发问:"1890年代后半,名为'中国文学史'的书籍突然一起登场,而综观以前中国文学历史的书籍却几乎没有出现过此现象,的确相当诡异,其原因究竟何在?"①

实际上,围绕此问题所做的种种思考,终将不可避免地落实到国别文学史本身所负载的价值与意义上。国别文学史在欧洲诞生之初,即被赋予追溯民族传统文化与激发民族情感之属性,此为文学史区别于其他学科的标志,也是中国文学史研究难以回避的问题。

溯本求源,19世纪末的日本处于民族情绪空前高涨期,其在政治、经济及军事等领域与中国展开激烈角逐。在文化领域,尽管两国学者之间交流互动频繁,但是内在竞争始终存在。实际上,日本当时在中国文学史领域的捷足先登,不仅在于引入西学的客观需要,同时也是以中国文学史为契机,在思想文化上与中国进行较量。1897年,古城贞吉的《中国文学史》出版,此为日本出版的第一部中国文学通史,当时在思想界与教育界有广泛影响的井上哲次郎为此书题写了序言:"目前西洋人对于中国文学的研究领域尚未真正开辟,除《诗经》以外,只有李白、白居易、苏东坡等人的诗词被翻译而已,对古今3000年中国文学进行历史考察,这并非西洋人容易做到的事情。而中国人自身缺乏概括能力,对当前的学术动向亦无从辨析,中国人尚并不知晓编写中国文学史的必要性。而即使中国人知道有此必要性,他们也没有编写的资格,若果然编写中国文学史,也只能由我邦人来担任。"②由是可见,19世纪末文学史传入日本之初,日本人对此抱有的抢滩登陆之心。

井上哲次郎所言,或能代表当时一般文学史家的心态。此不仅表现为中国文学史出版数量自此迅速攀升,也表现为在此思想指导下,对作家作品的评论容易出现以偏概全、先入为主的问题。事实上,即使盐谷温这样的大家,也难脱其窠臼。如盐谷温评价《红楼梦》:"犹如中国料理之醇厚,中国人性情亦极为复杂。以淡味刺身与盐烧为好,性情单纯的日本人,对此显然无法理解。中国人初次见面的寒暄,其辞令之精巧,委实令人惊叹。且在外交谈判及谲诈纵横的商略上,充分发挥此特色。从中国文学的虚饰之多,也可看出其国民性之复杂。餐藜藿食粗

---

① 叶国良、陈明姿:《日本汉学研究续探:文学篇》,华东师范大学出版社,2008年,167页。
② 古城贞吉:《中国文学史》,经济杂志社,1897年,第3页。

糠的人不足与之论太牢的滋味,惯于清贫的生活,难以与通温柔乡里的消息,粗犷之人也无法玩味《红楼梦》的妙文。"①盐谷温以中国料理、中国人的日常寒暄、外交谈判及中国文学的虚饰来推断中国国民性的复杂,进而得出《红楼梦》令人无法玩味之结论。此种以并无内在关联的事例进行论证的做法,显然有悖逻辑推理的规则,其并非比较文学意义上一般的文本误读,实际上是以一种文化优越论的心态来审视他国文化。可见在民族主义急剧膨胀的历史时代,文学史家也难以免俗。

值得注意的是,尽管明治时期的中国文学史数量颇为可观,但质量上却良莠不齐。此一方面由于文学史体例由欧洲导入不久,对于文学概念的理解尚未清晰,文学史书写体例处于探索与尝试阶段,因此存在各种不确定因素;另一方面,由于彼时日本有意垄断中国文学史书写,在出版时间上必须尽量提前,因此在一定程度上造成作者难以深思熟虑,甚至在引用、抄录中国文献时错漏频出。显然,对日本文学史家而言,尽管具有近水楼台的优势,但书写对象毕竟是异国文学,更何况中国文学时间跨度之长、作品之庞杂,在世界范围内亦属鲜见,因此,撰写中国文学史实非易事。面对浩如烟海的文献典籍,如何进行分类、取舍与评价,如何对版本进行搜集、选择与考证,如何探究不同时代的文学形式、文学流派及文学思潮之间的内在关联,如何思考中国文学发展与演变的规律,无异于难以逾越的千峰万壑。

对于明治文学史家而言,更大的困难还在于文本阅读。对于习惯于阅读文言典籍的日本人而言,明清白话小说是摆在其面前的一大难题。尽管少年时代接受汉学私塾教育,青年时代入大学学习中国古典,然而其所接受的汉文训练,往往是以日语训读的方式来研读儒家经典,对于明清白话小说中出现的大量口语及俚语,则难以理解,甚至根本无法阅读。因此,明治时期的文学史家,尽管受欧洲俗文学观影响而较早意识到中国戏曲、小说的价值,却难以在中国文学史中相应地加以详述。对此,久保天随坦承,其本人在撰写元明清文学史时,由于未能细读某些原著,只好以寥寥数笔带过。

久保天随的情况并非个例。实际上,短时间内速成一部中国文学史,犹如短

---

① [日]盐谷温:《中国文学概论》,弘道馆,1948年,第447页。

时间建成一座大厦,无论外墙如何高端,内饰终难精致。只是素以犀利著称的久保天随,更敢于直言自身的不足,同时也将更为犀利的言辞抛向同时代的文学史家:"在此之前,虽然出现了两三部称之为中国文学史的作品,但无非是见识浅薄的学者之作,连丝毫的学术价值也没有。"①

久保天随的批驳并非空穴来风,在对于"文学"概念未充分理解之前,文学史写作不可避免地呈现杂乱无章之态。唯有对"文学"的概念进行准确的定性与定位,文学史写作才能有秩有序地进行。然而,彼时日本书写中国文学史的条件尚未成熟。与同时代的文学史家相比,久保天随前瞻性地指出,当时文学史中普遍存在一种"泛文学观",在此文学观的影响下,文学与史学、文学与哲学之间纠缠不清,致使文学史难以从史学及哲学著述中独立出来,与此同时,文学也难以作为一门独立的学问而存在。久保天随认为,有些人以"文学"为"文章、学问"之义,将文学与史学、文学与哲学混为一谈,其著述只徒有西洋文学史的外表,内在的文学观与研究方法却是滞后的。② 如其所言,翻阅明治时期的中国文学史,其中有关"文学与文字""文学与学校""文学与科举""文学与宗教"的内容比比皆是,大量与文学无关的文字充斥其中,使其更接近于庞杂的学术史,而非近代意义上的文学史。

中国本土情况大致如此。20世纪初,不少题名为"中国文学史"的著述,实则近于百科全书式的学术史。究其所因,除受到传统学术"经、史、子、集"体系的制约外,日本的影响也是不容忽视的因素。由于晚清借鉴西学主要通过日本,在此过程中,精华与糟粕往往同时被吸纳,难以细加厘剔。曾经在相当长时间内,中国习惯于借助日本搭建的中国文学史框架,将相应的国学内容加以填充。此种以日本出版的中国文学史为参照物的做法,如同一把双刃剑,在获取便捷的同时,也在一定程度上造成对文学史本源的忽略,难以从根本上对文学的概念进行深入挖掘,致使中国文学史长期徘徊在国学史边缘,走过漫长的亦步亦趋之路。

然而,尽管明治时期的中国文学史存在缺憾,却无疑是文学史发展的一条必经之路,其真实地记录了19世纪末中国文学史如何在日本落地、生根及发芽的过

---

① [日]久保天随:《中国文学史》,人文社,1903年,第2页。
② [日]久保天随:《中国文学史》,人文社,1903年,第2页。

程,传达出早期日本文学史家所面临的困惑、矛盾与思考。毋庸置疑,明治文学史家为此所做的种种努力,为大正时期中国文学史正式跨入近代学术体系进行了有益的尝试。因此,无论是对大正以后中国文学史的研究,还是对中国本土文学史书写过程的回溯,明治时期出版的中国文学史均富有价值。

具体而言,明治时期中国文学史的价值,不在于对文学现象及作品本身的评述,更在于首次将19世纪欧洲的文学观与中国古典文学进行链接,使戏曲、小说从"见识污下"的藩篱中彻底解脱出来,作为学术研究对象纳入中国文学史书写,并在大正时期(1912—1926)成为中国文学研究的主流。此方面具有开拓之功的当属笹川种郎,其不仅撰写了第一部研究中国戏曲小说专著,而且将中国俗文学提高至与欧洲文学同等的地位,首次打破了诗词文赋一统天下的学术传统,成为引领明治时期中国文学研究的风向标。从此时起,素来难登大雅之堂的戏曲小说,不仅进入中国文学史,而且逐渐成为中国文学史的主角。至1919年盐谷温的《中国文学概论讲话》出版,作为日本近代中国文学史的扛鼎之作,此书对戏曲小说的叙述已成重中之重,全书共计473页,第六章"戏曲"达130页,第七章"小说"达183页,戏曲与小说合计占比65%。可以认为,对戏曲小说地位与价值的认可,成为日本近代中国文学史书写的最大亮点。

此外,从社会风俗角度评价中国俗文学的倾向,在明治时期初露端倪,经笹川种郎、藤田丰八、久保天随等人的推波助澜,至大正时期已蔚为壮阔。此非传统的文学评价标准,而是源自欧洲的一个舶来品。正是由于19世纪欧洲对中国俗文学价值的发现与认可,以及对中国俗文学作品的翻译、介绍,引发了日本学者对此现象的关注,并最终促成了中国俗文学研究在日本的兴盛,此为欧洲文学观导入近代日本的一个例证。

实际上,欧洲最初对中国戏曲、小说产生兴趣,是以此作为了解中国国民性及传统习俗的一个路径。如19世纪的法国人普遍认为,中国文学中最具价值的部分是俗文学。法国的雷米萨在翻译《玉娇梨》时表示,此部才子佳人小说是一部"真正的风俗小说",可以帮助人们了解中国文化。小说讲述的不仅是一个故事,也可以反映不同民族的风俗,而风俗小说往往具有社会研究价值。此外,于连在《平山冷燕》的译序中也强调,如果想要了解中国,一定要熟悉中国的文学作品,尤其是社会风俗小说。① 可见对一部作品,评价角度与标准不同,其评价结果也往往不同。相较而言,近代欧洲与日本侧重俗文学表现的社会风俗,即以能否了解社会风俗作为评价中国戏曲、小说的标准之一。据此也可以解释,有些中国本土视为二三流的作品,反在他国受到热捧,原因即在于角度与标准不同。

"横看成岭侧成峰,远近高低各不同",综观明治时期出版的中国文学史,其对中国俗文学的评价,主要集中于作品语言、故事情节、社会风俗及人性人情四方面。首先,语言浅显直白的作品往往更受推崇,此一方面由于阅读条件所限,因为复杂的语言令其无所适从,产生难以把握之感。另一方面,由于日本传统文化崇尚简约,以单一、奇数、素朴为美,故此类作品更易纳入其审美视野。《红楼梦》自1793年(日本宽政五年、清乾隆五十八年)运抵日本长崎港后,长期无法广泛传播,语言繁复即为原因之一。与此同理,情节明快、紧凑的作品也更受青睐。《水浒传》在近代日本广为流传,江户时期,时人争相传阅,水浒英雄几乎妇孺皆知,其传播盛况远超《红楼梦》。其中原委,一如伊藤漱平所言:"也许对熟读《三国演义》《水浒传》等有丰富的情节变化的小说读者来说,《红楼梦》这部小说令人感到不知如何读起。"②《红楼梦》在明治中国文学史中也偶遭冷遇,相较《红楼梦》,笹川种郎更赞赏《金云翘传》:"《金云翘传》没有《红楼梦》之错杂、《金瓶梅》之淫猥,篇幅短小而情节连贯,除《水浒传》《西游记》以外,如果让我对有意欣赏中国小说的人士推荐,那么我一定会推荐《金云翘传》。"③在中国本土,《金云翘传》实难与《红楼梦》相提并论,然而,在笹川种郎看来,《金云翘传》更有可取之处,此亦评价角度与标准不同所致。

再次,如前所述,受19世纪欧洲文学观的影响,从社会风俗角度评价中国俗文学,成为近代日本中国文学研究的一种趋势。此方面的代表作为盐谷温的《中国文学概论讲话》。在此书中,盐谷温对戏曲、小说的评述,往往考虑到社会风俗及国民性之一面,如评价《水浒传》为"且供研究中国的国民性及风俗研究的一端",认为《水浒传》的价值不仅是一部小说,更是了解中国风俗及国民性格的利器。此种评价角度,的确令人产生耳目一新之感,然而,过于关注作品所表现的社

---

① 参阅钱林森:《中国古典戏剧、小说在法国》,《南通大学学报(社科版)》,2008年2月。
② [日]伊藤漱平:《〈红楼梦〉在日本的流行》,大安,1965第1期。
③ [日]笹川种郎:《中国文学史》,博文馆,1898年,第261页。

会风俗,则容易导致对作品本身思想价值的忽略,因此存在一定片面性。此种评价体系的影响力在大正以后渐次减弱,并最终为接受学等理论所代替,在文学话语与其他话语之间的复杂关系中,全面而多角度地展开叙述逐渐成为中国文学史的趋势。最后,从纯美学角度出发,以是否表达真性情来衡量戏曲、小说,将俗文学从扬善惩恶的封建道德束缚中脱离出来,也是明治中国文学史的价值所在。如明治文学史家普遍表现出对《西厢记》的赞赏,认为《西厢记》的成就在《琵琶记》之上,由于《西厢记》反映了真实的人情,因此具有感人至深的艺术魅力。

值得一提的是,明治中国文学史家作为历史上特殊的群体,其熟悉中国文化,同时在剧烈的时代变革中,无时无刻不在经历西学风暴的冲击,思想上经历着大起大落的变动。与此相应,在其所书写的中国文学史中,往往表现出不同的文学观,其中一部分文学史家坚守中国传统学术,以儒学作为贯穿中国文学史书写的线索,另一部分文学史家则逐渐接受近代西方文学观,在新旧交替、中西磨合中不断对中国文学进行思考与探索。如果说,明治时期是日本历史上风云激荡的时期,那么明治中国文学史同样处于复杂变动的时期,体现于明治中国文学史著述中,则是对"文学"的理解殊难同调。

综上所述,明治时期对中国戏曲、小说的研究,与江户时期以朱子学为中心的中国古典研究,以及对小说戏曲的日文翻译与训读,在研究性质与研究对象上均发生了根本性改变。在世界范围内,鲜有外国研究者与中国文化的渊源如此之深,也少有一个时期,如此集中地书写与刊行中国文学史。明治中国文学史,不仅彰显了近代日本学者对中国古典的认识与理解,同时也是一场对日本的本国文化的探源之旅,毕竟在漫长的历史岁月里,日本文化与中国文化达到了深刻交融的程度。客观而言,明治中国文学史促成了中国文学史的近代化步伐,对20世纪中国本土文学史书写产生了深远影响。在20世纪初的中国,中国文学史被寄托的家国民族情怀,甚至超越了对文学史本身的关注与思考,可以说,中国文学史产生、发展及逐步走向成熟的过程,是近代中国社会历史变迁与人文心态历程的缩影。

因此,对百年前日本出版的中国文学史进行整理,勾勒其学术发展与演变的轨迹,将其学术研究过程中的优劣得失真实地呈现出来,或对今后的研究有所裨益。

第二节 "文学"观念的演进与中国文学史书写

在对明治时期(1868—1912)的中国文学史展开论述之前,首先有必要对所论述的对象进行界定。一般而言,"文学史"具有双重含义:一是指文学自身的客观历史进程,二是指研究者主体对这一历史进程的理解与把握,亦即客观历史进程的主观反映,是以书写者形态出现的文学史。① 本文所做的研究属于后者,即以中国文学史文本为中心展开相关研究,包括对文学史观与文学史叙述体例的考察。此处的文学史观,指明治时期的文学史家对中国文学历史的总体评价与认识,其中涉及对文学作品的评述,对作者及版本的考证,对文学流变、文学思潮与文体的阐释。文学史叙述体例主要包括中国文学史叙述方式、章节安排及比例分配、文学史分期等。

有关文学的定义,迄今已得到基本共识:"文学是以语言文字为工具,形象化地反映客观现实,表现作家心灵世界的艺术,包括诗歌、散文、小说、戏曲四大体裁。"如此廖廖数语,在百余年前,对它的理解却经历了难以想象的艰难。这是由于,无论在日本还是中国,在传统学术体系中均无法找到与之对应的解释。为追溯"文学"的本义及近代以来被赋予的新含义,以下从三方面分别予以分析。第一,中国传统意义上的"文学";第二,日本传统意义上的"文学";第三,作为"Lliterature"译语的"文学"。

由于中国古代学术中鲜有对概念的界定,因此无法直接找到对"文学"的定义,而只能依据典籍,考察"文学"古今含义的演变。通常认为,"文学"的含义经

---

① 参阅陈伯海:《中国文学史学史》,河北人民出版社,2003年,第2页。

历了以下几个阶段的变化。《论语·先进》中有"德行:颜渊、闵子骞、冉伯牛、仲弓。言语:宰我、子贡。政事:冉有、季路。文学:子游、子夏。"此为中国现存有关"文学"的最早记载,此处的"文学"指文章博学,为孔门四科之一。此后,"文学"的含义不断变化,至汉代已与先秦时代的含义相距颇远,《汉书·武帝纪》元朔元年的诏书中有"选豪俊,讲文学",此处的"文学"当指文献经典。另据《魏书·郑义传》"而义第六,文学为优","文学"在此指代有文采的作品。至唐宋时期,在古文运动中提出"文以载道""文以明道",倡导忽略文学的"言辞"与"文采",以"载道"与"明道"为文学的首要任务,此时"文学"的含义再度回归至"文章"与"博学"。同时,也由于"文学"兼具"文章"与"博学"之义,因此,唐宋时期开始以"文学"指代一切学术。唐宋以降,"文学"的含义逐步固定,大致而言,包括两方面的含义,一是文章博学,二是文献经典。

由此可见,中国传统意义上的"文学",含义本身较为模糊,而且在不同时期有不同所指。由于传统意义的"文学"不存在表达作家主观情感的因素,因此所有的文献经典皆可称之为"文学"。当作为日文译语的"文学"一词传入中国时,此种词义的模糊性与外延的宽泛性,更增加了理解的不确定性。与此相应,早期的中国文学史往往在开篇对"文学"及"文学史"进行界定,实际上是受西方研究方法的影响,尽管所下定义并非准确,但此种行为本身却体现了近代学术研究的开端,因为明确概念是开展一切学术研究的基础。

日本受中国影响久远,历史上有关"文学"的含义与中国较为相近。据铃木贞美的研究,日本的"文学"一词最早出现于《养老令》(718)中,是亲王家讲授经书的官职名称。《养老令》在《大宝令》(701)的基础上修定而成,此法可能效仿中国汉代宫廷职务中的"文学"。作为普遍意义上的"文学",则始见于日本第一部汉诗集《怀风藻》(751),"旋文学之士,时开置醴之游"。此处的"文学"指学问或儒学,考虑到中国六朝时代的影响,也可能包含一般的学问与文章结合之意。[①]与中国相同,日本历史上"文学"的含义也处于不断变化之中。进入室町时期之后,在世阿弥的谣曲《老松》中再次出现的"文学",含义也随之发生了变化:

唐帝时,国家文学若兴盛,花色即增,香味胜于平常;文学若衰微,花色即

---

① [日]铃木贞美:《文学的概念》,王成译,中央编译出版社,2011年,第59页。

褪,香味消失。故而曾经喜好文学的树木梅被称为好文木。

此文中的"唐帝"指中国皇帝,日本在解释"好文木"由来时,往往列举晋朝的武帝或哀帝。此处的"文学"具有浓厚的中国文化色彩,较为贴切的解释应该是汉诗文。① 概而言之,日本古代文献记载的"文学",无论是官职名称,还是学问、儒学及汉诗文,均与中国有关。以上是铃木贞美对"文学"的阐释,另据日本辞书《广辞苑》,"文学"包括以下四方面含义:

1.指学问、学艺,是有关诗文等一切学术的总称。

2.指"Lliterature",即借助想象力,以语言为载体,表现外部世界与内心世界的艺术作品,包括诗歌、小说、物语、戏曲、评论、随笔等。

3.律令规定享有官给的家庭教师。

4.江户时代诸藩的儒官称呼。②

据《广辞苑》的第一种解释,日本传统意义上的"文学",是指有关诗文的一切学术。第二种解释,则专指英语的"Lliterature",表明"文学"是19世纪翻译英语词语时所创造的一个新词,其含义与以往"学问""文章""儒学""汉诗文"及"官职"等不同,专指西方近代意义上的诗歌、散文、戏曲、小说、随笔、评论等表现外部世界与内心世界的作品。由是可知,日本传统的"文学",可以泛指一切学术,而作为"Lliterature"的文学,含义则相对狭窄得多。值得注意的是,"Lliterature"在其发源地英国,在18世纪时也被赋予代表社会价值的全部作品,包括诗歌、哲学、历史、随笔和书信,即泛指著作与书本知识,直至19世纪才将"文学"确定为具有"创造性"与"想象性"的作品。③ 可见近代欧洲对于"文学"概念的界定,也存在一个由宽泛至狭窄的渐进过程。

"Lliterature"于1877年前后传入日本,由于传统学术中无法找到与之相对应的词语,因此,如何对其进行翻译成为一个难题。最早将"Lliterature"翻译成"文学"的是津和野藩(今日本岛根县西南部)的西周,西周作为日本派遣荷兰留学的学者,较早接受了法国孔德的实证主义哲学和英国约翰·穆勒的功利主义哲学,

---

① [日]铃木贞美:《文学的概念》,王成译,中央编译出版社,2011年,第68页。
② [日]新村出:《广辞苑》,岩波书店出版,1983年,第2141页。
③ [英]特雷·伊格尔顿:《二十世纪西方文学理论》,伍晓明译,北京大学出版社,2007年,第16—17页。

其在翻译《百学连环》(1871)时首次将"Lliterature"译成"文学",后又在翻译《百一新论》(1874)时将"Philosophy"译成"哲学"。① 此外,在1875年5月8日的《文部省报告》第二十一期发布的"开成学校课程表"中,"文学"首次作为一门课程的名称出现,同年,"Lliterature"的译法得到了日本文部省认可,1875年,"文学"一词开始在日本推广。② 然而,尽管"文学"作为"Lliterature"的译名被确立下来,但其实在相当长时间内,日本文学界对"Lliterature"的理解各持己见,颇难统一,如长泽规矩也所言,"文学""文艺"二词本源于中国,历史上由中国传入日本后,其使用的方法本来就很暧昧,且在不同历史时期有不同所指,自从作为"Lliterature"的译语后,其概念益觉含混。

"Lliterature"传入日本后,由最初翻译为"文学"一词到作为学校的课程名称,直至出现在文学史书籍中,最终成为一个日本化的词语。与"Lliterature"相似,明治时期出现频率较高的词语大部分为译词,因此,尽管明治时期的文章采用汉文书写,但实际上蕴含着大量西方词语,因此,"若要真正理解明治时期文章的内涵,就必须关注未加翻译的原文,以及其背后所代表的西方思想"③。可以说,日本正是在翻译西方书籍的过程中开启了近代学术之门。

然而,"拿来"只是完成了第一步,真正消化、吸收并融汇至本国的文化体系中却是一个颇为艰难的过程,从某种程度上讲,明治学者的主要任务即是对西方文献进行翻译、理解与阐释。当时,夏目漱石、坪内逍遥、田口卯吉、松尾芭蕉、井原西鹤、荻生徂徕、服部南郭、太宰春台等知名学者均参与至有关"文学"的阐释中,夏目漱石甚至为此许下誓言:

> 余乃蛰居寓中,将一切文学书收诸箱底。余相信读文学书以求知文学为何物,是犹以血洗血的手段而已。余誓欲心理地考察文学以有何必要而生于此世,而发达,而颓废;余誓欲社会地究明文学以有何必要而存在,而兴隆,而

---

① 参阅[日]铃木修次:《"文学"译语的产生与日中文学》,收录于《中国文学的比较文学研究》,汲古书院,1986年。
② 参阅[日]铃木修次:《"文学"译语的产生与日中文学》,收录于《中国文学的比较文学研究》,汲古书院,1986年。
③ [日]刈部直、片冈龙:《日本思想史入门》,郭连友、李斌瑛等译,外语教学与研究出版社,2013年,第294页。

衰减也。①

夏目漱石所言,颇能代表明治学者的普遍心态。此种彻底学习西方文化、不搞明白誓不罢休的精神,是日本知识分子孜孜求学的真实写照。日本自古以来即在不断接受外来文化中前行,历史上研读中国古典的艰辛,近代学习西方文化的困惑,使日本人似乎获得了一种吸纳新知识的特殊的能力与勇气。

作为"Lliterature"译词的另一侧面,"文学"这一源自中国的古老词语,在19世纪被赋予了全新的意义。此种以古代从他国输入的词语来翻译近代的另一国词语的做法,在世界文化交流史上也颇为鲜见。从这个角度讲,"文学"一词由古至今的经历,也可以视为日本吸收外来文化的一个缩影。当"文学"作为"Lliterature"的译词再次传入中国,则与中国本土的"文学"含义发生了翻天覆地的变化。所谓"少小离家老大回,乡音无改鬓毛衰",大约也可以用来形容"文学"的这场海外之旅。

具体到文学史中有关"文学"的定义,则最早可以追溯至1890年。1890年,三上参次、高津锹三郎编纂了《日本文学史》,此书为第一部日本文学史。三上参次、高津锹三郎在此书上卷"总论"的第二章谈到其对"文学"的理解,其中列举了欧洲学者对"文学"所下的定义,指出英语和法语的"Lliterature"或"Lliterature"本义是从文字之意转化而来,凡是依赖于文字,即只要用文字能够表达的人间的一切知识、情感皆是文学。此种解释令三上参次和高津锹三郎感到困惑,进而质疑:如此宽泛的定义实在令人感到无所适从,难道连旅馆的住宿名簿或者银行的账本也都是文学吗?

三上参次、高津锹三郎意识到,"Lliterature"一词具有极其宽泛的本义,并对此提出质疑,但他们同时也反对试图从传统学术中寻找"文学"含义的做法:

> 即使今日,尤其在汉学家之中,文学之本在于明确道义。文学之用在辅佐政教。而不在雕琢文章、修饰字句。亦有人认为考证古典、研究古典乃文学之本分。亦有人把讲授古圣先贤之教义,弄清治国经世之术称之为文学。

---

① [日]夏目漱石:《文学论》,张我均译,中国知识产权出版社,"民国文存"系列32卷,2014年,卷首序,第2页。

或把诗歌、小说当成真正之文学,或以俳谐狂歌体会文学之精粹。①

由于不满此前对"文学"的解释,他们尝试对"文学"进行了新的定义:

> 文学指以某一问题巧妙表达人的思想、感情、想象者,兼具实用与快乐之目的,并传授给大多数人以知识。②

在此定义中,"文学"被认为不局限于某一体裁,不必明确道义与辅佐政教,只要表达人的情感、思想、想象即可,而且以"实用与快乐"及"传授给大多数人以知识"为目的,否定了文学在于"讲授古圣先贤之教义,弄清治国经世之术"的传统认识。

此外,三上参次、高津锹三郎还谈到对"文学史"的理解,他们认为:

> 文学史,作为历史学的一个分支,是讲述文学的起源、发达和变迁的历史。正如历史学可分为世界史、国别史,文学史也分为世界文学史和国别文学史两种。前者是在普遍意义上综合各国文学,以文学的角度展现人类智慧的发达进步,而后者是对一国之内的文学现象以历史的角度加以叙述。③

> ……本书的体裁,参考了当今西洋各国的文学史与文学书,经过分析、整理而确定为此书的著述方式,希望能引起读者注意。观之西洋的"文学书",大致是先刊出名家杰作,加之作家和作品的评论,并附有相关的注释及作者小传。而西洋的"文学史"有的只是单独叙述评论文学的发展以及文体,有的则以作者的传记为主,加上一两篇代表作和其中的章节。虽叙述体裁不一,但是却都网罗了文学的大致情况,且叙述的顺序井然有序。观之我国的相关著述,似乎亦与西洋文学史类似,如详细叙述作者传记,对作家与作品加以评论。但是仔细思考,会发现在我国文学界尚无西洋那样叙述完备之著述,这是由于研究者对我国文学只侧重了一个方面。如果一部文学史总括各种文学作品,并叙述评论其发达变迁的历史,这对于普通的读者或难以理解,因此在撰写"文学史"之同时,还要撰写"文学书",以让读者了解文学的实质是什么,再另写有关文学如何演变发展的"文学史"。然而与其如此,不如将

---

① [日]三上参次、高津锹三郎:《日本文学史》,金港堂,1890年,第9页。译文采用王成所译铃木贞美《文学的概念》,中央编译出版社,2011年,第16页。
② [日]三上参次、高津锹三郎:《日本文学史》,金港堂,1890年,第2页。
③ [日]三上参次、高津锹三郎:《日本文学史》,金港堂,1890年,第2页。

两种著述合二为一,撰写一种特别的文学史著述,以便让读者在阅读时不仅了解我国文学的实质,同时也了解文学如何变迁的历史。这类文学史若用于教科书,使用起来会很方便。

因此本书是以叙述日本文学的起源、发达与演变的历史为主,与此同时也介绍作者小传,为体现散文、韵文的情况,列举了大量例证,然而由于资料浩繁,名篇佳作颇多,因此大部分只能割爱,这颇令人感到遗憾。①

由上可知,明治时期有"文学书"与"文学史"之别,前者主要叙述"名家杰作"及相关评论,以便让读者了解文学作品及著者概况;后者则主要叙述"文学的起源、发达与演变的历史",按照历史时代顺序,对文学进行叙述。不过,此种以时代为序进行叙述并非文学史的唯一特征,晚清刘熙载的《艺概》(1873),同样以时代为序叙述文学的发展,但《艺概》只能称为最接近文学史性质的著作,而不能称为真正的文学史,主要原因在于缺乏文学理论支持,且传统诗话的叙述形式难以展开充分的论述。

客观而言,三上参次、高津锹三郎对于"文学史"的界定尚较为模糊,他们所考虑的角度,尚停留于文学史的编纂体例与方法,而未意识到文学史应以文学理论为立足点,以此对文学的历史流变进行叙述。

在此书序言中,三上参次、高津锹三郎交代了写作缘由,或可视为对"文学史"的另一种解释:

著者二人在读大学之时,时常感叹西洋的文学书编纂得法,有所谓"文学史"一类书籍,详细叙述文学的发达演变,顺序完备而有条理。此时日本尚无此类的专门的文学书或文学史,因此研究本国文学反倒较之于研究外国文学更困难。与其羡彼怜此,不如编写一部不逊色于他们的文学史,于是兴起撰写一部日本的文学书或文学史的慷慨之念。因此在学习正科的余暇留意西洋各国的文学书与文学史,注重其叙述评论的体裁、时代划分的方法。②

如其所言,叙述评论的体裁、时代划分的方法,确为文学史需要关注的问题。因为"叙述评论"的体裁关乎何类作品可以入选文学史,而文学史分期则体现了

---

① [日]三上参次、高津锹三郎:《日本文学史》,金港堂,1890年,第7—9页。
② [日]三上参次、高津锹三郎:《日本文学史》,金港堂,1890年,序言,第2页。

文学史叙述的基本框架。归根结底，三上参次、高津锹三郎编纂《日本文学史》之初衷，是有感于西洋文学史"编纂得法""完备而有条理"，因此想以西洋的著述体例来叙述日本文学，从而为学习日本文化者提供便利。从这个角度讲，文学史传入日本之初，引发关注的是体例与方法，对文学发展规律的探讨尚在其次。

作为日本第一部以"中国文学史"题名之著，末松谦澄的《中国古文学略史》(1882)，同样有感于西洋人的编纂方法，从而萌生编写中国文学史之意。从河田熙所题序言中，可明确感知此点：

> 幼而入小学，辨本邦音训，读邦典，讲汉籍。稍长而习欧洲文字，功其政法、技术，我邦书生之业可谓多歧矣。然余见欧洲少年之为学者，不止习其邦典，亦必修他邦言语，多者兼四五邦。乃若希腊拉丁之古文，又莫不究之，而导之有序，学之得要，不敢以其多而废之也。抑彼之文字言语，大同小异，熟其一，他或可类推焉。我之于欧学，字形语势，莫一相肖者，则其学之难易，不可同日而语。然遵其序而往焉，或易乎得起要。若夫汉土之书，流行虽久矣，圣经贤传，残缺不全，诸子百家，各异门径，编纂之法，亦甚无秩序。苟不得其要而学焉，则毕生孜孜鲜有所得。或至于以为无益而舍之，是因讲学之法不得其宜也，岂其书之罪乎哉。况汉土之学，实本邦文物之祖，苟志于学问者，固不可不讲究其书也。①

将河田熙的序言与三上参次、高津锹三郎的序言对照，会发现二者共同之处在于，促使他们编纂文学史的均是编纂方法。三上参次、高津锹三郎认为，西洋的文学书"编纂得法"，河田熙则感慨，汉籍的"编纂之法，亦甚无秩序"，二者的出发点均侧重于实用价值方面。

1897年，日本东华堂出版了古城贞吉的《中国文学史》，此书是日本第一部中国文学通史。在此书序言中，田口卯吉将人类社会分为"物质界"与"文学界"，分别从物质界与文学界探讨了对"文学"的理解：

> 人类社会中有二大界，一曰物质界，一曰文学界。在物质界，帝王相将、勇士烈妇、贤奸智愚，续续辈出。或发挥天赋技能，以奏绝代伟勋，或狂奔一时名利，以博万世冷笑，亦为人间妙观。而其事率简易，序之不甚难，故古今

---

① [日]末松谦澄：《中国古文学略史》，文学社，1882年，河田熙序，第3—5页。

修其史者,实不鲜矣。①

在田口卯吉看来,作为与"物质界"相对的"文学界",构成极其复杂,因此理解起来更为不易。这是由于"物质界"尚有现实事件可供参照,或只须如实记录历史上曾经发生的事实,而"文学界"的情况则完全不同:

> 至文学界,词客文人,儒释黄老,诸子百家,触物应事,或悲哀,或欢喜,或怒号,或骂笑,或谆谆如谕蒙,或扬扬如夸荣。其言高妙雄大,皆有足使人叹服者,故品评之也甚难。殊以中国文学为最然。秦汉以前,多雄篇大作,譬如长松亭亭耸天,郁郁可仰也。至唐宋八大家,措词整肃,秩然有序,譬如盆栽之树,固结紧缩,一枝一叶皆成趣。呜呼,是进乎,退乎?及近代考据学大起,涉猎之广,搜索之密,前代无比。而至文之真趣,反有不及焉者。然则未可以此俄断其消长也。是以世间或有修文学史者,未有以及中国文学史者也。②

田口卯吉还认为,之所以历史易而文学难,是因为相较于历史,文学需要对现实生活进行提炼与创造,因此"古今修史者众,修文学史者少",而文学史中又以中国文学史为最难。时隔百余年,经过对文学与历史所做的诸多思考之后,中国文学史家发出了大致相同的感言:

> 历史学不研究重大历史事件,不研究人物的行状、根脚,就无所谓历史;而文学除了作家的研究,他们的研究对象绝不会比历史人物的文本更少,它完全可以通过作家创造的艺术世界去认识评价作家。这一切,人们的解释是,历史多是宏观的,偏重事件(政治的、军事的、经济的……)、典章制度的变迁等;文学多作微观,许多记述都是史家不屑顾及的百姓生活。历史关乎外在,文学则注重内在;历史重形而文学重神;历史登高临远,雄视阔步;文学则先天地富于平民气质。所以对文史一家、文史不分家,我在看到它们相通的那一面的同时,又比较看重其相隔相异的那一面。站在文学的研究立场和叙事方式上,窃以为史家之眼光虽深邃,但对文学的诠释往往与文家眼光的审美性的、文学性的感悟多有不同。③

田口卯吉认为编纂中国文学史的难度大,则是一个客观事实。由于中国典籍

---

① [日]古城贞吉:《中国文学史》,东华堂,1897年,第2—3页。
② [日]古城贞吉:《中国文学史》,东华堂,1897年,第3页。
③ 宁宗一:《心灵史:文学与历史的契合点》,《中华读书报》2002年6月19日。

本身浩繁庞杂，且对日本人而言是外国文学，因此历来很少有人敢于涉足中国文学史通史，此前出版的中国文学史均为篇幅短小的先秦文学断代史，一方面是由于日本对先秦文化的重视有历史渊源，另一方面也是由于写作难度较大而难以为继，因此往往有鸿篇巨制的写作计划，却在实际写作中难以真正实现，故此在编纂中国文学史通史方面，古城贞吉的确具有开创之功。

田口卯吉进一步提出，文学界有"词客文人""儒释黄老""诸子百家"，上述内容皆为"文学"。对今天的读者而言，文学与国学的区别，或已成为常识性问题，但在早期的中国文学史中，普遍对二者缺乏清晰界定，田口卯吉非唯个例，古城贞吉的《中国文学史》，仅"诸子时代"就达100页，几乎占据全书五分之一的内容，其中"儒家思想"近50页，作为一部从先秦至清代跨越3000年的中国文学通史，此比例与田口卯吉对"文学"的理解相符。

田口卯吉的文学观还体现在他本人所著《日本开化小史》（1877—1882）中。在此书中，他将"文学"分为"智"文学与"情"文学，认为朱子学属于"智"文学，德川时期山东京传、马琴、柳亭种彦、为永春水、式亭三马的小说属于"情"文学，并认为自小说开始，"文学始可阅读"。① 在田口卯吉看来，儒学是"智"文学的一个分支，儒学与小说同样是"文学"的组成部分，只是可读性不如小说。可见明治早期对"文学"的思考，尚盘桓于传统学术的范围，儒学在相当长时间内，以文学的身份出现于文学史中，"智"文学与"情"文学的划分是此种文学观的体现。

1900年前后，高濑武次郎的《中国文学史》出版，此书开篇同样对"文学"进行定义：

> 文学是依照一定的规则，用修饰的文字，表达人的思想情感与想象，从而达到社会各阶层人的精神愉悦的目的，与此同时间接传达一些事实的活动。②

高濑武次郎认为，文学表达人的思想感情与想象，并且要"达到社会各阶层人的精神愉悦的目的"，此点是与三上参次、高津锹三郎相通之处。不过，高濑武次郎强调，文学的愉悦目的要遍及社会各阶层，从而进一步突出了文学受众的大众

---

① ［日］田口卯吉：《田口鼎轩集》，《明治文学全集》14，筑摩书房，1967年；转引自铃木贞美：《文学的概念》，王成译，中央编译出版社，2011年，第15页。
② ［日］高濑武次郎：《中国文学史》，哲学馆，1900年，卷首总论，第2页。

性与平等性。此种对"文学"愉悦目的的突出,与江户时期的文学世俗化传统有关,但主要是近代欧洲文学观的影响。

高濑武次郎还认为,文学"间接传达一些事实",此观点或受中国史家"实录"思想的影响,如唐代刘知幾认为,小说可以补正史之遗缺,因此必须如实记录事实,明代胡应麟将小说归于子部或史部,也强调小说要以事实为依据,清代纪昀在编纂《四库全书总目》时,同样秉承真实性原则,强调小说要用"著书者之笔"而非"才子之笔"。

此外,高濑武次郎提出文学"表达人的思想情感与想象""依照一定的规则""用修饰的文字",据此衡量"文学",则诸子学等内容应不属于文学史书写范围。然而,实际情况是,在他的《中国文学史》中,先秦哲学占据大部分比例。尽管此种叙述比例可能与其研究领域为先秦哲学有关,但也从一个侧面反映出对中国文学的基本定位。在文学史中详述先秦哲学,并非高濑武次郎所独创,而是在末松谦澄、古城贞吉、儿岛献吉郎的文学史中均有所体现。不同的是,尽管高濑武次郎在文学史的叙述中偏重先秦哲学,但对于"文学"的定义,却体现出一种新气息。与之相比,同期的儿岛献吉郎对于"文学"的理解,则几乎等同于传统国学。有日本学者对儿岛献吉郎的《中国大文学史古代篇》做过如下描述:

> 儿岛献吉郎的《中国大文学史古代篇》是在明治二十四年刊行的《中国文学史》、明治二十七年刊行的《中国文学小史》之后,积十余年的岁月完成的文学史著述。前两部作品都截止到虞夏时代、殷周时代至春秋战国时期。此部著述对于"文学"作为"Lliterature"的意义几乎没有体现,仍然沿袭了当初"文学"作为"文章、学问"之意,致使此书只限于对中国春秋战国时代的学问的一种叙述。在全书 1154 页的篇幅中,先秦部分有 536 页之多,几乎占据一半之多。儿岛献吉郎对于"文学"与"文学史"的构想,沿袭了前两部中国文学史,而此后的《中国文学史纲》中所体现的文学观与近代中国文学史研究的主流也差异颇大。将"文学"理解为广义的"文章、学问"之义,使得他对文学家及其作品的选择过于宽泛,而对中国文学史的叙述过于繁杂。[1]

除《中国大文学史古代篇》以外,儿岛献吉郎还在他的《中国文学概论》中叙

---

[1] [日]川合康三主编:《中国的文学史观》,创文社,2002 年,第 28 页;书目解题,幸福香织执笔。

述了对"文学"的理解,他认为:"文学有形有色,然而文学的本质在于形、色之外;文学可以闻其声,可以有韵律,然而文学的实体存在于声音与韵律之外。文学的色彩与韵律、文学的形式与声音与人的耳目相接触,可是文学的本质无形无声,超越了人的视听。尽管文学超越人的视听,却并非超越人间界,文学并非存在于宇宙之外。文学的实体是生于现实世界中的民族,是其头脑中所固有的思想感情。文学是人的思想感情的具化,人的思想是文学的本质,人的感情是文学的实体。"① 儿岛献吉郎由此传递了这样一种想法:"文学"归根结底代表一个民族的思想与感情,因此,文学家需要有使命感。他说:"所谓文学家的使命,是指文学家作为个人,应该发挥自身的个性,作为国民,要宣扬国民性。小可以感慨自身的境遇,或快乐或忧伤;或者将现实世界理想化,将俗界艺术化。"② 概而言之,儿岛献吉郎认为文学家应当关心社会民生,文学旨归是人类与社会,他为此呼吁,"诗人绝非天下闲人,诗人之天职绝不是天下闲职""艺术归根结底是为人类、为社会"。③ 在此后几十年的著述生涯中,儿岛献吉郎始终坚持文学的社会功能。儿岛献吉郎对文学的此种认识,其实是有所渊源的,在日本儒学教化自古以来即存在,奈良时期的《古事记》《怀风藻》,平安时期的《文镜秘府论》,均贯穿了经世治国的理念,江户时代儒学更成为主体意识形态,对文学产生的影响不言而喻。

与此同时,呼吁真正了解"文学"理念、批驳曲解"文学"的呼声也日益强烈,如久保天随批评当时的一些《中国文学史》对文学的理解似是而非:

> 所谓文学史,即以历史的顺序探究文学演变的过程。所谓中国文学史,正如标题所揭示的,其研究对象当然是中国的文学作品。日本原本并没有本国的文学史,更何况中国文学史,当然也不存在。在此之前,一些并非真正理解西洋的"文学"与"文学史"之含义,似是而非的学者撰写了所谓的中国文学史。……我虽然才疏学浅,但是有感于日本中国文学史研究的低迷现状,敢于公开宣言本人是东亚文献研究的第一人。在此之前虽然出现了两三部号称中国文学史的作品,无非是见识浅薄之作,其价值如同纸屑根本不值一提。其著者甚至根本不明白"文学"与"文学史"为何物,其著述无非是学者

---

① [日]儿岛献吉郎:《中国文学概论》,京文社,1928年,第2页。
② [日]儿岛献吉郎:《中国文学概论》,京文社,1928年,第1—2页。
③ [日]儿岛献吉郎:《中国文学概论》,京文社,1928年,第2页。

(甚至未必是文学家)的小传及著书解题,只是并无多大意义的罗列而已。甚至更有一些人,连中国历代文士诗客的全集都根本没有触碰过,完全利用抄本取巧,故难以做到对中国文学作品公平的鉴赏与精准的评判,这些人无异于学界的鼠贼。

……所有的艺术,以形式与内容的调谐为最上乘,中国文学史的研究不能对此二者有轻重之别。由于所有的艺术作品都是时代共通的思想与个人品性相结合的产物,因此在研究具体的文学作品时须将两者加以区别。我所进行的研究在遵照文学的根本规则的基础上,尽可能简易明晰,力求在对于作家作品上,既有精确的文学理论依据,又有公平的批判态度。①

久保天随的观点立即得到响应,明治三十七年一月的《太阳》杂志第10卷第1号,刊登了大町桂月的《评天随的〈中国文学史〉》一文。大町桂月也认为,迄今为止在日本编纂中国文学史的十几人,几乎均未明白"文学"及"文学史"的含义,他们误以为历史学家、文章家、古典家及语言学家是文学家,将文学与史学、文学与哲学混为一谈,因此,所谓的中国文学史无非是作者传记加作品摘要而已。大町桂月措辞激烈地批评,如果不重视思想,只追求形式,只勾勒中国文学发展的轨迹,忽视其文学的内在价值,那么就完全是在机械地堆积作品,如果要编纂中国文学史,事先要搞明白什么是"文学""文学史"。②

久保天随与大町桂月将矛头指向一些中国文学史,称其将史学与文学、哲学与文学混淆,因此均不是真正意义的文学史。从出版时间上看,所指文学史家包括末松谦澄、古城贞吉、儿岛献吉郎、笹川种郎等人。此评价并非空穴来风,旨在针对当时普遍存在的文学史形式先行而文学观念滞后的问题,即在尚未完全明白"文学"与"文学史"的前提下,凭借各自对中国文学的理解进行编纂。

首先是末松谦澄的《中国古文学略史》(1882),此书起于《周官》,迄至《国语》,以17章的篇幅介绍了先秦诸子学说,从叙述范围看,近于先秦诸子学说小史。从体例上看,分上、下两卷,上卷7篇,分别是周官(《周礼》)、管子、老子、孔门诸书、晏子、杨朱墨翟、列子。下卷10篇,分别是孟子、商子(商鞅)、公孙龙子、

---

① [日]久保天随:《中国文学史》,人文社,1903年,第1—2页。
② 参阅[日]大町桂月:《评天随的〈中国文学史〉》,《太阳》第10卷第1号。

庄子、孙吴兵法、苏秦张仪、屈原宋玉、荀子、申韩、吕氏春秋、竹书纪年、左传、国语（吕氏春秋、竹书纪年、左传、国语合为1篇——笔者注）。具体至每个章节，则是作家作品介绍加之文章段落拔萃，近于中国古代文苑传，实际上有文学史之名，而无文学史之实。又如古城贞吉的《中国文学史》（1897），尽管在叙述时间、文学史分期上有开创之功，然而非文学占据相当比例，如"书契的起源及文字的构成""周代的学制""古代文字""篆隶的变迁""造字的基础""诏勅""上书""书牍体文章"等。更为突出的问题是，此书对"文学"的理解仅限于儒学与诗文，将戏曲、小说排斥在外，文学史中对戏曲、小说的作者及作品只字未提，与近代文学观相距甚远。同期出版的儿岛献吉郎的《中国大文学史古代篇》《中国文学史》，相较古城贞吉的《中国文学史》，虽然加入有关小说、戏曲的介绍，但不仅介绍小说、戏曲的数量有限，而且对一些重要作家及作品只有寥寥数语，文学观大致局限于文章与学问层面。因此，久保天随与大町桂月的批评堪称有的放矢。

笹川种郎是其中的一个例外。与古城贞吉将戏曲、小说排斥在文学史之外不同，笹川种郎的中国文学研究主要集中于俗文学。其《中国小说戏曲小史》（1897）是日本的第一部研究中国小说、戏曲专著，此外，还在《中国文学史》（1898）中开辟小说、戏曲专章，对《水浒传》《三国演义》《西游记》《西厢记》《琵琶记》等加以评述，并在与藤田丰八等五人合著的《中国文学大纲》（1897—1904）中，详述李渔、汤显祖及其作品，肯定中国戏曲小说的价值，在当时堪称标新立异之举。

在对"文学"展开讨论的热潮中，久保天随也在他的两部《中国文学史》（1903、1904）中，对"文学"及"文学史"进行了如下定义：

> 所谓国民文学史，是指科学地叙述一个国家的国民特有的文学之起源发达、变迁的轨迹。所谓"国民"，则是指有与他国不同的思想、情感、想象的个人。他们以具有各种动机的现实行为来探究外界客观的变化，也就是历史上波澜起伏的事件。仅以内在主观的角度探究国民性的话，则不可能知晓中国文学的本相。有鉴于此，只有了解有关东亚人种的相关文化，才能对中国文学史加以研究。在以哲学、宗教以及艺术为代表的精神领域，所作的研究往往是抽象的，而文学作为艺术的一门分科很大程度上体现了一个国家的国民情操，当然这也是一个抽象的问题，但是中国文学史的叙述与此有关。

> 不仅是"文学"，一切艺术均以内容与形式的调谐为最上乘。本人以探

究中国文学作品的内容入手,在充分阐明中国的国民理想的同时,考察中国文学作品形式的变迁,此外还要考察有关中国国民的喜好取向即艺术趣味方面的问题。前者作为社会进步的结果,可称之为心理表象的基础,除借助社会学、心理学的辅助,也需要有深厚的历史知识,以探究当时朝代的人文关系。后者则遵循美学、修辞学的规律进行评量。要之,文学史的研究务求细心精致,且简洁明晰,具有精确的理论断定和公正的批评态度,与文人传记、书籍解题相区别。①

如上所述,久保天随以国民的角度切入中国文学研究,以了解中国国民理想及艺术趣味为基础,提出了很多富有新意的想法,如将中国文学置于东亚文化的广阔背景中去思考,以此探求中国文学本相的发生、发展与演变。此外还针对中国文学史冗长杂沓的现状,强调文学史应当透过纷繁复杂的文学表象,去把握更深层次的人文关系,以区别文人传记与书目解题。尽管上述想法颇有见地,但是,久保天随并未对"文学史"书写体例加以界定,也未对"文学"的概念有更为明确的解释,因此难以知晓其具体看法。从久保天随反对将文学与史学、哲学混为一谈来看,其所持有的应是纯文学观。

综上,明治时期出版的文学史,文学观主要体现在以下几方面:

1. 三上参次、高津锹三郎(1890):文学指以某一问题巧妙表达人的思想、感情、想象者,兼具实用与快乐之目的,并传授给大多数人以知识。

2. 田口卯吉(1897):人类社会中有二大界,一曰物质界,一曰文学界。在物质界,帝王相将、勇士烈妇、贤奸智愚,续续辈出。或发挥天赋技能,以奏绝代伟勋,或狂奔一时名利,以博万世冷笑,亦为人间妙观。而其事率简易,序之不甚难,故古今修其史者,实不鲜矣。至文学界,词客文人,儒释黄老,诸子百家,触物应事,或悲哀,或欢喜,或怒号,或骂笑,或谆谆如谕蒙,或扬扬如夸荣。其言高妙雄大,皆有足使人叹服者,故品评之也甚难。殊以中国文学为最然。秦汉以前,多雄篇大作,譬如长松亭亭耸天,郁郁可仰也。至唐宋八大家,措词整肃,秩然有序,譬如盆栽之树,固结紧缩,一枝一叶皆成趣。呜呼,是进乎,退乎? 及近代考据学大起,涉猎之广,搜索之密,前代无比。而至文之真趣,反有不及焉者。然则未可以此俄

---

① [日]久保天随:《中国文学史》,早稻田大学出版部,1904年,第3—4页。

断其消长也。是以世间或有修文学史者,未有以及中国文学史者也。

3. 田口卯吉(1877—1882):文学分为"智"文学与"情"文学,朱子学属于"智"文学,小说属于"情"文学。

4. 古城贞吉(1897):任何朝代均有文运,文学的盛衰与王朝的盛衰兴废互为表里。在王朝的鼎盛时期,文学往往也有隆兴之运,此时雄才锦肠之学者接踵而来,人才辈出,其词华言叶,浓密茂盛。一旦王朝衰亡,则文学亦随之凋残零落。

5. 高濑武次郎(约1900):文学是依照一定的规则,用修饰的文字,表达人的思想情感与想象,从而达到社会各阶层人的精神愉悦的目的,与此同时也间接传达一些事实的活动。

6. 儿岛献吉郎(1928):文学是人的思想感情的具化,人的思想是文学的本质,人的感情是文学的实体。文学归根结底代表一个民族的思想与感情,因此,文学家需要有使命感。文学家的使命,是指文学家作为个人,应该发挥自身的个性,作为国民,要宣扬国民性。小可以感慨自身的境遇,或快乐或忧伤;或将现实世界理想化,将俗界艺术化。

7. 久保天随(1903):文学史是以历史的顺序论究文学发展与演变的过程。所有的艺术,以形式与内容的调谐为最上乘。由于所有的艺术作品都是时代共通的思想与个人品性相结合的产物,因此在研究具体的文学作品时须将两者加以区别。

8. 久保天随(1904):所谓国民文学史,是指科学地叙述一个国家的国民特有的文学之起源发达、变迁的轨迹。所谓"国民",则是指有与他国不同的思想、情感、想象的个人。他们以具有各种动机的现实行为来探究外界客观的变化,也就是历史上波澜起伏的事件。仅以内在主观的角度探究国民性的话,则不可能知晓中国文学的本相。有鉴于此,只有了解有关东亚人种的相关文化,才能对中国文学史加以研究。文学作为艺术的一门分科很大程度上体现了一个国家的国民情操。

由此可见,明治学者对于"文学"的认识并非一致,既有趋于近代西方文学的一面,也有近于传统学术的另一面。实际上,对"文学"理解的不确定性,不仅体现在文学史上,也体现在明治时期大学的学科设置上。作为日本近代学制体系下建立的第一所大学,东京大学在成立之初,经、史、子、集均被纳入和、汉文学科,此做法固然与当时尚未进行学术分科有关,但也与对"文学"的界定有关:

东京大学建校当初,文学部设立第一科和第二科。前者完全是按照西方的理论和方法建制的,讲的内容也只限于西方的学问体系。如史学,完全是按照欧美特别是德国兰克学派的实证主义史学理论,来讲授和传播近代历史学理论,关于历史知识的讲授,也完全采用欧美人所编写的历史教科书,讲授西方历史进程,因此当时史学科的所谓历史学是不包含中国、日本、印度等亚洲国家的。关于东方文化即日本、中国的传统学术,则被安置在第二科即和、汉文学科中。这里需要说明的是,"和、汉文学"之"文学"并非现在所说的"文学",而是泛指包括日本、中国古典在内的经学、诸子、史学、诗文等传统学术的内容,即相当于江户时代的国学与汉学。[1]

如果说东京大学最初设置的和、汉文学科之"文学",并非近代西方意义上的"文学",而是泛指包括日本与中国古典在内的经学、诸子、史学、诗文等传统学术,则作为与之相应的大学课程讲义,文学史体现出包括经、史、子、集在内的内容,也不足为奇了。

因此,当时无论是中国文学史的叙述,还是大学的学科设置,对于"文学"的理解均存在过于宽泛的现象。这是由于,在此前相当长的历史时期内,"文学"被视为"文章、学问",甚至一切传统学术的代名词,因此,尽管明治时期已有文学史家提出"文学"应建立在表达人类的思想感情、富有想象力的基础上,并突出了文学的愉悦目的,但实际情况是,明治时期对于"文学"的认识与理解并未达到统一,在诸多对于文学所做的阐释中,儒学的倾向尤为突出。

如果对此问题进行追溯,则涉及日本近世的历史。近世日本社会有两大阶层,一是武士统治阶层,二是具有经济实力的町人,从思想层面来看,前者体现了以儒教文化为背景的理想主义,后者则是与之相对的现世主义。儒教传入日本后,在日本产生了广泛的影响,甚至成为一种国民生活规范,至江户时期更由于德川家康的保护与倡导,以新儒学普及于社会庶民中,发挥社会教化机能的作用。因此,近世儒学者以儒学的道德和新儒学性理说作为劝惩思想的基础,以通俗的语言来解释道德和教训,容易为小说家和庶民读者所接受,所谓"积善有余庆,积

---

[1] 钱婉约:《从汉学到中国学》,中华书局,2007年,第6—7页。

恶有余殃"的教育训诫深入人心,并被运用于小说与戏曲创作中。① 然而至江户时期,随着经济的发展与市民阶层的不断壮大,一种称为"浮世草子"的大众文学开始流行,其以日本町人的社会生活为主题,体现商人阶层的娱乐需求。此时期的文学作品,逐渐以"娱乐"为表现形式,并借此形式达到劝善惩恶的目的。与此同时,尽管普通市民也可以欣赏中国的小说、戏曲,但是整体而言,此时期基本上以武士阶层为中心垄断中国俗文学,直至明治时期扩大了阅读中国俗文学的人群。因此,江户时期与明治初期,在文学中占据主要地位的仍是儒学,直至1885年坪内逍遥发表《小说神髓》,此种情况才得到改观。坪内逍遥明确提出小说只受艺术规律的制约,批判了以小说来体现儒教劝善惩恶的观念,确立了文学的目的是"愉悦人的美的情绪",描摹世态人情,反映世俗生活。

综上所述,明治时期对"文学"概念的认识,大致有以下几种:一、认为"文学"等同于文章、学问;二、认为"文学"的根本在于儒学;三、强调"文学"在于表达思想感情;四、"文学"是具有想象力的作品;五、"文学"是以愉悦为目的的作品。其中第一点与第二点,不仅是日本,也是世界范围内早期中国文学史的共性问题。如俄罗斯的瓦西里耶夫的《中国文学史纲要》及英国翟里斯(Herbert Allen Giles)的《中国文学史》,虽然均以欧洲人的视角叙述中国文学,却不约而同地表现了对中国儒学的关注。瓦西里耶夫的《中国文学史纲要》(1880)②,作为世界上第一部中国文学史,不仅介绍了中国儒、释、道以及历史、地理、律法、语言学、农业、自然科学、医学、兵法、文学等方面的中国文献,而且从第四章至第七章全部为儒学相关的内容,几乎占据全书二分之一篇幅,其部分目录如下:

第四章 儒学发展的第一个时期——孔子及其功绩、儒家的三部古书:作为中国精神发展基础的《诗经》《春秋》和《论语》

第五章 作为儒家伦理道德基础的家庭、《孝经》、释礼、宗教与儒家政治、体现儒家治国理想的《书经》

第六章 《孟子》

第七章 儒学发展的第二个时期③

---

① 参阅叶渭渠:《日本文学思潮史》,北京大学出版社,2009年,第189页。
② 关于此书的译名,此前多称为《中国文学史纲要》,赵春梅(2014)将其译为《中国文献史》。
③ [俄]瓦西里·帕夫洛维奇·瓦西里耶夫:《中国文献史》,赵春梅译,大象出版社,2014年,目录。

对此，瓦西里耶夫做出了如下解释："儒学是整个中华文明，整个博大精深、种类繁多的中国文献的基础，而其话语和形象均用于论战或者批驳被他轻慢的作品，那么我们可以越过儒学从其他方面入手吗？与此同时，处于各民族学说之林的儒家学说，可能因为缺少思想的飞跃和丰富的想象而被人类忽视，但我们认为，中国文献中可能存在其他民族的文献资料。"①瓦西里耶夫还认为："无论是中国文献，还是作为中国文献的核心内容之一的儒学，我们都赋予《诗经》特殊的意义。'经'是整个中国精神发展的重要基础。我们认为，孔子经常与他最亲近的学生们跪坐在一起，除了教授书写技能，他只传授了两本书，即《诗经》和史籍《春秋》，其中《春秋》出现得更早。"②可以感知，面对庞大精深的中国文献典籍，瓦西里耶夫试图找到一种思想之源，以此来把握中国文学，因此，他在介绍诗歌、小说、戏剧等"美文学"时始终以儒学为线索，并以儒学的价值观来评判诗歌、小说及戏曲在中国文学史上的地位，并据此解释小说与戏曲在中国难以发达的原因。

无独有偶，在近代"文学"发源地的英国，翟理斯的《中国文学史》(1901)，其内容同样极其庞杂，既有"四书""五经"，也有佛教、活字印刷技术、辞书编撰。以至于郑振铎对此评价："Giles 此书实毫无可以供我们参考的地方。"由此可见，19世纪末，尽管"文学"的概念已经确立，但即便是文学史发源地的欧洲，对中国文学史的认识也基本等同于国学史。

中国本土情况也不例外。以中国第一部中国文学史(林传甲，1904)为例，林传甲也认为文学可以概括一切学术，其叙述范围如目录所示③：

　　第一篇　古文籀文小篆八分草书隶书北朝书唐以后正书之变迁
　　第二篇　古今音韵之变迁
　　第三篇　古今名义训诂之变迁
　　第四篇　古以治化为文今以词章为文关于世运之升降
　　第五篇　修辞立诚辞达而已二语为文章之本
　　第六篇　古经言有物言有序言有章为作文之法

---

① ［俄］瓦西里·帕夫洛维奇·瓦西里耶夫:《中国文献史》，赵春梅译，大象出版社，2014 年，第 2 页。
② ［俄］瓦西里·帕夫洛维奇·瓦西里耶夫:《中国文献史》，赵春梅译，大象出版社，2014 年，第 52 页。
③ 陈平原辑:《早期北大文学史讲义三种》，北京大学出版社，2005 年，第 1—23 页。

第七篇　群经文体

第八篇　周秦传记杂史文体

第九篇　周秦诸子文体

第十篇　史汉三国四史文体

第十一篇　诸史文体

第十二篇　汉魏文体

第十三篇　南北朝至隋文体

第十四篇　唐宋至今文体

第十五篇　骈散古合今分之渐

第十六篇　骈文又分汉魏六朝唐宋四体之别

可以认为，无论是中国、日本，还是俄罗斯、英国，儒学在早期的中国文学史中均是不可忽视的重要因素。中外文学史家对中国文学的把握，几乎均从儒学开始。瓦西里耶夫、翟里斯对中国文学的认识，与末松谦澄、古城贞吉、儿岛献吉郎、林传甲不约而同，即以儒学的角度把握中国文学的特质。

尽管在世界范围内对"文学"的概念存在争议，但是"文学"作为一般人文知识体系的语言艺术的认识逐渐得到确立，而"文学"作为"Lliterature"的译语在日本明治时期得到普及：

在整个明治时期精通西欧学术的学者之间，"文学"一词的用法虽然各有差异，但作为强调所谓人文社会关系的一般学术和语言艺术总称，逐渐获得了稳定的用法。而且除政府雇佣的外国人穆雷①和欧化主义者福泽谕吉以外，"文学"观念与民族主义和"传统"意识紧密结合。②

自19世纪70年代西方的"Lliterature"传入日本以后，日本学者便处于对"文学"的理解、阐释与吸纳之中，在集中出版的一批中国文学史中，纷纷出现对"文学"的界定。对此，平冈敏夫指出，明治二十三年（1890）是文学史集中出现的一年，如明治二十三年十月有芳贺矢一、立花铣三郎编写的《国文学读本》，明治二十三年四月有关根正直《小说史稿》，明治二十三年五月有上田万年编写的《国文

---

① 大卫·穆雷（David Murray，1830—1905），曾担任《日本教育史略》（1876）第一部"教育概言"的主编。
② ［日］铃木贞美：《文学的概念》，王成译，中央编译出版社，2011年，第123页。

学》(卷一),明治二十三年十一月有三上参次、高津锹三郎的《日本文学史》。他认为:"从明治二十三年(1890)这一年出版的文学史来看,几乎都存在对于文学概念的讨论,之所以集中出现一批文学史著作和对于文学史定义的讨论,是因为当时有关'文学'的观念摇摆不定,在对于'文学'论争的活跃时期,文学史编写的出发点是为了确立各自对文学的定位。"①从这个角度讲,文学史所体现的,是不同文学史家各自对于"文学"的定位。正是在不断探索与争论之中,完成了"文学"观念的演进。

---

① [日]平冈敏夫:《明治大正文学史集成解题.解说》,转引自川和康三主编:《中国的文学史观》,创文社,2002年,第160页,《明治出版的中国文学史——以此背景为中心》,和田英信执笔。

第三节　明治时期中国文学史的核心理念

"文学史"自诞生之日起,便与民族精神与国民文化密切相关,民族与国家是文学史不可或缺的双翼。从文学史起源来看,正是由于18世纪后期欧洲掀起的民族主义风潮,直接促成了国别文学史的书写。

对于日本来说,尽管自古以来深受中国文化的影响,但中国文学毕竟是异国文学,且明治维新后西学成为社会主流,此期间涌现大量的中国文学史,的确有些令人匪夷所思。大町桂月曾在《明治文坛的奇现象》中发问:"及明治之世,西洋文学、思想突入而来,是未足奇;小说面目一新而勃兴,是未足奇;新诗兴盛,是也未足奇。唯有期之当减之汉诗,反而兴盛,且见其佳,不得不视为不可思议之事。"①尽管大町桂月所问对象是汉诗,但中国文学史的情况大致与此相同。基于同样的思考,川合康三也发出感慨:"1890年代后半,名为'中国文学史'的书籍突然一起登场,而以前综观中国文学历史的书籍却几乎没有出现过,此现象的确相当诡异,其原因究竟何在?"②

基于一般的逻辑思考,作为民族精神与国民文化的载体,中国文学史本应兴盛于中国本土,但实际情况却是,日本于19世纪末迎来了中国文学史的出版高峰。据统计,自1882年末松谦澄的《中国古文学略史》开始,至1912年明治时期结束,30年间共出版了约19部中国文学史通史及断代史,即便以现在的出版速度,其数量仍相当可观。具体出版情况如下表所示:

---

① 参阅[日]猪口笃志:《日本汉文学史》,东京角川书店,1984年。
② 叶国良、陈明姿:《日本汉学研究续探:文学篇》,华东师范大学出版社,2008年,第167页。

日本出版的中国文学史(1882—1912)

出版时间	作者	书名	出版社
1882 年	末松谦澄	《中国古文学略史》	文学社
1891 年 8 月—1892 年 2 月	儿岛献吉郎	《中国文学史》	同文社《中国文学》杂志第 1—11 号(第 10 号除外)
1894 年 5 月—1894 年 10 月	儿岛献吉郎	《文学小史》	汉文书院《中国学》第 1 号、第 2 号、第 6 号
1909 年	儿岛献吉郎	《中国大文学史古代篇》	富山房
1912 年	儿岛献吉郎	《中国文学史纲》	富山房
出版年不明	儿岛献吉郎	《中国文学史》	早稻田大学
1897 年	古城贞吉	《中国文学史》	经济杂志社
1902 年	古城贞吉	《中国文学史》	富山房
1895 年—1897 年	藤田丰八	《中国文学史》	东京专门学校
1897 年	藤田丰八	《中国文学史稿·先秦文学》	东华堂
1897 年—1904 年	笹川种郎、白河鲤洋、大町桂月、藤田剑丰、田冈岭云	《中国文学大纲》	大日本图书株式会社
1897 年	笹川种郎	《中国小说戏曲小史》	东华堂
1898 年	笹川种郎	《中国文学史》	博文馆
1899 年—1905 年	高濑武次郎	《中国文学史》	哲学馆
1900 年	中根淑	《中国文学史要》	金港堂
1903 年	久保天随	《中国文学史》	人文社
1904 年	久保天随	《中国文学史》	早稻田大学
出版年不明	松平康国	《中国文学史谈》	早稻田大学
出版年不明	宫崎繁吉	《中国近世文学史》	早稻田大学

此期间的出版特点是,不仅数量多,而且出版时间集中于 1890 年前后,此为

日本酝酿、发动甲午战争前夜,民族情绪处于空前高涨的时期。为此进行舆论铺垫的,是1885年《时事新报》发表的福泽谕吉的《脱亚论》,此文在日本近代社会产生了极其深刻的影响。

福泽谕吉在对儒学进行彻底批判的同时,表示了不遗余力学习西方文明的决心。此文中,他将中国、朝鲜作为日本的对立面,对其政教风俗及国民性进行批判,体现出毫无掩饰的大日本论精神,在此前已流行的"日本人优秀论"思想的基础上,进一步将此舆调推向高峰。重读福泽谕吉此文,不禁产生重叠阅读之感,然而,真实的历史并不存在穿越的可能,而处于当下的人其实也无法对自己所处的时代进行"重叠阅读",与此呼应的是,在同期出版的文学史中不可避免地流露出日本民族的优越感,如井上哲次郎(1897)谈道,"目前西洋人对于中国文学的研究领域尚未真正开辟,除《诗经》以外,只有李白、白居易、苏东坡等人的诗词被翻译而已,对古今3000年中国文学进行历史考察,这并非西洋人容易做到的事情。而中国人自身缺乏概括能力,对当前的学术动向亦无从辨析,中国人尚并不知晓编写中国文学史的必要性。而即使中国人知道有此必要性,他们也没有编写的资格,若果然编写中国文学史,也只能由我邦人来担任"[1]。他因此劝勉日本学界把握时机,抢占编纂中国文学史的有利先机。

问题还在于,日本出版的此批中国文学史,其核心理念显然并非民族精神与国民文化,如柄谷行人提出,文学造就了国家机构、血缘、地缘性的纽带绝对无法提供的想象共同体。在中国文学史中,此想象共同体显然是中国而非日本,因此也就涉及中国文学史定性与定位的问题,中国文学史对于日本究竟意义何在?何为促成中国文学史集中登场的原因?

在中国本土以外,如此大量编纂、出版中国文学史,在世界范围内唯有日本,尽管其中涉及政治竞争格局在文学领域的影响,但实际上也是以中国文学史完成对日本自身传统文化的追溯,即由于历史上的密切关联,日本在传统文化的研究过程中不可避免地会涉及中国文化,对于中国文学的研究其实也是对日本的本国传统文化的追溯。

众所周知,日本在漫长历史时期内并不认为中国文化是外来文化,而是将其

---

[1] [日]古城贞吉:《中国文学史》,经济杂志社,1897年,第3页。

视为自身文化加以学习,此种情况,至明治中后期始发生改变。众多日本学者描述过对中国文化的心态,如大内秋子说:"在明治时期,汉籍是日本人普遍具有的教养。当时对西洋文学,日本人是有意识地去亲近和崇拜,而对于中国文化其实在每个人的无意识中如影相随。"①冈田正之认为:"中国文学对日本人的性情志气影响之大是不争的事实。中国文学传到日本以后,日本民众与之朝夕接触,在漫长的岁月中接受它的影响。"②田口卯吉甚至认为,对不了解中国文学的人,无法与之谈论日本文学:"盖本邦文学,半属汉文,而汉文之渊源中国,固不俟言也。德川氏中叶以降,文运大进,考证之精,韵致之逸,有凌驾明清者。而时或不为无秘舶载书筐底,诈为己作,以惊倒一时者。故不知中国文学者,未可共语本邦文学也。今此书成矣,学者辄得详彼此文学,迭为父子为兄弟之情,而知所以益振作之方法,则其裨益国家文运,非少小也。"③据此可知,编纂中国文学史的目的,也是为本国文学研究提供便利。此点也体现在当时发行的新书宣传广告中:"欲了解我国文化的渊源、今日兴盛的缘由者,本书将提供研究资料。"可知出版社为使儿岛献吉郎的《中国大文学史古代篇》(1909)提高销量,其宣传导向是为了解日本文化渊源者提供研究资料。此广告语匪夷所思之处在于,此书是一部中国文学史,但在广告语中,对中国文学方面的价值却未予提及。这也从一个侧面说明,中国文学史在明治时期的定位,在某种程度上是作为日本文学的参照物存在。

也有学者从汉学家生存境况的角度提出,由于明治时期汉学家处境艰难,处于西学与日本国学的双重压力之下,因此,不得不将汉学研究作为梳理日本文化的一种借口,"明治维新以后,日本汉学家的生存环境大变,实藤惠秀的一系列研究描述了聚集在清国公使馆周围的汉学家的心态,他们对明治维新心怀不满、鼓吹复古,成了时代的弃儿,因此只能将研究汉学作为梳理本国文化的一种托词,在汉学与日本国学的夹缝中求得立足之地。"④对此,内藤湖南解释得更为直白,"之所以要研究中国文化,是因为日本文化是东洋文化,是中国文化的延长,和中国古代文化一脉相承,所以要想知道日本文化的根源,就必须先了解中国文化。今天

---

① [日]大内秋子:《佐藤春夫与中国文学》,东京女子大学日本文学研究会,1953年。
② [日]冈田正之:《日本汉文学史》,共立社,1929年,第3页。
③ [日]古城贞吉:《中国文学史》,东华堂,1897年,田口卯吉序,第3—4页。
④ 沈国威:中国人民大学第一届汉学大会论文集,中国人民大学编辑,2007年,第60页。

讲历史只讲日本的历史,而不了解以前中国的事情,那么,对于日本文化的由来就什么都不知道了"①。2013年,日本的中国学家町田三郎在接受《光明日报》采访时,也谈及此问题:"想要研究日本的思想史,就绝不能仅仅研究日本的神道、神社等,而是必须将日本思想史放到中国古代思想在东亚的传播这一大背景中去加以研究,所以以某种意义上来讲,对汉学的研究实际上也是对日本自身的研究。正因为如此,自明治维新以来,尽管历经时代风云变幻,社会激荡起伏,但日本汉学界始终是群星璀璨、大师辈出,出现了东京学派、京都学派、东大学派和早稻田学派等著名学派,诞生了服部宇之吉、武内义雄、内藤湖南等一大批享誉世界、各领风骚的汉学大家。"②

综上所述,日本明治时期出版的中国文学史,与世界范围内其他国家出版的中国文学史不同之处在于,是满足日本近代"国民精神"的需要而提供的学术产品,是基于日本本国文化研究所做的"辨章学术、考镜源流":

> 《中国文学史》既是外国文学史,又是日本传统文化的一部分。明治之后,武士阶层不再存在,具有高度学术性的政治及思想语言基本都依赖于中国古典文化。随着新的教育制度的建立,识字阶层逐渐扩大,但作为传统文化的中国古典的教养并未丧失。在各种各样的教育中,以往的教养在不断经历着再生产的过程,《中国文学史》便是其中一部分。③

然而,在甚嚣尘上的民族主义情绪下,即使定位于日本本国文化的参照物,中国文学研究仍不断遭到质疑。尤其是1894年甲午战争爆发后,日本社会对中国的轻蔑之风日甚,与此同时,主张削减甚至废除汉字的呼声日益高涨,在语言文化运动的背后,更是脱亚入欧的具体行动体现。对此,也有不同声音,井上哲次郎从保护日本文化的角度呼吁,研究中国文学的目的是为知晓日本文化,因此绝对不能废止汉字:

> 我邦古书中重要典籍几乎都是以汉文写成,有关律令法规亦取之于汉文,汉文的痕迹可谓无处不在。据此可知,之所以要研究中国文学,是为知晓我国本邦典故,唯从此点考虑进行中国文学之考察,因此不要对中国文学的

---

① 参阅[日]内藤湖南:《日本文化史研究》,储元熹、卞铁坚译,商务印书馆,1997年,卷首。
② 町田三郎:《汉学研究就是对日本自身的研究》,原载《光明日报》2013年8月19日。
③ [日]高津孝:《京都帝国大学的中国文学研究》,《政治大学中文学报》,2011年第16期。

研究存有疑虑。作为我们日常交换思想的文章还无法脱离汉文，如果排斥汉文，可以说连普通的文章也难以连缀成文，而如果废除汉字，我们甚至连自己的姓名也无法写出来。在当下论述中国人如何卑下之时，可曾想过我们所受中国人的恩惠？无论怎样轻侮中国，中国文学的研究是不能废止的。①

井上哲次郎进一步提出，清朝国势衰颓与中国文学并无关联，对清朝的态度不能影响对中国文学的研究，即使从阅读日本古籍的角度出发，也要加强中国文学研究：

> 我邦文化本得益于中国，自引入西洋学术之后，西洋学术反而凌驾于中国之上。近来我国对中国的轻蔑之情尤甚，对于清国的辫发奴连儿童都不耻，况堂堂五尺男子乎。在此情况之下，有关中国文学的研究几乎被驱逐到一切学术以外，世人将"四书""五经"视为迂腐之物。这种见解之荒谬，稍加思索便可明了。②

与井上哲次郎观点呼应，藤田丰八从文学本源的角度出发，提出编纂中国文学史的必要性：

> 中国文学丰富而浩瀚。我等虽未得以窥全豹，然平生多少有所研究也。我等笃信中国文学作为文学所具有之价值，故为此而期待致一臂之力。当然，真正之研究，到底须望中国人也。我国既融合中国之文化，也吸收印度之文化，又并得西洋之文化，统而为日本固有之思想文学，将来重于世界文坛，未为难也。故致力于中国文学之研究，非徒恋旧物，实乃参随与我国文学相共而可称作第二"国文学"之中国文学之精髓，以阐明文学之关系，穷其所本何如，以新眼光而成新研究，以为攻中国文学之初学者之资，而为研究我古文学者参考，一并而希望为将来日本文学之取舍有所贡献也。③

由于明治时期的中国文学史以日本的本国文学研究为立足点与出发点，并在与民族主义与国粹主义抗衡中求得自身发展，因此，以此理念为基础的中国文学史，往往较为重视对文化源头的考察，先秦文学在中国文学史中往往占有较大比

---

① ［日］古城贞吉：《中国文学史》，东华堂，1897年，第1—2页。
② ［日］古城贞吉：《中国文学史》，东华堂，1897年，第5页。
③ ［日］藤田丰八等日本五学士：《中国文学大纲》，大日本图书株式会社，1897年，序言，第2—3页。译文来源于严绍璗：《日本中国学史稿》，学苑出版社，2009年，第236页。

重。先秦文化既为中国文化之源头,同样也为日本提供了丰厚的文化给养,日本也将其视为本国文化之源。体现在中国文学史中,不仅先秦诸子学说占据大量篇幅,甚至很多题为中国文学史的书籍,实际上也为先秦文学(思想)断代史。如此前提到的《中国古文学略史》(1882),即是一部先秦思想小史。在此书序言中,河田熙将《中国古文学略史》比喻成航海的地图,实际上是将先秦文化置于日本文化导引的地位。而末松谦澄在此书开篇,便开宗明义地讲到,日本人之所以必须学习中国文化,是由于日本文化与中国文化存在密切关联,其先秦思想与日本文化有渊源关系。① 此外,儿岛献吉郎的《中国文学史》(1891—1892)、《文学小史》(1894)也是先秦文学断代史,古城贞吉的《中国文学史》(1897)虽为一部通史,但此书对于先秦"诸子时代"的叙述耗墨最多。与之同期的儿岛献吉郎的《中国大文学史古代篇》(1909),对孔子及其学说的叙述共计有四章篇幅。此外,高瀬武次郎的《中国文学史》(1900年前后),同样侧重先秦诸子学说,不仅在第二期"春秋战国的文学"中开辟专章介绍"老子""孔子""墨子""列子""孟子""庄子""荀子"等,而且从"作者年代考""作品介绍""作者性格""当时的形势"等多方面加以详细展开。而1903年久保天随的《中国文学史》,其关于先秦部分的叙述,更高达全书近三分之一的内容。

要言之,日本明治时期出版的大量中国文学史,在对中国文学进行叙述的同时,也是基于对日本自身传统文化的回顾与总结,即以中国文学史为载体,对日本传统文化进行梳理与传承。对此和田英信认为,"从明治二十年代开始至三十年代,在中国学研究领域开始重新探寻中国学的意义,将中国文学作为历史学的考察对象赋予新的意识。同时与文学观念的摸索相呼应,何为中国文学作为一个新的问题浮现出来,此为一时间中国文学史的书籍集中出现的原因"②。川合康三进一步谈道:"日本在明治以前长期累积了中国的传统学术,再结合明治以后流入的近代西欧文化,而诞生了中国文学史。当时日本的年轻学子轻而易举地投入'文学史'这个新领域,不正因为他们虽保有中国传统,却不似中国般根深蒂固,比较容易吸收新事物吗?关于文学史,其实在更早的18世纪的江户时代,就有出

---

① [日]末松谦澄:《中国古文学略史》,文学社,1882年,第1页。
② [日]川合康三主编:《中国的文学史观》,创文社,2002年,第160—161页,《明治出版的中国文学史——以此背景为中心》,和田英信执笔。

自日本人之手,而近于文学史的著作,即江村北海(1713—1788)的《日本诗史》五卷(1771 年刊行)。众所周知,'诗史'一词指杜甫的诗擅长以诗歌描写当时的历史,是'以诗为史'之意。在中国,此语应无'诗的历史'的用法。在日本转用'诗史'一语试图描写日本汉诗(中国古典诗)的历史,在 18 世纪后半期就曾出现,这不也是因日本人是外国人之故,多少能挣脱传统束缚的一个例证吗?"①实际上,无论从何种角度思考,明治时期的中国文学史,以异国的视角、欧洲史学的研究方法探求中国文学发展与演变的历史,客观上促进了中国文学发展的近代化步伐,对中国本土文学史的编纂产生了深远影响。

---

① [日]川合康三:《中国文学史的诞生:二十世纪日本的中国文学研究之一面》,朱秋而译,《日本汉学研究续探:文学篇》,叶国良、陈明姿编,华东师范大学出版社,2008 年,第 172 页。

第二章 日本社会语境下的中国文学史书写

第一节　明治社会与中国文学史书写

此前探讨了日本明治时期中国文学史的核心理念,即以中国文学史为载体,为日本传统文化研究提供参照,立足于对日本文化的梳理与传承。本章主要考察社会环境对于中国文学史书写产生的影响。克罗齐认为,一切历史都是当代史,因此也可以认为,一切文学史也都是当代文学史,明治中国文学史自然也无法离开当时的社会环境而存在。因此,将中国文学史置于明治社会环境中,可以更为直观地考察其产生与发展的过程。

中国文学史诞生于明治时期(1868—1912),日本习惯称明治时期为"风云激荡的历史时期"。此为一个推陈出新的时代,同时也是一个变动的时代,旧有的思想被打破,新价值体系的确立尚需时间。用夏目漱石的话来形容,即"一切的东西都好像在遭到破坏,同时,一切的东西又都像在建设起来"①。

明治维新后,以伊藤博文、大隈重信、新渡户稻造为代表的一批留洋知识分子,不断将西方文化与典章制度介绍到日本。与此同时,汉学在明治时期仍具有一定社会基础,西学、国学与汉学之间杂糅交错,双方甚至是三方之间经常产生激烈交锋。从铃木贞美做的描述中,可大致了解此时期的情况:

> 在受到来自西欧列强的外部压力而被迫形成国民国家的日本,围绕国民文化的建设常常会出现路线对立。当然,在这之前的德川后期就曾出现"开国"与"攘夷"的对立,但围绕国民文化的对立更为复杂。首先是提倡通过引入西欧文明来形成国民文化的"欧化主义"与力图保护培养"传统"的路线

---

① [日]夏目漱石:《三四郎》,吴树文译,上海译文出版社,1983年,第19页。

(国粹保存主义)之间的对立。其次是提倡这种传统观念应学习西欧近代的民族主义,即推进所谓纯粹的国民国家主义路线与以"东洋文明"对抗"西洋文明"这一对抗模式为基本方向之间的分歧。后者是对抗欧洲中心主义的亚洲主义。这里围绕如何评价从接受"中国文明的影响"而出现明显不同。也可以说是纯粹日本主义与亚洲主义的对立。纯粹日本主义应该说是西欧近代的国家民族主义。但是明治时期的亚洲主义通常与民族主义重叠。[①]

由是可见,明治社会情况之复杂,为日本历史上前所未有。欧化主义、亚洲主义及日本主义之间的矛盾,及其所蕴藏的思想观、价值观产生激烈的交锋,使人的观念处于不断变动之中。

然而复杂、变动只是一种社会表象,实际上明治维新确立的基本纲领,明确昭示了日本的发展目标。1868年4月6日,明治天皇发布"五条誓文",其内容是:"广兴会议,万机决于公论""上下一心,盛行经纶""文武以至庶民各遂其志,俾人心不怠""破旧习,基于天地公道""求知识于世界,大力振兴皇基"。[②] 作为"明治精神"的象征,"五条誓文"之根本,在于自上而下汰除中国传统文化对日本的影响,取法西洋进行社会变革。

1885年,福泽谕吉在日本《时事新报》上发表《脱亚论》,此文被认为是对"五条誓文"的具体阐释,对近代日本的政治、外交、思想文化产生了深刻而广泛的影响。福泽谕吉倡导日本人建立今日大计,不可等待邻国开明后一起振兴亚洲,相反应离脱此队伍,与西洋国家共进退,实现振兴之路的前提是从内心谢绝东方之恶友。其所言"从内心的谢绝",不仅指地缘政治上的,更是在文化层面上与中国、朝鲜的彻底割裂。

"五条誓文"与《脱亚论》宣告了日本不遗余力地学习西方文明,在此影响之下,汉学不可避免地呈现衰颓之势。1877年,黄遵宪出访日本时,描述了汉学在当时的境况,"五经高阁竟如删,太学诸生守兔园。犹有穷儒衣逢掖,著书扫叶老名山",可知当时汉学典籍已处于无人问津的地步。明治后期汉学家的处境更为艰难,1901年,日本《东洋哲学》刊载了《明治三十三年间教育》一文,此文披露了

---

① [日]铃木贞美:《文学的概念》,王成译,中央编译出版社,2011年,第154页。
② [日]坂木太郎:《日本史》,汪向荣、武寅、韩铁英译,中国社会科学出版社,2008年,第362页。

当时汉学的衰败之象,"洋学流行,汉学界为之衰运,益益寂寞。圣传贤传,亦空被尘埃,暴于路头店棚"①。与汉学遭到排斥相伴而来的,是日本汉学研究机构与研究刊物日益式微,在激烈的西学浪潮中,斯文学会、二松学舍(三岛毅)、双桂精舍(岛田篁村)、泊园塾(藤泽南岳)、有为塾等汉学机构举步维艰。然而,他们恪守着"东洋传统道德"的理念,与当时的西学进行抗衡,以求汉学复兴之路。

文化作为一个包容各种因素的复合体,总会在既定的、从过去承继下来的条件下延续。实际情况是,尽管汉学呈现衰颓之势,但在社会生活中汉学的影响力仍然存在,难以在一夜之间退出历史舞台。据村山吉广所述,至迟在明治中期日本仍然是"汉学爱好"时代,作为旧时代学问中心的汉学没有立即退潮,实际上在明治维新后,汉语在官方与民间仍很流行,汉语的四字熟语经常出现于报纸杂志,诸如"自由平等""旧弊顽固""公明正大""文明开化"等,甚至日语中固有的词语"髪床"也改称汉语的"理发店","不都合"改称汉语的"失敬"。② 对此,川合康三也持有相同看法,"江户到明治,从政治经济到学术文化等所有的领域,都由中国激烈地转换成西洋。整体的方向虽然从东洋转换成西洋,但实际上的流向却并非一条直线,而是历经迂回曲折的西洋与东洋的不断相克而来"③。

问题的另一面是,与"五条誓文""求知识于世界"的精神一致,明治政府加紧开展海外调研,为进一步制定外交及文化政策提供依据。早在1860年2月13日,日本便派遣了使节团访问美国;同年2月10日,派遣"咸临丸"号军舰访问美国;1869年1月,向英国、荷兰、法国派遣使团;1867年,巴黎举办万国博览会,再次派使团参加。在此期间,日本尤其加强了对中国的考察,随行人员以日记的形式记录了大量在中国的见闻,后来这些见闻录在日本公开出版,在日本社会引起极大反响。④ 与此同时,日本绘制中国地图,将中国的村庄、道路、桥梁、水井、土丘等一一标记清楚,对中国进行了细致入微的考察。这些考察记录为日本最终确

---

① 载于《明治三十三年间教育》,日本《东洋哲学》第8卷第1期,明治三十五年(1901),转引自严绍璗:《日本中国学史稿》,学苑出版社,2009年,第119页。
② 参阅[日]村山吉广:《近代日本与汉学》,大修馆,2006年。
③ [日]川合康三主编:《中国的文学史观》,创文社,2002年,第10页。
④ 2008年中华书局出版了张明杰主编的"近代日本人中国游记"系列丛书,该丛书收录自中日建交的1871年至1920年间多部日本人撰写的中国游记,披露了明治时期日本各阶层人员赴中国考察的情况。

立"清国征讨策略",并逐渐演化为以侵略中国为中心的"大陆政策"起到促进作用:

近代中日两国真正意义上的交流始于1871年的订约建交。应该指出的是,出于国策的打算,较之中国人,日本人在交流之初就显得异常积极主动。与迟迟至1877年末才派使团进驻日本相对照,1872年初开始,日本即先后开设上海领事馆(首任领事品川忠道)和福州领事馆(领事井上让未赴任),同年8月,政府派遣陆军少佐池上四郎等三人前往我国东北侦探考察。早在前一年政府就派福岛久成等九人赴中国留学。1873年开设香港领事馆,并派遣美代清元中尉等八名陆军留学生赴中。1874年8月在北京设置公使馆,并开始常驻外交官。同年又开设厦门领事馆,两年后牛庄领事馆和芝罘领事馆也先后开设。同时期与日本的出兵台湾相呼应,大批军人进入台湾和大陆,从事侦探和调查活动。1875年2月,受政府委托,三菱商会开通横滨至上海间的定期航路,投入"东京丸"等四艘汽船,开始每周一班的航行。同年8月,共同运输公司又开通日本—芝罘—天津—牛庄间不定期航线,方便了日本人渡航。

日本政府及其后援组织或企业的这些举措,无疑鼓励和方便了日本人的中国进出。因此,自中日订约建交开始,前往中国的日本官民组织或个人逐渐增多。这些组织或个人目的多种多样,有的是来观光旅游,有的是来调查侦探,收集情报,有的是来求学或工作,还有的是出于其他目的。其中一些组织或个人把亲身所见所闻或所感所思以日记、游记、笔记、见闻录、报告书、调查书、复命书、地志、诗文等形式记录了下来,有的已公开刊行,有的尚未正式发表,有的归入私密档案。①

当时对于日本近代海外扩张策略,在日本国内有不同的声音。第一种认为清国不可侮辱论,如明治八年(1876)十一月二十八日《东京日日新闻》发表了《绝对不可轻侮中国》(署名松山温)的评论,该评论说:"我国近来自满于本国的开明,兴起对于中国人轻侮仇视的风潮,这是应该予以匡正的社会风气,我邦须放弃轻侮之念。清国同样有奋发的可能性,况且同种同文的日清两国不应当互相蔑视,

---

① 张明杰主编:《近代日本人中国游记》,中华书局,2008年,总序,第4页。

而应当竞相跨入开明先进之路。"明治十一年(1879)一月十二日,日本《邮便报知新闻》再次发表了署名杉山繁的题为《不可轻视清国论》的评论:"日本不了解实际的事态而蔑视清国,兴起嘲笑清国的风潮是十分危险的事情。由于日本的文明开化而轻视清国属于短见之举,因为清国还是具有潜在实力的。"①第二种观点是提倡日清连衡论。明治十二年(1880)一月三十一日日本的《朝野新闻》发表了《清国奋起抵抗强敌有感》(作者不详),该文报道了在伊犁纷争中清国的局势,指出清国军队在左宗棠的率领下进军新疆,平定了除伊犁以外的新疆全域,并且与俄罗斯形成对峙局面,此文积极赞赏清国人民自治独立的精神,号召日清两国紧密联合以共同实现亚洲富强。② 此外,明治十二年(1880)十一月十九日日本的《邮便报知新闻》发表了署名三田草间时福的《东洋连衡论》的评论,该评论称:"日本不可能独立应对欧洲列强,需要全亚洲的连衡对抗,因此,亚洲各国密切交往是实现东洋连衡的一大手段。"③第三种观点以德富苏峰为代表,极力鼓吹大日本对外扩张论。德富苏峰本人曾于1906年和1917年两次前往中国调研,回国后出版了《七十八日游记》和《中国漫游记》。此两部游记均在日本多次重印,尤其是《七十八日游记》于1906年11月初版发行后不到两个星期便再版,一年后就发行了第三版,可见在日本影响之大。德富苏峰通过对中国的实地考察,提出日本应抓住机会实现"海外雄飞",由于他在日本的影响力,此言论在明治中后期迅速蔓延并逐渐占据舆论的主流。

国家的政治外交政策必然会引发民众舆论,日本民间对此持有不同看法。知识界从文化交流的角度,提出日本人应当与中国读书人加强交流,如井手三郎认为,尽管清朝有种种弊端,但是清朝读书人明道理、能做官、有资产、受尊敬,因此应该积极进行两国读书人之间的合作。他还倡导日本国内应联合各界关心东方文学与宗教的人士创立"中国事情讲究所",普及汉语,派遣留学生。更为普遍的,则是对清朝心存鄙视,"近来我邦对清国的轻侮之风盛行,对于彼辫发奴,连儿

---

① [日]杉山繁:《不可轻视清国论》,《邮便报知新闻》,明治十一年(1879)一月十二日。以上内容来源于芝原拓自、猪饲隆明、池田正博编辑:《对外观》,岩波书店,1988年,第255页。
② 《清国奋起抵抗强敌有感》,《朝野新闻》,明治十二年(1880)一月三十一日,转印自芝原拓自、猪饲隆明、池田正博编辑:《对外观》,岩波书店,1988年,第265页。
③ [日]三田草间时福:《东洋连横论》,《邮便报知新闻》,明治十二年(1880)十一月十九日,转印自芝原拓自、猪饲隆明、池田正博编辑:《对外观》,岩波书店,1988年,第258页。

童也以为耻，况堂堂五尺男子。事已至此，中国文学被放逐于吾人研究的一切领域之外，世人皆呼'四书''五经'已经腐败"①。与对清朝的蔑视同时存在的，是当时日本人普遍认为，中国有"唐宋的中国"与"现实的中国"之分，前者代表了富庶与文明，后者代表了保守与愚昧。② 此看法在明治维新后，随着日本国力的不断增强，及日本人考察游记对晚清社会弊端的种种披露，更强化了日本人头脑中古代中国与晚清中国对立的形象。尽管当时也不断有学者提出，对中国的态度应与中国文学研究区别对待，但此种声音其实很快淹没于激进的民族主义思潮中。尽管中国文学史在明治时期得以连续出版，并出现了集中出版的高峰期，但是认为日本文化优于他国的观点普遍存在，本居宣长的观点具有代表性，其认为，日本比许多国家都要优秀，越是了解那些国家，越是感受到日本国的优越，此种"日本人优秀论"对文学史家的思想形成不可避免地产生了影响。

综上，本章分别从明治时期的儒学之辩、日本对中国的海外策略、民间中国观三方面探讨了明治中国文学史书写的社会环境。置于明治社会环境中的中国文学史，或多或少会打上时代的烙印，与之相应，中国文学史中普遍存在厚古薄今的思想倾向，如详述先秦文学与唐宋文学，对晚清文学的叙述则较为简略，此均与明治社会环境与当时舆论导向有关。

---

① ［日］古城贞吉：《中国文学史》，东京劝学会藏版，1897年，第5页。
② ［日］吉川幸次郎：《我的留学记》，钱婉约译，中华书局，2008年，第191—192页。

第二节 日本近代大学学科的设置与中国文学史

文学史作为一门学科设置起源于近代欧洲,与近代大学的建立与发展存在密切关联。明治维新不久,明治政府即成立了负责教育行政管理的中央机关文部省,着手对西欧各国的学校制度及课程设置进行调研。随后,文部省公布了作为近代教育体系开端的《学制》,1873年3月公布了《学制》第二编。与此同时颁布《学制令》,宣布废除封建教育制度,学校向一切人开放,设立讲授以西方新知识为基础的实际学科。① 此一系列举措使日本初步构建了近代教育体系的框架,并确定了在学校中以讲授西学为主的教学目标。在此基础上,由文部省倡议,1877年成立了日本近代第一所大学——东京大学。

东京大学成立之初,设有法学、理学、文学、医学四个学部。其中,文学部设有两个学科,史学、哲学、政治学为第一学科,和文学、汉文学为第二学科。由于当时哲学科未设立中国哲学研究方向,史学科也未设立中国史研究方向,因此,实际上包括文、史、哲在内的中国学均归属和汉文学科。对于东京大学"和汉文学科"中的"文学",铃木贞美认为:

> 当时在东京大学制度上并存着三种"文学",即文学部的"文学"、英文学的"文学"以及第二科"和汉文学科"的"文学"。"和汉文学科"在明治三年的大学规则所提出的五个学部的构想中加入了"教科"和"文科",作为教授"和学"或"皇学"以及"儒学"内容的学科。"和汉文学科"的"文学"可以说是对中文和日本传统意义的继承。换句话说,东京大学文学部的"文学"是

---

① 李庆:《日本汉学史》,第一部"起源和确立",上海人民出版社,2010年,第60页。

欧洲语言中间意义的"文学"与中国和日本传统的"文学"概念并存或妥协的产物。……这里"和汉文学科"的"文学"这一观念,可以说是意味着人文学的欧洲"humanities"或"belles-lettres"和"polite Lliterature",即相当于中间意义的"Lliterature"。意味着儒学和汉诗文的"文学"一词,通过接受欧洲中间意义上的"Lliterature"而产生出"和文学"即日本的"文学"这一概念。①

也即是说,作为大学学科设置的"文学"与"Lliterature"之间有直接关联,实际上是"文学"作为"Lliterature"的译语得到认可后,在东京大学的课程设置中的具体表现。从课程设置来看,此"文学"并非近代西方意义的文学,而是如铃木贞美所言,是欧洲"文学"与中国以及日本传统"文学"之间的妥协。可见,对"文学"理解的不确定性,不仅体现在文学史中,也体现在当时的大学学科设置中。以1879年"和汉文学科"的课程设置为例,可知当时史学、哲学均归属"和汉文学科"。

和汉文学科课程设置(1879)②

第一学年　和文学、汉文学及作文、史学(法国史、英国史)、英文学及作文、伦理学、心理学大意

第二学年　和文学及作文、汉文学及作文、英文学或史学或哲学

第三学年　和文学及作文、汉文学及作文、英文学或史学或哲学

第四学年　和文学及作文、汉文学及作文、英文学或史学或哲学、毕业论文(毕业论文要求用汉语、日语两种语言写成)

汉文关系授课教师(1881、1882)③

教授　汉文学、中国哲学　中村正直

教授　汉文学　三岛毅(中洲)

教授　汉文学、中国哲学　岛田重礼(篁村)

讲师　汉文学　信夫粲

由于此时学科分类并不精确,因此和汉文学科的课程设置也涉及汉文学、史学、哲学及英文学。在此期间担任汉文学与中国哲学的教授是中村正直、岛田重

---

① [日]铃木贞美:《文学的概念》,王成译,中央编译出版社,2011年,第152页。
② [日]和田英信:《明治时期刊行的中国文学史》,收录于川合康三主编:《中国的文学史观》,创文社,2002年,第164页。
③ [日]和田英信:《明治时期刊行的中国文学史》,收录于川合康三主编:《中国的文学史观》,创文社,2002年,第164页。

礼,担任汉文学的有教授三岛毅及讲师信夫粲,尽管师资皆为汉学研究专家,生源却与此不成比例,1880年至1885年,此科毕业生只有2人。为此,中村正直在1883年的东京大学毕业典礼上呼吁:

> 现在以洋学著称的一些学者,其实都是具有深厚的汉学素养,而又对洋学加以活用的人士。缺乏汉学素养之士,即使在西洋留学七八年,或者十余年,回国之后也难以真正成才,由于他们缺少内在的汉学功底,在翻译上就会感到棘手。当今日本朝野,断言推动日本社会进步的不可能是汉学者。事实上唯有汉学为里、洋学为表之士方可用之。①

中村正直认为,汉学是开展所有学术研究的基础,扎实的汉文功底尤其是翻译西学的前提条件。他批评将汉学研究视为迂阔之举是浅见短视,强调如果不加强汉学研究,数十年后日本的汉学家将会绝迹。② 继中村正直之后,时任东京大学校长的加藤弘之向文部省提出申请,要求为保护汉学研究而增设古典讲习科。他在申请中谈到,当前日本学者唯求精通英文,对于国文则十分茫然,如此未必可以成为文化精英,然而仅通晓和文学、汉文学也难免有失固陋,因此文学部的课程设置应当是和文学、汉文学、英文、哲学、西洋历史并重,以此育成贯通东西的英才。

在加藤弘之等人的推动下,1881年东京大学在"和汉文学科"的基础上设置古典讲习科,目的是保护行将断流的汉学,当年计划开设的课程如下:

古典讲习科课业内容(1881)③

正史、杂史、法制、故实、词章、事实考证、作文咏歌

中国法制、中国历史、汉文毕业作文

尽管正式成立了古典讲习科,然而其运营费是大学日常经费以外的特别申请,因此经费维持颇为困难。在此情况下,东京大学1885年古典讲习科曾暂停招

---

① 参阅[日]町田三郎:《日本汉学家》,研文出版,1998年,第134页。
② [日]中村正直(1832—1891),曾在昌平坂学问所就学,安政二年(1855)成为昌平坂学问所教授,文久二年(1862)任德川幕府的儒官,庆应二年(1866)赴英国,任幕府遣英留学生监督。明治维新后回国,明治三年(1870)翻译出版了塞缪尔·斯迈尔斯的《西国立志篇》,此书在日本明治时期颇为畅销。明治五年(1872)任职大藏省,明治十四年(1881)任东京大学教授,明治十九年(1886)任元老院议员。
③ [日]和田英信:《明治时期刊行的中国文学史》,收录于川合康三主编:《中国的文学史观》,创文社,2002年,第164页。

生,并于 1887 年将古典讲习科的修业年限缩短一年,至 1888 年全面废止古典讲习科。因此,实际上古典讲习科只有 1887 年与 1888 年两届毕业生,乙部汉文学讲习科的毕业生 1887 年有 28 名,1888 年有 16 名。①

汉文学讲习科的具体科目及规则如下②:

古典讲习科乙部规则(1881)

第一条　古典讲习科乙部的课程学时为四年,分为八个学期。

第二条　该部中,经学、诸子、史学、法制、诗文、毕业论文,共六个科目。

第三条　八个学期中具体所修科目分配如下:

第一期　经学、诸子、史学、诗文

第二期　经学、诸子、史学、诗文

第三期　经学、诸子、法制、诗文

第四期　经学、诸子、诸子、诗文

第五期　经学、诸子、诗文

第六期　经学、诸子、诗文

第七期　经学、诸子、诸子、法制、汉文

第八期　经学、诸子、诸子、法制、汉文、毕业论文

第四条　该部入学年龄为二十岁以上、三十岁以下。

第五条　该部招生条件是已经出过天花或已接种天花疫苗,且通过入学考试者。招收官费生十五名,自费生二十五名。

入学考试科目:经书、辞书、书经

历史答辩:《左传》《史记》

当场作文:三百字以上,五百字以下

其他诸规则同古典讲习科甲部

从最初的"和汉文学科"到后来增设的古典讲习科、汉文学讲习科,其课程设置有所变化,培养目标也进行了相应调整。具体来说,最初"和汉文学科"的培养目标在于培养兼通和文学、汉文学与欧洲文学(以英国、法国为主)的人才,而非

---

① [日]町田三郎:《日本汉学家》,研文出版,1998 年,第 135 页。
② [日]町田三郎:《日本汉学家》,研文出版,1998 年,第 133—134 页。

单一的和文学、汉文学专才,因此在课程设置中,体现了和文学、汉文学并举,史学与哲学并重的倾向,英文是规定的必学课程之一,在课程设置比例上兼顾和、汉、英三方面。东京大学对英文教学的突出,实际上不仅体现于和汉文学科,而是大学章程中所规定的基本教育目标,明治十六年以前东京大学的讲义几乎全部用英文写成,以至于汉学私塾的毕业生难以进入东京大学学习。此时期英文学习呈现出空前的盛况,社会上各种类型的学校也均在推广英文,"明治四年,设立文部省。寻颁学制,于各大学区分设诸校。有外国语学校,以英语为则。先是习外国语者,多从传教士习学,通计全国教士书塾不下数百。及是官立语学校,民间闻风慕效,争习英语,故英语最为盛行"①。与此情况相反,增设古典讲习科后,英文退居次要地位,经学、诸子、史学、法制、诗文、词章成为课程主体,实际上将中国学研究固守在传统学术体系中。英文课程的削弱,可能为当时有汉学私塾教育背景而无英文基础的专才而设定,对此町田三郎在接受《光明日报》采访时,曾回顾古典讲习科的设置过程:"自公元七八世纪至江户幕府末期,日本学问的主流毫无疑问都来自中国的典籍。只是到明治政府初期,在教育上采取全盘西化,所有课程都推广英语教学,导致有许多在'汉学塾'接受教育的人才无法进入到东京大学这样的高等学府。但此后日本学界开始认识到,没有了汉文,日本的历史也就无从写起。于是,在明治天皇的主导下,各大学纷纷开设了古典讲义科,将日本自古以来的汉学分解成中国文学、中国哲学、中国历史等科目,并一直流传到今天。"②据吉川幸次郎回忆,当时东京大学的中国学家始终处于被国学家排斥的地位:

> 最显著的现象是,别的大学中,国文学的先生与中国文学的先生关系不好,这几乎成了通则。其原因由来已久,在幕末时期,有国学和汉学之争,特别是平田派与诸子学之争。这影响到东京大学的初期。在日本大学的历史上,这大概是一个有趣的现象,在东京大学内,一开始既没有国文学,也没有中国文学。作为代替物,当时是叫古典科,且不是正科而是特设科,这个古典科中有国学和汉学,而国、汉两科是经常吵架的。据说明治天皇巡幸东京大学时,曾说你们不要老吵架,好好努力上进吧。这之后仍无大改善。③

---

① 黄遵宪:《日本国志》,天津人民出版社,2005年,卷首。
② 町田三郎:《汉学研究就是对日本自身的研究》,原载《光明日报》2013年8月19日。
③ [日]吉川幸次郎:《我的留学记》,钱婉约译,中华书局,2008年,第32—33页。

1890年，东京大学进一步仿照欧美模式，在大学里设立讲座制度，其中汉学与中国语学分别开设三个讲座，1905年，改组成"中国哲学讲座""中国史学讲座""中国文学讲座"，1910年，进一步细化为哲学科的"中国哲学讲座"、史学科的"中国史学讲座"、文学科的"中国文学讲座"。值得一提的是，中国文学讲座第一任教授由来自中国的张滋昉担任。1912年起，盐谷温担任中国文学讲座教授，讲座题目为"中国文学概论"，同时讲授以元曲为中心的"中国戏曲讲读"，为研究生开设有"元曲选""《西厢记》讲习"等，以此标志着东京大学正式进入了中国文学的近代性研究。为开设此讲座，盐谷温曾专门去德国和中国学习，他在《中国文学概论讲话》中记载了此段经历：

> 从来本邦先儒的中国文学研究，反对以古典为主的诗文以外的研究，西洋的中国学家从语学入手，倾向于偏重通俗文学的研究。之前我为了在东京大学开设中国文学讲座，曾被派遣去中国和德国留学。在德国学习到西洋学者的文学研究方法，而在中国从语学到中国小说，后来师从叶德辉先生学习中国词曲，深得其中底蕴。回国后，筚路蓝缕，随着在中国文学研究领域开辟出元曲研究的处女地，开始在大学讲坛上开讲《中国文学概论》。[1]

东京大学由最初的"和汉文学科"，到后来增设古典讲习科、汉文学讲习科，培养了一批中国学家，其毕业时间集中于明治二十年后期至明治三十年初期，此正值中国文学史在日本集中涌现的时期，如：儿岛献吉郎于明治二十一年(1888)毕业于古典讲习科、藤田丰八于明治二十八年(1895)毕业于汉学科、白河鲤洋明治三十年(1897)毕业于汉学科、田冈佐代治明治二十七年(1894)毕业于汉学科、高濑武次郎明治三十一年(1898)毕业于汉学科、久保天随明治三十二年(1899)毕业于汉学科，此外，笹川种郎明治二十九年(1896)毕业于东大的国史科，大町芳卫明治二十九年(1896)毕业于东大的国文学科，研究东洋史学的市村瓒次郎、研究甲骨文的林泰辅、著有《史记会注考证》的泷川龟太郎、日本汉学史家冈田正之、汉学史家安井小太郎等毕业于东大的古典讲习科。可见，在明治时期的中国文学史家中，东京大学的毕业生占据了半壁以上的江山。

除东京大学外，京都大学也是明治时期中国文学研究的重镇。1906年，京都

---

[1] [日]盐谷温:《中国文学概论》,弘道馆,1948年,序言,第2页。

大学文科大学成立,1908年,京都大学开设中国语学及中国文学科,其中的中国文学科首任教授是狩野直喜,仅狩野直喜一人,即先后开设了中国文学史、清朝经学、清朝学术、论语研究、中国小说史、中国戏曲史等十几门课程。尽管京都大学的中国文学科成立不久即迎来大正时期,而中国文学研究主要在大正时期展开,由于狩野直喜学贯中西的学术成就,使京都大学的文科大学建立之初,就被预测将来必然会与东京大学平分秋色,也因此,严绍璗将东京大学的盐谷温与京都大学的狩野直喜称为近代中国文学研究的"东西两鼎"。尽管京都大学与东京大学在中国俗文学等领域取得了举世公认的成就,但二者的研究传统、研究方法、教学方式均有所不同,而建立京都大学的初衷,也正是为了与东京大学抗衡,以避免东京大学在学术研究上实行垄断:

> 京都大学的学风是抱着与中国人相同的思考方法,这种研究的基本态度,在当时的日本中国学中,处于怎样的位置?这种治学态度的中心人物是狩野直喜、内藤湖南两位先生。两位先生采取这样的治学态度是对江户汉学的反对。江户时代的汉学是对中国做日本式的解释。其原因从消极方面说,是因为锁国没办法;从积极方面说,江户时代的汉学是一种民族主义的东西。但总之,江户汉学并不真正懂得中国。把中国作为中国来理解,必须是一种新的学问。这两位先生都是出身于明治前后,成长于明治中叶,那时的日本学术界,在广泛的意义上,有一种历史学的倾向,即对已认识的事物进行再认识,两位先生就是在这样的学风中成长起来的。……京都大学一开始,就是本着与东京大学不同的学风而开办的。特别是文学部。最初设置京都大学的理由之一,就是当时日本只有一所大学,易流于独断专行,必须营造一个竞争者,这是政府方面的意思。当时日本方面有以西园寺公望为中心的主张者,而民间方面强烈主张的无疑是内藤湖南先生。如果你看了筑摩书房的《内藤湖南全集》,就能知道,当时先生在大阪朝日新闻社工作,主张必须在关西建立一所大学,与东京大学抗衡。此外,在内藤湖南先生,正如刚才所说,他是想纠正江户时代汉学的不正学风,而这在东京大学的汉学科中并没有充分的体现,所以先生在来京都大学前就十分强调这一点。
>
> 所以,京都大学文学部,在任何方面似乎都是本着与东京大学不同的方向进行学问研究的。另一表现是,如西洋文学,东京大学当时是聘用外国人

教师的,开始时全部是外国人教师,后来渐渐增加日本人教师。在京都大学开办的明治三十年代,东京大学还存在着外国人教师,而京都大学的外国文学就一个外国人也没有聘用,全部由日本人自己担任,如藤代祯辅、上田敏等。而西田几多郎的哲学,也是在反对东京大学井上哲次郎的基础上形成的具有活力的一个哲学流派。在中国学方面,这种倾向十分强烈。①

以上以东京大学、京都大学为中心,对日本近代大学学科设置中的中国文学史进行了叙述。实际上,明治时期的中国文学史多为大学讲义,并在授课过程中增删修订,得以不断充实与完善,如藤田丰八的《中国文学史》是东京专门学校的中国文学科讲义录,高濑武次郎的《中国文学史》是其在哲学馆讲授中国文学史课程的讲义录,盐谷温的《中国文学概论讲话》,也是在东京大学文学科的讲义基础上修订完成。总体而言,近代西方大学的学校制度及课程体系的引入,进一步推动了中国文学史研究在大学的开展,并以授课、讲座、报告及学位论文等形式不断加以完善。

---

① [日]吉川幸次郎:《我的留学记》,钱婉约译,中华书局,2008年,第6页。

第三章

明治时期出版的中国文学史

第一节　末松谦澄：追溯先秦文化之源

末松谦澄的《中国古文学略史》,是日本第一部以"中国文学史"题名的著述,因此,叙述日本的中国文学史由此书始。顾名思义,此书并非一部中国文学通史,而是一部古文学断代史,所谓"古文学",据末松谦澄本人的定义,是指"先秦以前的文学,尤以春秋末期至战国末期为主"①。此书称之为"文学",的确有些牵强,因为此书实际上基本以先秦诸子学说为主。

末松谦澄(1855—1920),日本福冈人,早年就读于东京师范学校(东京教育大学与筑波大学前身),后中途退学,进入东京日日新闻社工作。此后逐渐步入政界,1878年至1886年作为日本外交官赴英国留学,回国后先后就职于内务省与文部省,1890年当选众议院议员,历任日本法制局长官、内务大臣等职。

末松谦澄不仅活跃于政坛,在历史、政治、文学方面也颇有造诣,《明治人物评论》称其为"政治家与历史学家"。其著有《希腊古代理学一斑》《日本文章论》《演剧改良意见》《青萍诗存》《民法详解》《国歌新论》《防长回天史》等著作,并首次将《源氏物语》译成英语,将这部日本古典名著介绍到西方。②《中国古文学略史》是末松谦澄在留学英国时所著,彼时欧洲正兴起编纂国别文学史之风潮,且已有戈培尔·斯坦因的《德意志文学史纲要》(1827)、哈拉姆的《欧洲文学序说》(1837—1839)、泰纳的《英国文学史》(1864—1869)等陆续出版。末松谦澄有感于欧洲文学史的体例精密、叙述有序,由此萌生编纂中国古文学史的想法,旨在为

---

① ［日］末松谦澄:《中国古文学略史》,文学社,1882年,第1页。
② 参阅［日］川合康三主编:《中国的文学史观》,创文社,2002年,第17页,松本肇执笔。

日本人学习中国古典提供帮助。

　　末松谦澄在英国留学期间，曾在伦敦的日本留学生会上进行演讲，此书是在演讲稿的基础上修订完成的。尽管身处英国，但是他对英国文学史并未关注，对于欧洲的文学观与研究方法也几乎置若罔闻，他编纂此书目的并不在于叙述文学的历史与规律，而是着重介绍以儒学为主的先秦思想。尽管此书穿插了对《诗经》《楚辞》的评述，但所占比例很少，这也从一个侧面说明，末松谦澄对"文学"的理解，几乎等同于传统的"文章、学问"，而远非近代意义的"文学"。

　　末松谦澄在《中国古文学略史》中对先秦文化的认识与理解，集中在以下几方面。

　　首先，末松谦澄认为，"先秦是中国文学最具人气、学术文章及技艺最为发达的阶段"[①]，因此将先秦文学设定为此书的叙述范围。他还认为，日本文化与先秦的关系最为密切，唯有知晓中国古典，才能理解日本传统文化，"中国文学之如东洋文学，犹如古希腊罗马文学之于西洋文学。二者渊源之深，难以述尽"[②]。因此，末松谦澄强调，编纂此书的目的正在于此。

　　其次，在英国留学期间，末松谦澄有感于欧洲文学史"导之有序"的编写体例，认为此体例有助于日本人学习中国古典，可以为日本人提供一条捷径，此成为编纂此书的直接原因。有关此点，河田熙在此书序言中有较为完整的交代，据此可知有关的写作缘由，现将其抄录如下：

　　　　幼而入小学，辨本邦音训，读邦典，讲汉籍。稍长而习欧洲文字，功其政法、技术，我邦书生之业可谓多歧矣。然余见欧洲少年之为学者，不止习其邦典，亦必修他邦言语，多者兼四五邦。乃若希腊拉丁之古文，又莫不究之，而导之有序，学之得要，不敢以其多而废之也。抑彼之文字言语，大同小异，熟其一，他或可类推焉。我之于欧学，字形语势，莫一相肖者，则其学之难易，不可同日而语。然遵其序而往焉，或易乎得起要。若夫汉土之书，流行虽久矣，圣经贤传，残缺不全，诸子百家，各异门径，编纂之法，亦甚无秩序。苟不得其要而学焉，则毕生孜孜鲜有所得。或至于以为无益而舍之，是因讲学之法不

---

① ［日］末松谦澄：《中国古文学略史》，文学社，1882年，第1页。
② ［日］末松谦澄：《中国古文学略史》，文学社，1882年，第1页。

得其宜也,岂其书之罪乎哉。况汉土之学,实本邦文物之祖,苟志于学问者,固不可不讲究其书也。青萍末松君,才学夙成,既学邦典,又讲汉籍,更来学于英国有年焉,常会我邦社友。口演此编,令后生知汉籍之梗概。譬之航海,先辈既按星象,测地维,定其针路,制之图册,后生因得知其远近险易,礁洲津港,则事半而功倍焉,其为惠大矣。顷者同友怂恿,将刻以公于世,余知本邦后生,由是辨其方向,而得为学之要,则复何其业之多歧是病耶。虽然此签蹄耳,指针耳,若一读之后,曰我既知矣,而不溯其本源,则著者之意荒矣。竟书弁卷端。①

末松谦澄、河田熙认为,尽管中国典籍数量浩繁,但"编纂之法,亦甚无秩序",因此束缚了日本人对中国古典的深入研究。其认为,如果没有行之有效的编纂方法,会以为中国典籍无益而舍弃,此并非典籍本身之过,而是编纂方法不当所致。对此问题,近代中国学者其实也有类似看法,如新文化运动时期的蔡元培认为,中国古代学术从未有编成系统的记载,《庄子》的《天下篇》,《汉书·艺文志》的《六艺略》《诸子略》,均是平行记述,由于古籍编纂并没有可以参考的古人著作,因此不能不依靠西洋的哲学史。② 胡适也从典籍编纂的角度提出,尽管中国古籍数量庞大,但编纂并不得法。可见,典籍编纂方法为近代中日学者所共同关注,大约也是受到欧洲文学研究的启发。

再次,值得注意的是,《中国古文学略史》中附有序、跋各一篇,表达了对汉学截然不同的两种认识,前者充分肯定汉学的价值,后者对汉学持以怀疑、否定。末松谦澄将两篇观点迥异的序、跋同时刊引,以此呈现明治初期对汉学的争议。

河田熙序中认为,日本文化在历史上得益于中国,汉学是日本传统学术的基础,强调如果立志做学问,就需要研究中国古典,因为中国古典实为日本"文物之祖"。此文的跋为土田政次郎所写,为完整呈现他的观点,现将其跋文的翻译引用如下:

> 再三熟读高见深感钦佩。实际上中国古文学即是东洋文化之根源。但若要逐一分析并推敲其中的精巧文理,则不应于世界文化欣欣向荣之际,固

---

① [日]末松谦澄:《中国古文学略史》,文学社,1882年,河田熙序,第3—5页。
② 参阅胡适:《中国哲学史大纲》,上海古籍出版社,1997年,蔡元培序。

守汉学之一隅,宜将眼光放之于西洋。尽管如此,凡是汉学家,其头脑中皆只有顽固之想法,并以此去看待他人。因此,他们的样子如同醉汉,不知在这个世上除了酒之外,还有很多好喝的饮品。如今,别说是中国,在我国(日本)也有如此之人。他们之中,有部分人在自己醉过之后稍微清醒过来,但那时反而因头疼而挣扎,也有部分人只顾喝水而并不顾其他,反而最终伤了自己身体。这些实在是令人可叹之事。幸运的是,此时若能将先生的高见公布于众,其将逐渐成为指南针,不仅有益于东洋文化,亦有益于世界文化。弟子不才,此番讲话的语气如少年书生。不过,此话亦并非偶然所讲,希望弟子通过先生之讲解,能够自然地解除疑心,并希望出现令人信任之人。不过,东洋学者之中,到底有哪位能够如此?西洋人更不了解东洋的事情,即使偶然了解,亦未知其中究竟。弟子现在想对先生说:"希望等我年老手脚不便之时,静静地享受先生给予的文学恩惠。"弟子言语不逊之处,万望先生予以包容。①

在此跋文中,土田政次郎承认中国古文学是日本文化之源,但认为日本不应固守汉学,而应将学术眼光投向西洋。此跋文后,末松谦澄附有这样一句话:"土田氏所书,能中汉学之弊,又有深望于我者,可以代跋文矣。是其所以收录于兹也。"由此一句,可知末松谦澄认同汉学之弊。

实际上,围绕以儒学为代表的汉学取舍问题,明治时期曾有长达二十年的争辩。此场争辩以伊藤博文与元田永孚为代表,元田永孚一派强烈抵制明治维新的"文明开化"政策,他的观点是,西洋文明会破坏品行、伤害风化,甚至达到不知君臣父子之大义的地步,因此须基于祖宗之训典,竭力宣明仁义忠孝。伊藤博文则力主破除儒学,他反对元田永孚,认为世风日下并非"文明开化政策"所导致,维新变革也并非元田永孚想象的那样浅薄无知。除伊藤博文与元田永孚以外,福泽谕吉、西村茂树、杉浦重刚、加藤弘之、能势荣等均卷入这场有关儒学的论辩之中,直至1890年10月日本政府颁布《教育敕语》②,以国家教育纲领的形式正式确立"以儒教为根本,西洋哲学为参考"的教育准则,此场持续了二十余年的论证才逐

---

① [日]末松谦澄:《中国古文学略史》,松田贵博译,文学社,1882年,土田政次郎跋,第131页。
② 《教育敕语》的草案由井上毅起草,元田永孚进行订正,于明治二十三年(1890)十月三十日发布。小西四郎认为,《教育敕语》以"忠孝"的道德作为基础,强调"忠君爱国",其实是对明治宪法从精神层面的补充说明。

渐平息。① 但是学术研究的自由自此反而受到威胁。

总体来看,《中国古文学略史》重视对先秦思想尤其是儒学的介绍。末松谦澄认为,战国时代是人气最盛大、学术文章技艺最进步的时代,春秋时代则是战国时代文学的先导。在其看来,若论"治乱动静"的历史,则莫过于东周战国时期,孔门仁义教的有道无道论,是以治乱动静来论述文化的隆替,先秦以前的文化典籍由于年代久远,加之遭遇秦火之灾,已遗失大半,如不能真实地再现历史上治乱兴废的轨迹,则研究文学实况极为困难。在此基础上,末松谦澄突出了对孔子的介绍,其盛赞孔子为"世界理学者、首屈一指的豪杰""孔子一生以警醒天下人为己任""对世界文化格局产生了影响"。② 他尊称儒家思想为"儒教",认为孔子学说是"绝妙的奇异神圣的学说""儒教对于人的修身养性之功,万世不会磨灭"。③ 因此,在《中国古文学略史》中,末松谦澄对《诗经》着墨尤多。他认为,阅读《诗经》可以体会古人辞藻之优美,感受时人时情,从而激发人的情感,了解古人的宇宙自然观。孔子所言,"多识于鸟兽草木之名",其实正体现了孔子的"怜宇宙自然,悲人间现实"之自然观。不仅如此,《诗经》的诗体俊秀飘逸、淳朴自然,也与后世的陈腐雷同不同。

在《中国古文学略史》中,共引用有五首《诗经》的诗歌,现列举说明如下。第一首是《唐风·绸缪》,"绸缪束薪,三星在天。今夕何夕,见此良人?子兮子兮,如此良人何?"我国文学史一般认为此诗是描写新婚之夜的缠绵与喜悦,以"三星"作背景,描写夜晚时光的流动,而末松谦澄却认为此诗描写的是乡下少男少女之情事,并以格调古朴为由将它列在最前面。第二首是《唐风·葛生》,"角枕粲兮,锦衾烂兮。予美亡此。谁与独旦?夏之日,冬之夜。百岁之后,归于其居!"末松谦澄对此诗的评价颇高,认为此诗写寡妇独居之情,愈读愈见其情思缠绵,是一首流露真性情之作。第三首是《魏风·陟岵》,"陟彼岵兮,瞻望父兮。父曰:嗟!予子行役,夙夜无已。上慎旃哉,犹来!无止!"这是一首游子思乡之诗,末松谦澄编纂《中国古文学略史》时远在英国,对诗中所描绘的思乡之情感同身受,因此在诗后附写一句评语,"我们远国游子更深知此诗的妙处"。第四首是《王风·黍

---

① 以上有关儒学之争的内容,参考了李庆:《日本汉学史》第一部"起源和确立(1868—1918)",上海人民出版社,2010 年。
② [日]末松谦澄:《中国古文学略史》,文学社,1882 年,第 15 页。
③ [日]末松谦澄:《中国古文学略史》,文学社,1882 年,第 16 页。

离》,"彼黍离离,彼稷之苗。行迈靡靡,中心摇摇。知我者谓我心忧,不知我者谓我何求。悠悠苍天,此何人哉!"这是一首途经旧国废都,感时伤世之作。最后一首是《卫风·竹竿》,"泉源在左,淇水在右。女子有行,远兄弟父母"。这首诗描写女子远嫁别离,思亲不舍的心理活动,末松谦澄赞赏此诗的韵味,感慨不已,故将此诗收录其中。末松谦澄所选取的《诗经》中的这五首诗,分别描写了少女、寡妇、游子、昔日王侯、远嫁的新娘的心理,其主旨可以用一个"情"字统领,即少女的激动之情,寡妇的忧伤之情,游子的思乡之情,昔日王侯的感伤之情,新娘的思亲之情。末松谦澄在点评这五首诗歌时,尤其谈到《诗经》的人性与人情,强调情感体验,与日本传统文学的"主情"传统颇为契合。日本传统文学思想的基调即是主情,以情为中心,情占据主要位置,"日本民族性格反映在文学表现的特质上,是重视文学的主观抒情,如果分解这种抒情的主观性质,不难发现其纤细性和感伤性是非常强烈的。《万叶集》自然观照的歌表现出非常纤细的情感,尤其爱恋的思慕和别离之情所流露的哀愁之纤细、自然和纯粹,恐怕是其他民族不多见的。另外,对自然和人的理解,多是运用直观直觉的机能,感情因素多于理智因素,感觉因素多于理性因素,其文学表现的情调性与情趣性是很明显的"①。

基于同样的视角,末松谦澄对屈原、宋玉的评价,也是从人性与人情出发。《中国古文学略史》中共引用四段楚辞原文,首先是《湘夫人》:"帝子降兮北渚,目眇眇兮愁予。袅袅兮秋风,洞庭波兮木叶下。登白薠兮骋望,与佳期兮夕张。"②其后又有《招魂》,"湛湛江水兮,上有枫。目极千里兮,伤春心。魂兮归来!哀江南!"③末松谦澄认为,读《湘夫人》与《招魂》,令人心灵激荡,简直妙不可言。第三段是《涉江》的一段,"余幼好此奇服兮,年既老而不衰。带长铗之陆离兮,冠切云之崔嵬。(被明月兮佩宝璐,)④世溷浊而莫余知兮,吾方高驰而不顾。(驾青虬兮骖白螭,吾与重华游兮瑶之圃。登昆仑兮食玉英,与天地兮同寿,与日月兮同光。哀南夷之莫吾知兮,)⑤旦余济乎江湘。乘鄂渚而反顾兮,欸秋冬之绪风。步余马兮山皋,邸余车兮方林。乘舲船余上沅兮,齐吴榜以击汰。船容与而不进兮,

---

① 叶渭渠:《日本文学思潮史》,北京大学出版社,2009年,第24页。
② [日]末松谦澄:《中国古文学略史》,文学社,1882年,下卷,第16页。
③ [日]末松谦澄:《中国古文学略史》,文学社,1882年,下卷,第17页。
④ 此句为原文所漏抄。
⑤ 此段为原文所漏抄。

淹回水而疑滞。朝发枉渚兮,夕宿辰阳。苟余心其端直兮,虽僻远之何伤。入溆浦余儃徊兮,迷不知吾所如。深林杳以冥冥兮,猿狖之所居。山峻高以蔽日兮,下幽晦以多雨。霰雪纷其无垠兮,云霏霏而承宇。哀吾生之无乐兮,幽独处乎山中。吾不能变心而从俗兮,固将愁苦而终穷。"①末松谦澄自称"读至此凄恻伤感不已"。第四段是《少司命》,"悲莫悲兮生别离,乐莫乐兮新相知。荷衣兮蕙带,倏而来兮忽而逝。"②末松谦澄引用以上四段楚辞原文,用以表明楚辞的形式自由洒脱,适合反映人的真性情。引文中出现了漏句和错字,可能与此书以前为演讲稿有关。此外,他还对中国诗歌发展的历史进行了简要概括,从《诗经》一直谈到清朝诗坛。末松谦澄认为,《诗经》过于简单古朴,楚辞多用方言,有妙境。直至律诗绝句流行,反而使诗歌走向形式化而失去了真性情。但是他肯定李白和杜甫的艺术成就,认为李白的诗歌奔放自如,杜甫的诗歌中规中矩,均为上乘杰作,后世的律诗绝句往往多雷同之作,清初以来的诗歌则注重在纤巧精细上下功夫而忽略了真情实感。不仅如此,末松谦澄还对日本和歌与中国诗歌进行比较,认为日本和歌与中国诗歌的沿革有相似之处,如日本《万叶集》时代以长歌居多,出现了不少名作,至《古今集》时代则过于重视文字的纤巧,此后的和歌千篇一律难有新意。末松谦澄从《诗经》、楚辞谈起直至清代诗坛,综论中国古代诗歌的发展,尤其是将中国的诗歌与日本和歌进行比较,初现了比较文学意识。

《中国古文学略史》作为日本编纂中国文学史的先例,无疑具有价值。遗憾的是,此书对于当时欧洲正在流行的文学观与研究方法,未能加以运用。如果从文学史的标准来考虑,此书过于偏重先秦思想,对文学作品及其论述仅是浅尝辄止。由于写作范围设定在先秦,因此未能体现文学史的分期。诚如和田熙所言,此书只是充当"筌蹄""指针",以助读者领会中国古文学的要义。实际上,末松谦澄的立足点与出发点并非研究中国文学,而是将先秦文学视为日本文化之源,为研究日本传统文化提供帮助,从这个角度来理解,末松谦澄的确达到了预期目的。

---

① [日]末松谦澄:《中国古文学略史》,文学社,1882年,下卷,第17页。
② [日]末松谦澄:《中国古文学略史》,文学社,1882年,下卷,第18页。

第二节　儿岛献吉郎：上下求索的学问家

　　继末松谦澄的《中国古文学略史》(1882)后,陆续有一些中国文学史问世。1882年至1912年三十年间,是日本集中出版中国文学史的时期,规模在当时世界范围内遥遥领先。明治学者凭借熟悉中国文化的优势,利用近代欧洲的研究方法,开辟了中国文学研究的新天地。在明治中国文学史家中,尤以儿岛献吉郎笔耕最勤,仅其一人,便有五部中国文学史,其中包括通史和断代史。尽管这些著述不可避免地具有局限性,然而,无论是编纂体例的尝试、文学史分期还是资料的丰富性,均较末松谦澄的《中国古文学略史》有了很大进步。正是由于在中国文学研究领域所做的开拓性贡献,其在《东京大学百年史》(1986)中,被誉为"日本东京大学建校百年来在汉文学及日本中国文学研究领域的资深学问家"。无论是明治时期,还是现在,甚至未来,儿岛献吉郎在中国文学史发展史中均会占有一席之地。

　　儿岛献吉郎(1866—1931),日本冈山县人,1886年入东京大学古典讲习科,师从中村敬宇、岛田筸村、三岛中洲等人。1888年大学毕业后,曾任日本博物馆美术部部员,从事美术史编纂。此后任东京府立第一中学校教员、东京高等师范学校教授、京城大学文学部教授等职。一生著作等身,较有代表性的有:《中国诸子百家考》《中国文学概论》《中国文学史》《中国文学史纲》《中国大文学史古代篇》《中国文学考散文篇》《星江余滴》《中国文学考韵文篇》《汉文作法》《汉文典》《续汉文典》《文法本位汉文译法》《唐诗选》《小学钞本》《大学讲义》《庄子考》

《孝经忠经教本》等。①

以下按照时间顺序,分别对儿岛献吉郎编纂的五部中国文学史(通史及断代史)进行叙述。

一、关于《中国文学史》(上古史)

自1891年8月至1892年2月,日本同文社《中国文学》杂志的第1号至第11号(第10号除外)连载了儿岛献吉郎的《中国文学史》。此杂志由儿岛献吉郎及其古典讲习科的同门岛田钦一主办发行,持续发行两年左右。杂志策划为七个主题,分别是经书门、诸子门、历史门、诗文门、百家言、批评、丛书,以讲义录的形式每月发行1—2册。② 儿岛献吉郎在《中国文学史》总论中设定了此书的基本框架:第一期是太古至秦代,第二期是秦汉至唐代,第三期是宋代至清代,第四期是清代,共分四期。但在实际写作中只完成了第一编"上古史",已完成的"上古史"共有三章,具体篇目如下。

  第一章 文学发达之状况
    1.总论
    2.夏商:归于上流的文学
    3.周代:上下兼通、达于天下的文学
    4.周末:归于民间之士的文学
    5.周末文学第一期:各国各人之间的文学
    6.周末文学第二期:文学流派与组织初成
    7.周末文学第三期:文学流派的分立
  第二章 文章发达之状况
  第三章 诗歌的起源及其发达
 著者识语

此外,儿岛献吉郎在文末"著者识语"中,记述了他对文学史的最初构想:最

---

① 参阅[日]川合康三主编:《中国的文学史观》,创文社,2002年,第20页,幸福香织执笔。
② [日]川合康三主编:《中国的文学史观》,创文社,2002年,第20页,幸福香织执笔。

初写作此稿时,打算在第一章叙述"中国文学总体的盛衰情况",第二章写"文章的变迁",第三章写"诗歌的来历",第四章写"文字的沿革",第五章写"典籍的真伪",至此完成上古史部分。对此,他加以解释:关于"文字的沿革",冈田氏的《文字史》已有详细解释,"典籍的真伪"部分可能令读者产生厌倦,故将第四章与第五章的内容略去,移至中古文学史中。①

实际上,此部《中国文学史》只完成了第一编。但是其价值在于,首先,对中国文学史分期进行了思考,并提出文学史分期的四分法,即太古至秦代、秦汉至唐代、宋代至清代、清代四个时期,此为最早的有关中国文学史分期的设想。其次,提出不同时代有不同的文学,文学随时代的变化而变化。对此,他举例说,夏商文学是归于上流的文学,周代文学是上下兼通、达及天下的文学,周末文学是归于民间之士的文学等,表现出不同的时代特征。再次,儿岛献吉郎提出,周代末年开始形成文学流派。但是,此书的弊端也非常明显,由于未体现近代的"文学"概念,有关"文字的沿革""典籍的真伪"也列入写作计划,因此,此部中国文学史如果最终完成,可能是一部包罗万象的国学史。

二、关于《文学小史》

1894 年,儿岛献吉郎出版了《文学小史》,其最初在 1894 年汉文书院的《中国学》杂志上连载,共连载三期。此书篇幅更短,只有第一章总论,下分三节:虞夏时代、殷周时代、春秋战国时代,是一部先秦文学断代史。此部《文学小史》,比三年前在《中国文学》杂志上连载的《中国文学史》更简短。一方面,似乎是未完成通史的写作计划,只完成了其中先秦部分;另一方面,则可能出于对先秦的重视,因此着重于搜集有关先秦的文献资料。明治时期中国文学的断代史,以先秦文学为最多,而即使是一部中国文学史通史著作,在书写比例上也往往偏重于先秦。此种厚古薄今的倾向在明治时期非常明显,相较而言,对于当代文学(清朝文学)的叙述往往较为简略。因此,儿岛献吉郎最初的两部中国文学史均止于先秦,可能并非完全出于偶然。

---

① [日]川合康三主编:《中国的文学史观》,创文社,2002 年,第 20 页,幸福香织执笔。

三、关于《中国大文学史古代篇》

1909年,儿岛献吉郎终于完成了一部较为详细的中国文学史,题名《中国大文学史古代篇》,由东京富山房出版。但此书仍是一部断代史,止于六朝文学。此书分七个部分,按照顺序依次是:序论、第一期"胚胎时代——羲黄时代的文学"、第二期"发达时代——唐虞三代的文学"、第三期"全盛时代——春秋战国文学"、第四期"破坏时代——秦文学"、第五期"弥缝时代——两汉文学"、第六期"浮华时代——六朝文学"。

1.《中国大文学史古代篇》目录

序论

  第1章 中国文学的特质

  第2章 中国文学者的通性

  第3章 文章诗歌的体制

  第4章 学术的兴废、思想的变迁

  第5章 文字的制作、书体的变迁

第一期 胚胎时代——羲黄时代的文学

  第1章 社会的原始状态

  第2章 八卦与三坟五典

第二期 发达时代——唐虞三代的文学

  第1章 唐虞三代的人文

  第2章 诗歌文章

  第3章 诗经

  第4章 书经

  第5章 诗书中的宗教思想

  第6章 易经

  第7章 大篆与石鼓诗

第三期 全盛时代——春秋战国文学

  第1章 春秋战国的形势

第 2 章　学术勃兴的原因、结果

第 3 章　诗歌不振的状态

第 4 章　管仲及其著作

第 5 章　孙武与十三篇

第 6 章　老子上

第 7 章　老子下

第 8 章　孔子上

第 9 章　孔子下

第 10 章　孔门文学

第 11 章　《论语》《礼记》

第 12 章　《孝经》与《大学》

第 13 章　子思与中庸

第 14 章　春秋三传及《国语》

第 15 章　《仪礼》《周礼》及《尔雅》

第 16 章　杨朱墨翟

第 17 章　稷下的文学

第 18 章　孟轲

第 19 章　庄周

第 20 章　荀卿

第 21 章　韩非

第 22 章　泽国文学上

第 23 章　泽国文学下

第 24 章　《战国策》与《吕氏春秋》

第 25 章　典籍的亡逸与后人的假托

第四期　破坏时代——秦文学

第 1 章　焚书坑儒与秦始皇

第 2 章　李斯与文学

第 3 章　秦的风俗与焚书坑儒前后的文学

第五期　弥缝时代——两汉文学

第 1 章　两汉的诗歌文章

第 2 章　乐府及其赋

第 3 章　高祖的创业与西汉的思潮

第 4 章　陆贾与新语

第 5 章　贾谊、晁错

第 6 章　文景时代的侯国文学

第 7 章　武帝时代的中央文学

第 8 章　赋圣长卿

第 9 章　文豪子长

第 10 章　《古诗十九首》

第 11 章　苏、李的诗

第 12 章　刘向父子与谷永

第 13 章　莽大夫扬雄

第 14 章　建武中兴与东汉思潮

第 15 章　太学与鸿都门学

第 16 章　班固父子

第 17 章　王充、王符、仲长统

第 18 章　四愁五噫

第 19 章　文苑的翘楚

第 20 章　儒林文学

第 21 章　蔡邕

第 22 章　巾帼文学

第六期　浮华时代——六朝文学

第 1 章　六朝时代的学术思想

第 2 章　韵文

第 3 章　散文

第 4 章　横槊诗人

第 5 章　七步诗人

第 6 章　邺下七子

第 7 章　魏晋的非儒教主义

第 8 章　竹林七贤

第 9 章　阮籍与嵇康

第 10 章　向秀、郭象及其他注释家

第 11 章　张华

第 12 章　二陆三张

第 13 章　两潘一左

第 14 章　两晋诗人

第 15 章　田园诗人

第 16 章　南北朝的佛教思潮

第 17 章　四声及反切

第 18 章　大谢小谢

第 19 章　颜延之与鲍照

第 20 章　范晔与历史文学

第 21 章　宋齐诗人

第 22 章　竟陵八友

第 23 章　梁武帝与他的帝王文学

第 24 章　昭明太子与《文选》

第 25 章　《文心雕龙》与《诗品》

第 26 章　何逊与刘孝绰

第 27 章　梁的文学家

第 28 章　徐陵、庾信

第 29 章　大邢小魏

第 30 章　闺媛诗人

第 31 章　文中子

第 32 章　六朝的文集与史籍

东宫侍讲文学博士　三岛毅　序

第七高等学校造士馆教授　山田准　后序

2.关于此书的序论

在此书中,儿岛献吉郎将隋以前的文学分成六个时期,并在每个朝代前冠以修饰词语,如羲黄时代的文学为"胚胎"、唐虞三代的文学为"发达"、春秋战国文学为"全盛"、秦文学为"破坏"、两汉文学为"弥缝"、六朝文学为"浮华",以此突出每个时代的文学特征。他以"全盛"来形容春秋战国文学,此与其他时期的文学形成了鲜明对比,从中不难看出他对先秦文学的态度。在此前的《中国古文学略史》中,末松谦澄也将先秦文学描述为"中国最具人气和最发达的文学",与儿岛献吉郎的看法颇为相近。从叙述比例上看,《中国大文学史古代篇》作为止于六朝的断代史,其中先秦文学几乎占据一半,亦足见儿岛献吉郎对先秦文学的重视。

与此前两部小著相比,此书增加了序论。其中有关中国文学特质的叙述集中在序论的第一章。在此章中,他分别从"国民特质""个人特质""时代特质""地方特质""文学史上的时代区划"五方面叙述中国文学的特征,并概括了中国文学的特质。此时泰纳的文学理论在日本流行,对于泰纳提出的"种族""环境""时代"三因素学说,儿岛献吉郎应有所借鉴。在此部中国文学史中,首次出现有关国民、个人、时代及地域与文学关系的叙述,而此前其文学史对此并无体现。

以第三期的第8章"孔子上"为例,儿岛献吉郎从孔子的性格谈起,他将孔子的性格概括为三方面,即"智""仁""勇",认为此三方面的性格对孔子学说产生了影响。除性格以外,他叙述了孔子所处时代及人生境遇,并认为,孔子的性格、所处时代与人生境遇三者共同作用最终形成了孔子的思想观。又如第19章"庄周",也是从庄子的性格谈起,由性格切入到庄子的"无差别观""人生观""地方感化""所处时代特色"等,试图从文学外部因素考察庄子及其思想。

序论的第2章题为"中国文学者的通性",分别叙述了"文学与政治""文学与道德""文学与自然""文学与酒""人事的不平文学""自然的风流文学"六个问题。在儿岛献吉郎看来,上述问题均与中国文学有关,尤其是文学与政治、道德的关系更为密切。他解释说,在中国古代文学中,由于儒学根深蒂固的影响,致使文学与政治、道德始终有密切关联,真正脱离政治与道德的文学作品非常少见,在中国古代文学的发展过程中始终贯穿了一种郁郁不平之气。他以"不平"一词来形容中国文学,此评价为日后文学史家所认可,并逐渐成为日本人对中国古代文学的一种共识,1996年日本筑摩书房出版的大木康的文学史,以《不平的中国文学史》为名,且以"不平"为贯穿的线索,叙述孔子、司马迁、屈原、陶渊明,突出中国古代文学"不平"的特质。除以"不平"来概括中国文学以外,儿岛献吉郎还提出,中国古代文学是"悲观的文学""贵族化的文学",有关此点将在后文详述。

序论的第 3 章叙述了文章诗歌的体制,分别是"文章诗歌的定义""文章的体制""文章的性质""诗歌的体制""诗歌的声韵格律"。将文章诗歌的体制置于卷首的位置加以叙述,体现了儿岛献吉郎以诗文至上的传统文学观。此外,第 4 章叙述"学术的兴废、思想的变迁",第 5 章叙述"文字的制作、书体的变迁",尤其对"文字的制作""书体的变迁""字书的制作""韵书的发行"有颇为详细的介绍,在他看来,此为构成中国文学史不可或缺的内容。可见儿岛献吉郎此时对于"文学"的理解,基本停留于"文章"与"学问"上,与 1891 年相比并未有所改变,对此幸福香织认为:

> 此书是明治二十四年的《中国文学史》、明治二十七年的《文学小史》之后,作者花费十余年的岁月完成的一部中国文学史。前两部著述或止于虞夏时代、殷周时代,或止于春秋战国时代,并没有体现"Lliterature"所代表的"文学"的意义。也许是当时以"文学"为"文章、学问"之意,因此,叙述至春秋战国时代,主要是谈先秦的学问。此书(即《中国大文学史古代篇》)总计 1154 页,其中秦朝末年以前的内容占据了约一半的 536 页的内容,主要是以学问的叙述为主。在这一点上,此书与前两部著述的构想相一致。其后出版的《中国文学史纲》,与现在的中国文学史的主流也有很大差异。其将"文学"理解为广义的"文章、学问"之意,所选学者、文学者人数众多。①

3.对儒学的重视

详述先秦诸子学说,尤以儒学为重,是此书的突出特点。此书对孔子叙述最为详细,涉及孔子及其学说的内容共计 4 章,为便于说明,现将此 4 章的详细目录抄录如下。

  第 8 章 孔子上

    1.孔子的性格

    2.智者的性格

---

① [日]川合康三主编:《中国的文学史观》,创文社,2002 年,第 29 页,幸福香织执笔。

3.仁的性格

4.勇的性格

5.孔子的时代

6.孔子的境遇

7.孔子的思想

8.孔子的学说

第 9 章　孔子下

1.文艺上的孔子

2.春秋的价值及性质

3.春秋笔法

4.春秋的谬误与三传的附会

5.诗书删定

6.易之研究

第 10 章　孔门文学

1.十哲

2.卜商

3.言偃

4.颛孙师

5.曾参

6.文学著作

第 11 章　《论语》《礼记》

1.《论语》的价值及其作者

2.《礼记》的作者

3.《礼记》的传来

4.《礼记》的价值

除突出以孔子为代表的先秦诸子以外,此书另一特点在于,叙述了南北朝时期佛教思潮对中国文学的影响。有关此方面的内容,主要集中于第六期第 16 章"南北朝的佛教思潮"中,分别从佛教流传的原因、南北朝以前的佛教、南北朝时期的佛教、佛教宗派、梵经翻译等方面,指出佛教对中国文学产生的深刻影响,认为中国文学在历史上极少接受外来文化,但佛教文化的传入是一个例外。

至于中国文学史的分期,此书并未采取此前的四分法,而是分为九期,具体而言,第一期是伏羲至帝尧时代,第二期是唐虞以后至周平王东迁,第三期是春秋战国时期,第四期是自秦始皇统一中国至子婴灭亡,第五期是两汉时期,第六期是魏晋以后至隋朝灭亡,第七期是唐宋时期,第八期是元明时期,第九期是清康熙以后至当代。在所划分的九个时期中,他称第一期到第六期为"古代文学",第七期以后为"近世文学"。但实际情况是只写至第六期,第七期、第八期、第九期未完成,由于第七期至第九期正是戏曲、小说的兴盛期,因此,未能体现其对俗文学的态度。而在明治时期的中国文学史中,对俗文学的态度往往成为新旧文学观的分水岭,成为衡量文学史家的标准。

四、关于《中国文学史纲》

1912年,儿岛献吉郎的《中国文学史纲》由东京富山房出版,此书与《中国大文学史古代篇》相隔三年,是儿岛献吉郎撰写的第一部中国文学史通史,叙述范围自上古直至清代。此书发行后广受好评,曾在日本多次再版。现择其要对此书的有关内容加以介绍。

1.基本结构及分期

此书分为五部分,第一部分是序论,第二部分是上古文学,第三部分是中古文学,第四部分是近古文学,第五部分是近世文学。此书分期,不是按照自然的历史朝代顺序,而是根据不同时代的文学特征加以划分。儿岛献吉郎在此书中,开创了以"上古文学""中古文学""近古文学""近世文学"为主体的四分法,体现了文学史分期的重要进步,对此后的中国文学史(包括中国本土文学史)产生了较大影响。具体而言,秦以前的文学为上古文学,汉代至隋代的文学为中古文学,唐代至明代的文学为近古文学,清代文学为近世文学。

儿岛献吉郎认为,文学史分期是较为复杂的问题,由于角度不同,所采取的分期标准不同,学术界与文学界标准不同,韵文界与散文界标准也不同。如对学术界而言,唐朝集成汉魏的训诂学,因此,学术界认为唐朝应附于南朝、隋朝之后。而文学界则认为,唐朝的韩愈、柳宗元发起古文运动,沈佺期与宋之问总结六朝以来声律方面的创作经验，确立律诗的形式，因此，文学界将唐朝冠于宋元之首。如果从韵文界的角度考虑，汉魏诗歌无论是内容还是形式，少有与殷周时代相似之处，但其开启了晋宋声调之先河，因此，汉魏应当冠于晋宋之首。如果从散文界的角度思考，汉魏之文，与晋宋相似者少，反而与先秦的风格更为接近，因此，应接续于秦朝之后。他还认为，对中国文学史分期，应考虑历代政体方针及文学时代思潮，既要考虑文学自身的发展，也要兼顾社会历史的变迁。在当时对文学史分期能做出如此思考，实属难得。以下是此书目录，由此可了解他对文学史所作的分期。

《中国文学史纲》目录

市村瓒次郎　序

儿岛献吉郎　凡例

第一编　序论

　　第1章　文学的时代特色与地方特色

　　第2章　贵族文学与平民文学

　　第3章　文学与文字

　　第4章　文学与学校

　　第5章　文学与科举

　　第6章　文学与儒教、佛教及道教

　　第7章　文学史上的时代划分

第二编　上古文学

　　第1章　总论

　　第2章　唐虞文学

　　第3章　三代文学之一

　　第4章　三代文学之二

　　第5章　春秋战国文学之一

　　第6章　春秋战国文学之二

　　第7章　春秋战国文学之三

　　第8章　秦文学

第三编　中古文学

　　第1章　总论

第 2 章　高祖的创业与前汉风潮

第 3 章　文景时代的文学

第 4 章　贾谊、晁错

第 5 章　武帝时代的文学全盛

第 6 章　司马相如与司马迁

第 7 章　《古诗十九首》与苏、李之诗

第 8 章　昭帝以后的文学

第 9 章　刘向父子及扬雄

第 10 章　光武中兴与后汉风潮

第 11 章　班固父子

第 12 章　训诂学的流行

第 13 章　建安文学与邺下七子

第 14 章　魏晋的非儒教主义

第 15 章　正始文学与竹林七贤

第 16 章　太康文学

第 17 章　陶渊明

第 18 章　南北朝的佛教思潮

第 19 章　元嘉文学

第 20 章　永明文学与竟陵八友

第 21 章　梁朝的武帝父子

第 22 章　徐陵、庾信

第 23 章　大邢小魏

第 24 章　隋朝的统一与南北思潮的合流

第四编　近古文学

第 1 章　唐朝的文化及思潮之一

第 2 章　唐朝的文化及思潮之二

第 3 章　十八学士与唐朝的经学

第 4 章　初唐四杰

第 5 章　律诗与沈、宋二家

第 6 章　陈子昂与张九龄

第 7 章　开元天宝的诗全盛

第 8 章　李白

第 9 章　杜甫

第 10 章　大历十才子

第 11 章　元和长庆的诗复兴

第 12 章　韩、柳二家与古文复兴

第 13 章　佛教的势力与缁徒的文学

第 14 章　晚唐文学

第 15 章　宋朝的政治与文学

第 16 章　西昆体

第 17 章　庆历文学

第 18 章　欧阳修与古文复兴

第 19 章　曾巩、王安石

第 20 章　元祐党人

第 21 章　洛党与道学

第 22 章　川党与文学

第 23 章　江西诗派

第 24 章　陆游与南宋形势

第 25 章　词曲的发达

第 26 章　鹅湖之会与朱陆之学

第 27 章　佛教的潜势力

第 28 章　辽金文学

第 29 章　宋末文学

第 30 章　元朝的国势与文运

第 31 章　小说戏曲

第 32 章　明朝的建国与一代之规模

第 33 章　洪武文学

第 34 章　高启

第35章　宋濂、方孝孺

第36章　台阁体

第37章　八股文

第38章　弘正文学

第39章　王守仁

第40章　嘉靖文学之一

第41章　嘉靖文学之二

第42章　万历文学

第43章　汤显祖与明朝的戏曲小说

第五编　近世文学

第1章　清朝的建国与一代文教

第2章　清初的遗臣文学之一

第3章　清初的遗臣文学之二

第4章　金圣叹、李笠翁

第5章　康熙文学

第6章　王士祯与神韵派

第7章　方苞与桐城派

第8章　小说戏曲

第9章　乾隆文学

第10章　嘉庆以后的文学

2.泰纳文学理论的影响

显而易见,泰纳的文学理论对儿岛献吉郎产生了影响。此书开篇刊有市村瓒次郎的序言,表达了对当时出版的中国文学史的看法,其中特别提及正在流行的泰纳的《英国文学史》,现将此序译介如下:

此前友人儿岛君所著《中国大文学史古代篇》,叙述自上古文学而止于六朝文学,以记事详悉、评论精当著称,然唐以后至清朝的内容未曾公开,颇令人感到遗憾。近来子文(指儿岛献吉郎,以下同——笔者注)著有《中国文学史纲》,此书所述时代自上古而至清朝,叙述简洁,深得要领。对于唐代以后的岁月变迁、文学更迭的情况,若能通过此书而加以了解,便可弥补先前的遗憾，而足以感到欣慰。① 余常说中国文学有两大特色，一是单音语，二是义字。这两个特色在世界文学范围内绝无仅有。因单音语而多声调缓急，因义字而形式整齐。尤其是由于义字的存在，无论中国历史的兴亡盛衰如何变迁，中国文学都得以保存下来，岿然天下三千余年。其积量之浩繁，可谓天下无比，堪称世界上一大奇迹。

昔法国人泰纳著大英文学史而扬名天下，今英国人翟里斯著中国文学史，其声价远不如大英文学史。此为何故？或许是法国人学习英语易，颇得英国文学之味，而英国人理解中国文学难，难究其间蕴奥。因此若在中国以前编写中国文学史，则非我邦莫属。此次子文所著《中国文学史纲》，非翟里斯所能相比，而与泰纳的《大英文学史》并美。

子文平素钻研不懈，加之研究中国语，通晓中国语的声调变化。他日大作完成，相信必会出人头地。余拭目以待。②

此序写于1912年，据此可知1912年左右泰纳的文学理论已在日本颇为流行。如前所述，此前的《中国大文学史古代篇》对泰纳的文学观已有体现，此部《中国文学史纲》则更为明显。在《中国文学史纲》中，儿岛献吉郎将"时代与地域""贵族文学与平民文学""宗教"等视为影响中国文学发展的因素，认为中国古代文学始终受此因素制约。可以说，从文学的外部因素探讨文学发展的规律，始终贯穿于《中国文学史纲》中。

具体而言，儿岛献吉郎首先叙述文学的地域性，他认为，中国国土广阔，南北习俗不同、东西风尚相异，因此研究中国文学史务必要考虑文学的地域性。③ 他认为，文学地域性自古有之："古来郑卫多淫声，燕赵多悲歌，邹鲁多鸿儒，吴蜀多诗人，三楚多秀士，三秦多壮士，此皆地域差异使然。"④他还认为，山川气候对著者性格产生直接的影响，而著者性格必然会反映到作品中，可以说，几乎所有文学作品均是著者性格的写照。他举例说，中国西北多山岳，东南多川泽，西北人劲直勇悍，东南人宽柔和易，由此产生了西北文学与江南文学之别，并引用欧阳修所言

---

① 此前儿岛献吉郎所著《中国大文学史古代篇》止于隋朝，隋唐以后的内容未涉及。
② ［日］儿岛献吉郎：《中国文学史纲》，富山房，1912年，第1—2页。
③ ［日］儿岛献吉郎：《中国文学史纲》，富山房，1912年，第3—4页。
④ ［日］儿岛献吉郎：《中国文学史纲》，富山房，1912年，第3页。

加以证明,"好南人之文者多为进士,尚北人之质者多为经学家"。不仅如此,他还指出,实际上南北差异不仅限于文,中国画有南宗北宗,书有南派北派,纸、墨、碑帖、词曲、戏曲均有南北之别,并引用魏徵《隋书·文学传序》的"江左宫商发越,贵于清绮;河朔词义贞刚,重乎气质",以此说明中国南北词风的不同。他将差异原因归至中国南北气候上,认为"南方的气候温暖而阳光明媚,南方民族古来清绮,江左文学辞藻浓艳;北方气候寒冷,风物萧索,北方民族历来重气节,河朔文学音节铿锵"①。在此基础上,儿岛献吉郎还探讨了文学与时代的关系,他认为,文学随时代变化而变化,中国古代文学既是一个整体,也有鲜明的时代特征,楚骚、汉赋、唐诗、宋文、元曲为五朝文学的主要特征。在他看来,"四千余年的中国文学,随着时代的推移而形成古今异趣,此即是所谓的时代特色"②,因此,他提出对于中国古代文学的评价应有发展、变化的眼光,务求把握不同时代的文学特色。此种从时代、地域环境的角度评价中国文学,与泰纳文学理论有关,但也与中国古代文论有关。对日本学者而言,始终处于外来文化接受中,但明治时期的特别之处在于,与历史上任何一个时期都不同,在日本的中国文学研究中,首次出现以西方理论为主、中国古代文论为辅的情况,儿岛献吉郎的文学史理论也体现了此种情况。

3.关于中国文学的特质

除探讨文学与时代、地域的关系以外,儿岛献吉郎还探讨了中国文学的特质。此书卷首,有儿岛献吉郎撰写的一则凡例,表达了他对中国文学的总体认识,现将凡例内容翻译如下:

> 编写中国文学史并非一件易事。之所以不易,并非因为史料的不足,而恰恰相反,是因为史料的浩瀚。对于四库中堆积的经、史、子、集,即使学者终其毕生心力,也不可能遍读。如果想撰写政事史,则必须在正史的基础上,参考杂史,这就需要涉猎经部与子部。如果想要撰写哲学史,除经部与子部以外,还必须有对史、集的探讨。至于撰写中国文学史,不仅涉及古今几千万人的诗集、文集,还要以文学视角品读群经、评价诸子、访求史料。这是中国文

---

① [日]儿岛献吉郎:《中国文学史纲》,富山房,1912年,第5页。
② [日]儿岛献吉郎:《中国文学史纲》,富山房,1912年,第3页。

学史编纂之难的第一点。

中国文学的寿命已达四千年之久,对于四千年以来生存的文学家,如果不能很好地叙述其性行,就会被贬斥为此著并非文学史,不过是人名字书而已;对于流传了四千年的文学书籍,如果不能很好地叙述那些书籍的特质,也会被贬斥为并非文学史,只是汉籍解题而已。这是编纂中国文学史之难的第二点。

作文洋洋洒洒,在纸上纵横驰骋,是文章家之能事。但若做到记事精要、叙述纯粹、简洁含蓄,能表达文字以外的意义,对文章家来说则是难事。因此,我此前编纂的《中国大文学史古代篇》,内容过于庞杂,泛滥停蓄,贪求材料之多。此次写作,则举纲列目,求本舍末,保留根干,去除枝叶,犹如只画骨不画肉。因此,编纂《中国文学史纲》非常不易。

而且欲明中国古代文学的变迁,务必要辨明历代政事方针,体察时代思潮。政事方针如何影响文学界,文学的兴废如何反映于政事界,时代思潮如何作用于文学,文学的流行如何左右思想界,这些是读者想要了解的,也是著者苦心思考所得。

据此可知,编纂中国文学史实非易事,尤其是中国文学典籍浩繁,在取舍问题上颇为困难。儿岛献吉郎主张,编纂中国文学史要关注历代政事与时代思潮,从中把握与文学的内在关联,以此寻找4000年中国文学发展的线索,这使得他的文学史具有一种史学的发展眼光。

儿岛献吉郎推崇中国古代文学,他称中国为"东洋文明的母国","中国文学宏伟壮大",赞赏"中国土地山河雄伟,诗人的眼界最辽远"。但是在肯定与赞赏的同时,他也指出中国古代文学的积弊,认为其存在"粗大夸张之风","多夸张之作,缺失精致的思想及严谨的研究态度,阻碍向上进步的机运。至朝代末世,则千篇一律滥用典故,桎梏了自家性灵"①。儿岛献吉郎认为,产生此问题的根源,一是中国文学流传时间久远,经历了漫长的历史岁月,二是中国土地辽阔,疆域宽广,流传久远易产生好古拟古之风,土地辽阔则易产生粗大夸张之俗。② 他据此

---

① [日]儿岛献吉郎:《中国文学史纲》,富山房,1912年,第5页。
② [日]儿岛献吉郎:《中国文学史纲》,富山房,1912年,第6页。

提出,对于中国古代文学,应把握文学现象背后的文化传统,从宏观整体的角度进行研究。他认为,中国文化传统的重要表现是对"文"的重视,历代明君均将"文"列为九功之首,研究中国古代文学需要考虑这个因素。他说:"中国以'文'建国,历代君主抑武扬文,即使纵马驰骋天下的英雄,也要讲谈诗书、成为一代辩才,因此文学是中国文人的生命,集四千余年的精华、四百余州的声采。"①而之所以强调中国"尚文"的历史传统,在于与日本"尚武"传统加以对比,在对文学现象进行解读时,历史文化的差异是应加以考虑的问题,儿岛献吉郎在此方面进行了有益的尝试。

4.平民文学与贵族文学

儿岛献吉郎提出,中国有贵族文学与平民文学之分。他认为,贵族文学指宫廷文学与应制文学,平民文学是具有田园自然之趣的文学,中国古代文学总体以贵族文学为主:

> 中国古代是君主专制之国,天子一人之心,往往左右天下万人的思想。中国古代民众自古以来恋势利功名,以出入台阁为光荣。中国历代皇室乃名誉之源泉,万众视线集于天子一人。因此其诗文以政治经纶为主,且多有台阁之气。如果说乐享田园、热爱自然之作是平民文学,那么中国文学则是最发达的贵族文学。唐虞三代的文学是少数贵族的文学,至于梁之宫体唐之应制体明之台阁体,皆乃贵族文学。②

儿岛献吉郎认为,贵族文学以经世治国为主旨,是名副其实的中国文学主流,真正的平民文学在中国古代文学中所占比例极小,"贵族文学出自缙绅之手,叙其经世之志。平民文学乐享田园自然,叙人之情操,发乎庶民之口,描画社会真相。且贯穿世态人情,以悦庶民耳目。然而古代贵族文学占据绝对势力,平民文学不过百分之一二而已。"③在此基础上,他进一步将中国文学分为"悲观文学"与"乐观文学",并认为,整体而言中国古代文学属于悲观文学。此观点的根据在于,"中国古代文人的初衷第一是立德、第二是立功,其半生的事业在于仕途,晚年才开始转向真正的文学生活,以诗歌文章来抒泄郁懑不平之气。如果将'骨肉恩爱

---

① [日]儿岛献吉郎:《中国文学史纲》,富山房,1912年,第2页。
② [日]儿岛献吉郎:《中国文学史纲》,富山房,1912年,第6页。
③ [日]儿岛献吉郎:《中国文学史纲》,富山房,1912年,第8页。

的天伦之乐,亲人之间互诉情话之悦,山川草木风月花鸟之美'视为乐观文学,那么中国文学是最发达的悲观文学。可以说先秦诸子的文章,唐宋诸家的诗歌,皆有悲观文学倾向。"①他进一步将悲观文学的根源归于孔孟思想,"孔孟以来,人皆以治国平天下为毕生的理想。学而优则仕,因此文学家总怀有攀龙附凤之念"②。不同时代的主流文学往往与功名相关,功利色彩是悲观文学的特征,如"汉代论文勃兴是由于以策论选人,唐代韵文极盛是由于以诗赋试士,宋代经学普及是由于以经义用人,明代八股文流行是由于以八股取士"③。即便是不为求取功名的文人,同样怀有兼济天下、渴望参政之心,这是4000年来中国文人的特质所在:

  孔孟晚年著述立说,虽绝于仕途,然二圣心中仍欲明经纶之志;老庄鼓吹无为,主张平等,以此破除先王的礼乐刑政,然二贤胸中犹愤世慨时,怀忧天下而济众生之念;阮籍、嵇康寄托醉酒,以此逃避人生,其蔑视王公贵族,视富贵如浮云,以醉乡诗人的面目出现,然而眼里却仍是慷慨悲愤之泪;谢灵运、谢惠连寄望丘壑,晚年流连于山水之间,以山泽诗人之名享誉天下,然其头脑中,却仍有郁勃不平之气焰,藏有渴望参与政事之欲火;李白豪放不羁,将宠辱置之度外,却仍不能安于田园生活;周敦颐心胸洒落无尘,热爱自然,然而其并不能兴起平民文学;陶渊明不为五斗米折腰,归居田园,种苗于东皋,采菊于东篱,悠然而见南山,此乃真正的田园诗人。④

  在儿岛献吉郎看来,中国古代的大部分文人尽管表象各不相同,内里却几乎一致,即对现实社会的关注,对建立功名的渴望,以及兼济天下的热情。儿岛献吉郎将此类文人的作品统称为"贵族文学"。在其评述的文人中,陶渊明被认为是唯一真正的田园诗人。儿岛献吉郎将此种贵族文学的源头,上推至《诗经》的雅与颂,认为雅与颂为贵族文学的开端,十五国风为平民文学的开端。由于汉乐府属于官府设立的音乐机构,因此,将乐府诗歌也划为贵族文学。戏曲、小说虽为文人创作,但是反映庶民的生活,因此,戏曲、小说可以视为平民文学。

  儿岛献吉郎以明治时期中国文学史家的视角,表达了对中国古代文学的认

---

① [日]儿岛献吉郎:《中国文学史纲》,富山房,1912年,第7页。
② [日]儿岛献吉郎:《中国文学史纲》,富山房,1912年,第7页。
③ [日]儿岛献吉郎:《中国文学史纲》,富山房,1912年,第7页。
④ [日]儿岛献吉郎:《中国文学史纲》,富山房,1912年,第9页。

识。他的观点可能与中国人的理解存在差异,但这并不妨碍我们去阅读与思考,并可以使我们超越本国文化的苑囿,从域外视角反观20世纪初日本人如何看待中国文化、中国古典,从而获得自我反思的机会。至于一些具体问题,则的确存在值得商榷之处。如儿岛献吉郎以文人是否建立功名为标准,将中国文学一分为二,分为贵族文学与平民文学,此种划分法似乎较为粗疏,这是由于,不仅在一些作品中平民性与贵族性交互出现,而且划分的依据也应基于作品本身,而非依据作者本人的思想经历或所采集作品机构的性质。例如,仅因为乐府是官府设立的音乐机构,便将乐府诗笼统地划归贵族文学,其结论难以令人信服。乐府作为自秦代以来设立的配置乐曲、训练乐工以及采集民歌的一个官署,其所采集的民歌,以描绘田园生活为主,尤其一些女性题材的作品更是贴近平民百姓生活,因此,将乐府民歌理解为贵族文学较为牵强。实际上,以贵族文学与平民文学来划分中国文学的做法,并未充分考虑中国古代文学的复杂性,其实无论以什么标准,均难以对浩瀚的中国古代文学进行一分为二的划分。儿岛献吉郎似乎也意识到此划分法的缺欠,因此,他进一步阐释为:"基于政治方面抒发诗人思想的作品,属于政治文学;基于道德抒发情感的作品属于道德文学;从治国平天下的理想破灭的角度抒写胸中不平之气的,属于不平的中国文学;以描绘山川草木雪月花鸟等天地自然美景的,属于风流文学。"[1]然而此种区分,仍然难以概括中国古代文学的全貌,且这些标准之间交互错杂,即使同一位作家本身,其作品也可能分属不同的门类,如早年的作品是贵族文学,晚年的作品则可能是平民文学。不过,以此划分中国古代文学,好处在于可以突出文学的某些特征,使读者对中国古代文学产生更为直观的感受。

5.文学与宗教

叙述中国古代文学与儒教、佛教、道教之间的关联,是此书的特点之一。儿岛献吉郎认为,中国自古以来是一个神教国家,自上古时代起便十分重视祭祀,在儒教、佛教、道教尚未兴起之时,中国是一个纯粹的多神教国家。如《尚书》《诗经》中记载了"天""神""帝"的称呼,证明中国在远古时即存在多神信仰,而且中国的神祇数目众多,在中国古代文学中,便出现过天、地、日、月、星辰、风、雨、云、雷、

---

[1] [日]儿岛献吉郎:《中国文学史纲》,富山房,1912年,第9—10页。

山、海、河、岳、林泽、丘陵诸神。儿岛献吉郎将这种多神信仰的根源归结为三点：第一是求福禄，第二是免灾祸，第三是报功恩。在此基础上，儿岛献吉郎指出儒学在中国古代起到的作用，实际上类似于宗教，因此，他称儒学为儒教，与佛教、道教并为中国的三大宗教，"秦汉以后，儒教、佛教、道教不断发展，中国三千年思想的海洋始终激荡着此三大思潮。三大思潮之中，对中国历代文学影响最深的是儒教，其次是佛教，再次是道教。中国文人往往自幼习得儒教，以经书为学问的根基"①。儿岛献吉郎认为，中国古代文人普遍接受"达则兼济天下，穷则独善其身"的理念，此足以证明儒教影响之广泛与深刻。此外，中国历代诗歌中流露儒家思想的占百分之七八十，从中也可感知儒学沾溉之深。不过，儿岛献吉郎认为，古代文人中也有例外，如一些"不遇不平之士"的行为举止脱离常轨，此部分文人中也有厌儒教而嗜道教，或排斥道教而尊崇佛教者。魏晋以后至南北朝时期，佛教势力逐渐压倒儒教，梵经翻译与四声反切大盛，并于宋齐时代产生佛教文学。在他看来，"唐代以诗为契机与佛教握手，宋代以哲学为契机与佛教交融""唐朝绝对不是儒家得意的时代，而是佛教徒得意的时代。李唐三百年不是儒学极盛时代，而是佛学极盛时代。李唐时代佛教徒势力强大，儒教反处卑微之地。与此同时，唐朝时期文学家名高位重，经学家境遇则甚为可怜。佛教徒与文学家之间常常握手言诗，把酒论诗，二者颇为契合，可以说唐朝文学是与佛教相融相合的文学"②。至于道教对中国文学产生的影响，儿岛献吉郎认为，由于道教徒擅长文墨者少，因此，少有道教诗文流传于世，而文人墨客以道教教义入诗者也较为鲜见。要之，儿岛献吉郎对于中国文学与宗教的总体看法是：儒教是中国古代文学的根基，佛教是不可或缺的重要羽翼，而道教与文学的关系则较为疏远。

6.对于戏曲、小说的关注

在明治时期的中国文学史中，俗文学研究犹如一个分水岭，意味着近代文学观与传统文学观之别。因此，对明治时期文学史家的考察，其对戏曲、小说的态度尤为值得关注。《中国文学史纲》共有四个章节涉及戏曲小说，按照顺序依次是：第四编"近古文学"的第31章"小说戏曲"、第43章"汤显祖与明朝的戏曲小说"，

---

① [日]儿岛献吉郎：《中国文学史纲》，富山房，1912年，第21—22页。
② [日]儿岛献吉郎：《中国文学史纲》，富山房，1912年，第224—225页。

第五编"近世文学"的第4章"金圣叹、李笠翁"、第8章"小说戏曲"。仅凭此点来看,儿岛献吉郎的文学观便颇为难得。此前出版的古城贞吉的《中国文学史》,不仅对戏曲、小说只字未提,甚至多有诋毁之词。在文学史中开辟专门的章节叙述戏曲、小说,是对俗文学价值的认可,同时也是对传统文学观的一种超越。在此书中,儿岛献吉郎首先叙述的是元代戏曲小说,他认为,实际上元代学术臣属于宋代,元代诗歌附庸于唐代,唯有小说、戏曲是元代文学的精华所在,"开辟了中国文学史上的新纪元,令世人激赏元代文学的光辉灿烂,使汉史、唐诗、宋文、元曲交相辉映"①。他对小说戏曲追本溯源,叙述了其产生发展及在元代全盛的过程:

> 元朝以前没有真正的小说戏曲,古时帝王欲了解闾巷的风俗,设立稗官以搜集异闻逸事,因此有所谓稗史之称。后稗官废,有小说家、戏曲家。稗官之职,相当于左右史,而小说戏曲家,则是一些民间奇士,是一些有"不遇、不平"之气的文人。如果想追溯小说的源流,则汉朝张衡的《西京赋》乃有秘书小说九百本。《汉书·艺文志》著录之《虞初周说》,有小说十五家,共计一千三百八十篇。②这些虽曾被认为是街谈巷语、道听途说之词,却称得上中国小说之鼻祖。至六朝时代的《穆天子传》《搜神记》等③,皆用绮丽之语述诡异之事。至元朝的小说《水浒传》《三国志》大作出现,才开始描画真实的人情世态。④

儿岛献吉郎推崇白话小说《水浒传》《三国演义》,此二著相较,则对《水浒传》评价更高。他称赞《水浒传》的奇,是奇中最奇,是四大奇书之首,《三国演义》与《水浒传》相比,不仅在人物角色上逊色《水浒传》,其文采也与《水浒传》相差悬殊。自江户时代以来,日本对《水浒传》始终好评如潮,自宽永元年(1624)左右传入日本后,《水浒传》成为最受日本人欢迎的中国白话小说,此与《水浒传》本身杰

---

① [日]儿岛献吉郎:《中国文学史纲》,富山房,1912年,第290页。
② 虞初(约前140—前87),西汉小说家,其所著《周说》,共计943篇,原书失传。据鲁迅《中国小说史略》记载,虞初事详本志注,又尝与丁夫人等以方祠诅匈奴大宛,见《郊祀志》,所著《周说》几及千篇,而今皆不传。晋唐人引《周书》者,有三事如《山海经》及《穆天子传》,与《逸周书》不类,朱右曾疑是《虞初说》。
③ 《穆天子传》,又名《周穆王游行记》,以日月为顺序,记载了周穆王驾八骏西巡天下之事。其成书年代不详,儿岛献吉郎将其列入六朝时期。据鲁迅《中国小说史略》记载,晋咸宁五年(279),汲县民不准盗发魏襄王冢,得竹书《穆天子传》五篇,又杂书十九篇。《穆天子传》今存,凡六卷。
④ [日]儿岛献吉郎:《中国文学史纲》,富山房,1912年,第290页。

出的艺术成就有关,也与日本"尚武"的历史传统有关,儿岛献吉郎也以《水浒传》为四大奇书之冠。除小说以外,儿岛献吉郎谈及戏曲,追溯中国戏曲的源流,"则唐有传奇,宋有戏曲,金有院本,然皆不过乐府之末流,词曲之一种而已。直至《西厢记》《琵琶记》等杰作出现,才终于使戏曲体制完备,淋漓尽致地描绘出世态人情"①。他尤其推崇《西厢记》,称《西厢记》"辞藻清丽,意境幽奇,实千古绝调",并引用王圻《续文献通考》中有关《西厢记》的评述,称王圻所言虽有欠缺之处,却可证明西厢之词采实为千古卓绝。此外,他引用毛声山评琵琶、金圣叹评西厢,称毛声山以《琵琶记》为"第七才子书",金圣叹以《西厢记》为"第六才子书",对毛声山的评价表示认同,"《西厢记》为北曲之上乘,《琵琶记》为南曲之杰作,西厢近俗,琵琶近雅,西厢好色,琵琶怨悱"。儿岛献吉郎自述,之所以特别推崇《西厢记》《琵琶记》,在于二者"淋漓尽致地描绘了世态人情"。对俗文学"世态人情"的认可与突出,实际上源于近代欧洲戏曲小说观,经由坪内逍遥在《小说神髓》中淋漓尽致的演绎,逐渐成为明治时期文学研究的主调,有学者如此评价《小说神髓》在倡导世态人情方面的价值:

> "小说的主脑是人情,世态风俗次之",这一振聋发聩的文学口号是学习和研究日本近代文学的人们耳熟能详的。由坪内逍遥提出的小说要描写"人情世态"的文学主张,全面否定了江户时代和明治初期以"劝善惩恶"为中心的陈旧的文学理念,解放了文学发展的束缚,开阔了文学家的视野,使小说独立于意识形态成为完全自律的艺术,为日本文学的近代化开辟了道路。②

由"世态人情"做进一步推演,儿岛献吉郎认为,受儒教影响,中国俗文学发展至为迟缓,直至元代此种情况才出现转机。这是由于,元代社会因异族统治而使文学思潮脱离儒教,在此之前,中国思想界3000年以来已经以儒教定型。此外,异族入主中原也是原因之一。蒙古族本来生活于塞外原野的穹庐之下,一朝称霸中原,便一反昔日的穷苦生活,急切追求物质享乐。元代统治者在政略上尊崇孔子的儒教,精神上却脱离儒教的约束,在此背景之下,历来为正统所排斥的小说、戏曲便无所拘束地发展起来。此外,儿岛献吉郎还提及,元代以曲取士的做法

---

① [日]儿岛献吉郎:《中国文学史纲》,富山房,1912年,第290页。
② 潘文东:《日本近代小说理论研究——多维视域下的〈小说神髓〉研究》,北京大学出版社,2015年,第97页。

客观上促成了元朝戏曲、小说的发达,此观点并非儿岛献吉郎初次提出,早在《元曲选》与《万历野获编》中已有论述。如《元曲选》序一:"或谓元取士有填词科,若今括贴然,取给风檐寸晷之下,故一时名士,虽马致远、乔梦符辈,至第四折,往往强弩之末矣。或又谓主司所定题目外,只曲名及韵耳,其宾白则演剧时伶人自为之。"《元曲选》序二有"元以曲取士,设十有二科"的说法。此外,沈德符的《万历野获编》也提到"元人未灭南宋时,以此取士子优劣。每出一题,任人填曲","以曲取士"的说法在明清两代流传较广,吴梅村、孟称舜、毛奇龄、姚燮等均对此有过评述。

综上,儿岛献吉郎认为元代戏曲小说兴盛的原因有三点:第一,元代脱离儒教影响;第二,异族入主中原,追求物质享乐;第三,元代以曲取士。然而,还有一个因素为儿岛献吉郎所忽略,即元代科举制度的特殊性。据统计,整个元代科举处于时兴时废状态,总共开科 16 次,其中三年一开科,共计录取进士 1139 人,状元 32 名。然而即便考中后,元代统治者仍以蒙古人和色目人为"右榜",以汉人、南人为"左榜",二者待遇悬殊,元代科举制度的不完善以及科举取士中存在的民族歧视政策,使一部分文人被迫选择放弃科举,不得不转向戏曲、小说的创作。

以上是关于元代戏曲小说的记述,从第四编的第 43 章开始,是有关汤显祖与明代戏曲小说。儿岛献吉郎总结明代文学的最大特点在于复古,他将明朝文学用"模拟"二字概括。在明代戏曲小说中,他认为最有价值的是汤显祖的《玉茗堂四梦》,此四梦中,又以《牡丹亭》艺术价值最高。他赞叹《牡丹亭》以情节奇幻为胜,堪称追步《西厢记》《琵琶记》。在明代小说中,他认为《西游记》位居第一,《金瓶梅》第二。不过,他不认同清代文人将《西游记》《金瓶梅》《水浒传》《三国演义》合称四大奇书,而认为《西游记》不及《水浒传》,《金瓶梅》不及《三国演义》,只是由于明代其他小说少,因此,只有《金瓶梅》《西游记》与之相配而已。

第五编"近世文学"的第 4 章是对于金圣叹、李笠翁及其作品的评述。儿岛献吉郎对金圣叹评点《水浒传》《西厢记》极为赞赏,称"圣叹的《水浒传》《西厢记》评点,是将才子面目发挥到极致的唯一的文学批评。奇杰的文采辞藻,乃唯一的绝好文字。其文辞劲拔,神气流动,细致入微而又标新立异。作为有血性的诗人,常思考揣摩于作者之上,寓自家的感怀于其中,激扬起气焰光芒。可谓化施耐庵的《水浒传》为圣叹的小说,变王实甫的《西厢记》为圣叹的戏曲"①,他指出,金圣叹评《水浒传》《西厢记》,实乃出于金圣叹自家身世的感怀,并以金圣叹为自己的异国知己。此外,本章还介绍了李笠翁及其十种曲,并列出《笠翁十种曲》的具体曲目:《奈何天》《比目鱼》《蜃中楼》《怜香伴》《风筝误》《慎鸾交》《凰求凤》《巧团圆》《玉搔头》《意中缘》。儿岛献吉郎表示,李笠翁创作的戏曲一般为喜剧,其创作目的是通过诙谐滑稽的情节,让人们体会人性的弱点及人生的不易。他认为,李笠翁的戏曲不蹈前人陈迹,别出自家心得,这一点尤其难得。同时他也指出,尽管李笠翁的戏曲意气豪放,然而若论角色安排的巧妙,则远不如孔尚任的《桃花扇》,而且李笠翁的小说,尽管对世道人心有所裨益,不过皆为短篇,即使是长篇,也不过六七回而已,因此其小说的价值毕竟不能与《红楼梦》相比。在儿岛献吉郎看来,李笠翁的价值不仅在于戏曲、小说,诗歌、文章、填词、随笔等皆颇有名气,是一位少有的涉及面广泛的通才,《笠翁一家言全集》充分体现了其多方面的文学成就,堪称一位文学大家,"与其他正统文人相比,李渔的创作更丰富多彩,更富有生活情趣"。② 无独有偶,当代中国学者刘世德在对李渔的《闲情偶寄·窥词管见》校注本序言中也提及,"我心目中的大家,是那些文坛上的多面手。在他们生前,为文学艺术的繁荣和发展贡献着自己的力量。在他们身后,给后人留下了丰富的、有价值的文化遗产"③。两段评语相隔100余年,却不约而同地指出,真正的学术大家应当是一个通才,而非局限于狭小的研究范围之内。

儿岛献吉郎提及李渔的戏曲、诗歌、文章、填词、随笔等多方面的艺术成就,却忽略了李渔的戏曲理论价值。事实上,李渔在继承王骥德等前人成果的基础上,将中国古代戏曲理论推进至一个新的水平,其《闲情偶寄》之《词曲部》《演习部》实际上均是戏曲理论专著,戏曲理论研究是李渔相当重要的一个贡献。

在第五编"近世文学"的第8章中,儿岛献吉郎叙述了清代戏曲小说。尽管所述较为简略,但是难得的是,他对清朝戏曲小说的价值给予充分肯定。儿岛献吉郎说:"康熙时期的文学集大成者不唯诗歌文章,小说戏曲堪称金声玉振。《桃花扇》《长生殿》皆可与《西厢记》《琵琶记》及《牡丹亭还魂记》相颉颃。《红楼梦》及

---

① [日]儿岛献吉郎:《中国文学史纲》,富山房,1912年,第354页。
② [日]儿岛献吉郎:《中国文学史纲》,富山房,1912年,第354页。
③ 李渔:《闲情偶寄·窥词管见》,杜书瀛校注,中国社会科学出版社,2008年,卷首。

《儿女英雄传》可与《水浒传》《三国志》《西游记》《金瓶梅》相接踵。"①

他将《红楼梦》列为清代小说之冠,《儿女英雄传》次之。他评价《红楼梦》为"清朝小说的巨擘",并对《红楼梦》进行了简短叙述,"《红楼梦》共一百二十回,作者以绚烂的文字描写了荣国府中的贵族公子贾宝玉,以及金陵十二钗的情思。全书 448 位男女人物跃然纸上,爱恋、执着、嫉妒、奸猾等,贯穿人情世态的细微之处,颇见作者的苦心与文采"②。对于《红楼梦》,仅此寥寥数语,实在为之过少。与《水浒传》《三国演义》相比,日本文学史中历来对《红楼梦》评价较少,《红楼梦》最初传入日本后曾在相当长时间内无人问津,直至明治时期对《红楼梦》的定位,仍限于儿女私情的故事,对其思想价值与艺术价值难以深述。

有关清朝雍正、乾隆年间的作品,儿岛献吉郎主要介绍了蒋士铨的《红雪楼九种》、杨潮观的《吟风阁词曲谱》,以及小说《品花宝鉴》《花月痕》《燕山外史》《肉蒲团》,其中,尤推崇《红雪楼九种》,赞其"神采奕奕,典丽婉雅,可谓独步乾隆时期的文坛"③。

尽管儿岛献吉郎在凡例中已说明,此书是中国文学史的梗概和纲要,但是对于戏曲、小说的叙述仍显得过于粗略。清代是小说创作的高峰期,其中,白话通俗小说的数量有 400 种左右,文言小说数量在 500 种左右,对此理应有更为详细的介绍,然而实际情况是,儿岛献吉郎对《聊斋志异》《三侠五义》《儒林外史》等名著,或一笔带过或根本未提。而对于代表清代戏曲最高成就的《桃花扇》《长生殿》,同样只有寥寥数语。至于清初传奇流派,如以李玉为首的苏州派,以吴伟业、尤侗为代表的文人派,以李渔为代表的形式派等,则未见诸记述。

尽管对于小说戏曲的叙述颇为简短,但是儿岛献吉郎充分肯定了清朝小说戏曲家的地位,他说:"小说戏曲家中,《桃花扇》的作者孔尚任、《长生殿》的作者洪昇、《红楼梦》的作者曹雪芹等,皆一世泰斗。"④此种评价显然是一种历史性进步,毕竟近代戏曲小说研究,是伴随近代西方文学观的传入而逐步发展起来的,需要一个逐步认识与积累的过程,而明治时期文学史的最大价值实际上正在于文学观

---

① [日]儿岛献吉郎:《中国文学史纲》,富山房,1912 年,第 370 页。
② [日]儿岛献吉郎:《中国文学史纲》,富山房,1912 年,第 373 页。
③ [日]儿岛献吉郎:《中国文学史纲》,富山房,1912 年,第 374 页。
④ [日]儿岛献吉郎:《中国文学史纲》,富山房,1912 年,第 356 页。

的逐渐转变。

五、关于《中国文学史》

儿岛献吉郎平生编纂的最后一部中国文学史为《中国文学史》。此书由早稻田大学出版部发行，未标明具体出版时间。此书始于唐虞时代止于清代，是一部中国文学史通史。为便于读者全面了解，现将书目抄录如下：

《中国文学史》目录

第一编　概论

　　第1章　从文学上看经、史、子、集的价值

　　第2章　文籍的聚散存亡

　　第3章　群经文学之一

　　第4章　群经文学之二

　　第5章　群经文学之三

　　第6章　诸子文学之一

　　第7章　诸子文学之二

　　第8章　诸史文学之一

　　第9章　诸史文学之二

　　第10章　诸史文学之三

第二编　上古文学

　　第1章　唐虞文学

　　第2章　三代文学

　　第3章　春秋战国文学之一

　　第4章　春秋战国文学之二

　　第5章　秦文学

第三编　中古文学

　　第1章　前汉文学之一

　　第2章　前汉文学之二

　　第3章　前汉文学之三

第 4 章　后汉文学之一

第 5 章　后汉文学之二

第 6 章　三国文学

第 7 章　西晋文学

第 8 章　东晋文学

第 9 章　宋之文学

第 10 章　齐梁文学之一

第 11 章　齐梁文学之二

第 12 章　陈之文学

第 13 章　北朝文学

第 14 章　隋朝文学

第四编　近古文学

第 1 章　唐朝的制度、学术及思想

第 2 章　初唐文学之一

第 3 章　初唐文学之二

第 4 章　盛唐文学之一

第 5 章　盛唐文学之二

第 6 章　盛唐文学之三

第 7 章　盛唐文学之四

第 8 章　中唐文学之一

第 9 章　中唐文学之二

第 10 章　中唐文学之三

第 11 章　中唐文学之四

第 12 章　晚唐文学之一

第 13 章　晚唐文学之二

第 14 章　五代文学

第 15 章　宋朝的政事、文学及思想

第 16 章　宋初的文学

第 17 章　庆元的文学全盛之一

第 18 章　庆元的文学全盛之二

第 19 章　庆元的文学全盛之三

第 20 章　江西诗派与苏门六君子

第 21 章　诗余

第 22 章　南宋文学

第 23 章　鹅湖之会与朱陆之学

第 24 章　辽金文学

第 25 章　元朝文学

第 26 章　戏曲小说

第 27 章　明朝建国与一代文运

第 28 章　洪武文学之一

第 29 章　洪武文学之二

第 30 章　台阁体

第 31 章　八股文

第 32 章　弘治正德文学

第 33 章　明儒的学风与王阳明

第 34 章　嘉靖文学之一

第 35 章　嘉靖文学之二

第 36 章　公安派与竟陵派

第 37 章　明朝的戏曲小说

第五编　近世文学

第 1 章　清朝的建国与文化

第 2 章　清朝的创业文学之一

第 3 章　清朝的创业文学之二

第 4 章　康熙文学

第 5 章　王士禛

第 6 章　方苞

第 7 章　清朝的戏曲小说

第 8 章　乾隆文学

第 9 章　嘉庆以后的文学
中国文艺思潮　山口刚
中国的现代文学　上田永一
中国作家评传　上田永一

　　此书在分期上与《中国文学史纲》相同,也分为上古文学、中古文学、近古文学、近世文学四个时期。其中第一期是上古文学,包括唐虞三代、春秋战国以及秦;第二期是中古文学,包括隋以前的文学;第三期是近古文学,包括唐代至明代文学;第四期是近世文学,即清代文学。此书概论部分叙述了经、史、子、集的文学价值,分别从"文籍的聚散存亡""群经文学""诸子文学""诸史文学"四个方面展开论述,共计10章,列于全书之首,此种从经、史、子、集的角度来考虑文学价值,反映出传统学术强大的影响力。与此前的《中国文学史纲》相比,《中国文学史》的不同之处有以下几方面。首先,《中国文学史纲》在序论部分叙述文学与时代、地域、宗教等的关系,《中国文学史》的序论则主要集中于经、史、子、集的文学价值。其次,在《中国文学史纲》第二编的"上古文学"、第三编"中古文学"部分,分别写有"总论",叙述该部分文学的总体走向与特点,而《中国文学史》则未有"总论"。再次,《中国文学史纲》以作家或文学流派作为章节标题,《中国文学史》则以一个朝代的文学为章节标题,突出自然的朝代发展顺序。《中国文学史》中共有三个章节谈到戏曲小说,分别是第四编"近古文学"的第 26 章"戏曲小说"、第 37 章"明朝的戏曲小说"及第五编的第 7 章"清朝的戏曲小说",其篇幅与《中国文学史纲》大致相同,但是《中国文学史纲》中有"汤显祖与明朝的戏曲小说""金圣叹、李笠翁"的章节,而《中国文学史》则未对重要作家及作品分列单章。

　　从时间上看,尽管此部《中国文学史》与《中国文学史纲》相隔十年,文学观却并未发生显著变化,甚至可谓更趋向于保守,几乎与近代西方文学观相背。此书作为儿岛献吉郎的最后一部著述,代表其积数十年之久对中国文学史的思考,即:试图走一条中国传统国学与西学并举的学术之路。儿岛献吉郎借此传递一种声音:对于中国古代文学的研究,不能也无法完全脱离中国古代传统的学术体系。

　　100 年后的当下,也有日本学者提出:"笼统看来,所谓国文学研究,至今一直固守着当初学到的 19 世纪的文献学和实证主义的方法论,相反,外国文学研究方面,则埋头追随着那时在西方占据主流的母题和方法,粗看上去似乎完全西化了,实际上在从事本国文学与外国文学的研究双方,都根深蒂固地保留着近代以前的汉学传统。"①近年也有中国学者指出,不能将西方文学理论作为衡量中国古代文学的唯一尺度,如果套用西方文学理论来衡量中国古代问题,则很多文体无法归入西方意义上的文学类别。例如,近代西方文学理论按照体裁将文学作品分为戏剧、小说、诗歌与散文四类,其中的散文只限于叙述与抒情两类,并不包括实用文体,以此要求来评价中国古代的文,其实大部分文体难以进入文学范围,传统与现代的界限难以截然分开。

中国文学史是一个永远无法完结的话题,因为对它的认识始终处于逐步发展的过程。在质疑儿岛献吉郎中国文学观的同时,如何将近代西方文学理论与中国文学的实情有效结合,使其在国际舞台上拥有文学史的话语权,同时又能摸索出真正体现中国文学个性的文学史书写体例,将是今后面临的重要课题。

---

① [日]川本皓嗣:《川本皓嗣中国讲演录》,北京大学出版社,2010年,第160页。

第三节　古城贞吉：中国文学史第一人

古城贞吉的《中国文学史》于1897年由日本经济杂志社出版,此书是日本的第一部中国文学史通史。尽管此前已有末松谦澄的《中国古文学略史》、儿岛献吉郎的《文学小史》《中国文学史》等出版,但在时间跨度上,此书是第一部叙述由先秦至清代的通史,仅凭此点,古城贞吉便颇具开创之功。

19世纪末,欧洲的国别文学史热潮波及日本。日本长久以来接受中国文化,在编纂中国文学史上有特殊优势。然而,处理纷繁庞杂的史料,理解中国典籍的意义,却并非易事,正如邦舟所言,"近世文学之士,匪不知中国文学史之可修,而未能有果写者"[1]。然而唯其难写,方显其价值,古城贞吉的《中国文学史》出版后,曾5次重印,足见其受欢迎的程度。

古城贞吉(1866—1949),号坦堂,又称古城坦堂。自幼入私塾学习汉籍,师从著名汉学家竹添井井[2]。1881年,他进入佐佐克堂的同心学校[3],后就读于日本熊本高等中学校、第一高等中学校;1897年进入日本大阪每日新闻社,不久赴中国游学,直至1901年回日本。在中国期间,他曾应黄遵宪之邀,担任《时务报》《东文报译》栏目负责人,主持《东文报译》栏目56期,发表译文600余篇。译报是19世纪末中国以日本为媒介学习西方知识的渠道之一,《时务报》的《东文报译》,在当时输入了大量"和制"新词汇、新概念,拓展了当时国人的西学知识,在

---

[1]　[日]古城贞吉:《中国文学史》,东京劝学会藏版,1902年,序言,第3页。
[2]　竹添井井(1842—1917),日本明治时期的汉学家。本名进一郎,字光鸿,又字鸿渐、渐卿,号井井,晚号井井居士。著有《栈云峡雨日记》《纪韩京之变》《左氏会笺》《毛诗会笺》和《论语会笺》等。
[3]　日本同心学校原为同心学舍,成立于1879年,1881年改为同心学校,主要讲授儒学,学科设置中有汉语和朝鲜语。

此方面,古城贞吉可谓功不可没。① 在中国期间,古城贞吉的《中国文学史》几经易稿最终于上海完成。1901 年,古城贞吉回日本,辞去大阪日报社之职,成为东洋协会殖民专门学校(后拓殖大学)讲师,1906 年被聘为东洋大学教授,不久任大东文化学院(后大东文化大学)教授,此后辗转于多所日本大学任教。②

1.《中国文学史》再版及其他

古城贞吉的《中国文学史》出版于 1897 年,迄今已 120 年。以现在评价中国文学史的标准,此书有诸多不完善之处,如未对"文学""文学史"加以界定,未有明确的文学理论依据,尤其是对戏曲、小说未予论及。但是,此书奠定了中国文学史最初的叙述体例,并对中国文学发展的规律进行了初步探讨,叙述连贯完整,作为第一部中国文学史通史有其独到价值。以下是 1902 年再版的目录,相比 1897 年版,此次再版增加了一篇"再版例言",并对个别章节的题目进行了修改,整体内容改变不大。现将再版目录抄录如下:

《中国文学史》再版目录

文廷式赠古城坦堂兼谢其惠赠所撰中国文学史七律一首

木邨弦雄　序

田口卯吉　序

井上哲次郎　序

凡例

再版例言

序论

中国国民、中国文字的性质、四周的境遇与文学的关系、政体及儒教主义的影响、王家与文学、中国的文学家、概括

第一篇　中国文学的起源

　　第 1 章　总论

　　　　　上古世态、三代政治文学、周代文化之美、本篇所叙项目

　　第 2 章　书契的起源及文字的构成

---

① 参阅沈国威:《近代中日词汇交流研究:汉字新词的创制、容受与共享》,中华书局,2010 年。
② 参阅[日]川合康三主编:《中国的文学史观》,创文社,2002 年,第 37 页,浅见洋二执笔。

书契时代、仓颉与文字制作、六书及大要、书体

第3章　唐虞三代的沿革及开化一斑

尧舜禹汤及武王周公的事业、三代贤者、三代国是、文华与柔弱的关联

第4章　周代的学制

周代学制的大成、学校及教育、教育的要旨、教习的时期、成业之士

第5章　诸子时代以前的文学

上古诗歌、商颂、周诗周颂、尚书之文

第二篇　诸子时代

第1章　总论

称为诸子时代的时期、春秋战国间的概况、当代文学的三期之别及其大较、文学发达的原因、当代文学的短评

第2章　儒家

第1节　孔子及其"五经"

第2节　孔门弟子

第3节　孟轲、荀卿及其著书

第3章　道家

第1节　老子及其著书

第2节　列御寇、庄周及其著书

第4章　墨家

墨家大要,墨翟及其书、其学说一斑、其文章

第5章　法家

法家大要,管仲、商鞅、申不害、韩非及其书,管商韩三子的文例

第6章　名家

名家大要,公孙龙、尹文及其书,文例

第7章　兵家

兵家大要,孙武、吴起、尉缭及其书,三子的文例

第 8 章　杂家

　　杂家大要,邓析、慎到、鹖冠、鬼谷子及其书,文例

第 9 章　赋家

　　赋家大要,屈原、宋玉及其赋、骚赋之例

第三篇　汉代文学

第 1 章　总论

　　汉家的创业、武帝之治、董仲舒的对策、汉儒之学及其文籍、两汉文学的大较、本篇所叙项目

第 2 章　议论体的文

　　贾谊、晁错及其文,陆贾、董仲舒、刘安及其著书、文例,扬雄及其著书、东汉诸家

第 3 章　叙述体的文

　　第 1 节　正史

　　　　司马迁、班固及其史书,批评及其文例

　　第 2 节　传记

　　　　韩婴、刘向及其著述,文例

第 4 章　诏勒、上书及书牍体的文

　　诏勒、上书及书牍的概说、文例

第 5 章　汉代的韵文

　　第 1 节　古诗及其乐府

　　　　乐府及其起源、乐府的解题、五言七言诗、无名氏《古诗十九首》,苏武、李陵及其诗,七言诗及柏梁联句

　　第 2 节　辞赋

　　　　司马相如及其他辞赋家、辞赋的例子

第四篇　六朝文学

第 1 章　总论

　　称为六朝的时期、魏文学、清谈家、南北朝间的学政一斑、南北风气的异同与其文学的关系、六朝文学的特质、佛教的影响

第 2 章　六朝的韵文

　　　　建安诗歌、晋代诸家的诗、南北朝诸人的诗

第 3 章　六朝的散文

　　第 1 节　著书的文

　　　　　　子类、历史类、地理类、诗文评类

　　第 2 节　杂文

　　　　　　六朝诸家的杂文、批评及其文例

第 4 章　六朝词人传

　　第 1 节　邺都诸人

　　第 2 节　晋代词人

　　第 3 节　南北朝词人

第五篇　唐朝文学

　第 1 章　总论

　　　　太宗的政策、十八学士、唐朝文学的渊源、经术与诗文的消长、天宝之乱及其对文学的影响、古文复兴、佛教的流布、文学发达的原因

　第 2 章　唐朝的儒学

　　　　王家的奖励、训诂、陆德明、颜师古、孔颖达的小传

　第 3 章　唐朝的诗

　　第 1 节　唐诗概说

　　　　　　初盛中晚的诗风、唐诗与汉魏六朝的比较、唐诗发达的理由、诗人名谱

　　第 2 节　初唐诸家

　　　　　　初唐四杰、陈子昂、张九龄与五言古诗、作例、沈佺期、宋之问及其诗、诗律之变

　　第 3 节　盛唐诸家

　　　　　　盛唐的诗运、李太白及其诗、杜甫及其诗、王维、孟浩然、高适、岑参及其他的诗人，诸家作品例示

　　第 4 节　中晚诸家

　　　　　　韩愈、白居易、元稹、其他诗人、诸家作品例示
　　第 4 章　唐朝的散文
　　　　第 1 节　唐文概说
　　　　　　时文及古文、陆贽的奏议文、史笔
　　　　第 2 节　古文家
　　　　　　韩愈及其古文辞、柳宗元及其文章
　　第 5 章　唐朝的佛教文学
　　　　　　玄奘的译经、禅宗各派、禅家的文章、作品例示

第六篇　宋朝文学
　　第 1 章　总论
　　　　　　五季的暗黑时代、宋之建国与赵普立策、宋代的文臣政略、朋党的起扑、科举与文学、宋儒的讲学与佛教的消息
　　第 2 章　宋朝的儒学
　　　　　　道统之说、宋儒的学风、诸儒的学派及其小传
　　第 3 章　宋朝的散文
　　　　第 1 节　宋初的文章与欧阳修
　　　　　　宋初的文体、柳开、穆修及尹洙、欧阳修的略传、文章及作品例示
　　　　第 2 节　三苏
　　　　　　苏洵的小传及其文章
　　　　　　苏轼的略传、人品及文章
　　　　　　文例及精语
　　　　　　苏辙的小传及其文
　　　　第 3 节　曾、王及其他作家
　　　　　　曾巩及王安石
　　　　　　其文章
　　　　　　范仲淹、司马光以及李觏等的文
　　　　第 4 节　南宋诸人
　　　　　　王十朋、吕祖谦、陈亮

　　　　　　　其他诸人

　　　　　　　谢枋得的小传及其文章

　　第 4 章　宋朝的诗

　　　　第 1 节　苏轼以前的诗

　　　　　　　宋初的诗,梅圣俞、苏子美及欧阳修的诗,二王的诗

　　　　第 2 节　苏轼的诗

　　　　　　　东坡的诗风、诸批评、兄弟唱酬之作、作品例示

　　　　第 3 节　东坡以后的作家

　　　　　　　苏门六子、南渡后的四家、陆务观的小传及其诗、四家诗例、朱熹的诗、文天祥的诗

第七篇　金元间文学

　　第 1 章　总论

　　　　此编叙述的时期、金元二朝的建国、金元文学的渊源及其发达、蒙古字与元朝文学的关系、二朝文学的概评

　　第 2 章　金朝的文学家

　　　　第 1 节　元好问以前的作家

　　　　　　　辽宋的旧人、党英怀、李纯甫、赵秉文、其他诸人的小传、作品例示

　　　　第 2 节　元好问及其诗文

　　　　　　　元好问的地位、元好问略传及其诗文

　　第 3 章　元代的文学家

　　　　赵孟頫及其诗例,虞集的小传及其作例,杨载、范椁、揭傒斯及其诗例,马祖常、萨都剌及其作例,儒学家诸人,杨维桢的小传及其诗

第八篇　明代文学

　　第 1 章　总论

　　　　本篇的时期、明朝的创业、太祖的性质、当代的儒风、文运的概略、当代作者的病弊、王家的陋习及其对文学的影响

第 2 章　明朝的散文
　　第 1 节　古文辞
　　　　宋濂及其文章，王祎、方孝孺的文，模拟派的兴起，王守仁及其学问文章，唐宋派与模拟派的对立，归震川的文，文章的衰亡，诸家的作品例示
　　第 2 节　经义即八股文
　　　　八股文的性质、八股文的起源及其发达、一代间杰出作家的文例

第 3 章　明代的诗
　　第 1 节　国初的诸人及其诗
　　　　沈德潜的明诗评，刘基及其诗，高启的小传及其诗、作例，袁凯、杨基及其他诸人，作品例示
　　第 2 节　永乐以后的诗
　　　　杨士奇与台阁体诗，李东阳及其诗，七子之徒及其诗、作品例示，杨慎、薛惠诸人，李攀龙、王世贞及其一派的诗，作品例示，明末的诗及其作品例示，王世贞的明诗评

第九篇　清朝文学
　第 1 章　总论
　　　　清朝的起源、世祖的兴学、蒙古字及其翻译、圣祖的文学奖励及其书籍编纂、康熙乾隆年间的文运及其发达的理由、嘉庆以来的世运与文学
　第 2 章　清朝的文章家
　　　　国初的二大家、侯方域的小传及其文章、清人对方域的评语、魏禧及其文章、汪琬及其文章、王猷定及其文章、顾炎武的小传、《日知录》中的精语、姜宸英及其文章、朱彝尊的小传及其文章、邵长蘅及其文章、方苞的小传及其文章、桐城派的文章、袁枚的小传及其文章、嘉庆以后的诸人、当代的文例
　第 3 章　清朝的诗家

钱谦益及其诗、吴伟业及其诗、南施北宋的诗、陈其年及尤侗、王士禛及其诗、朱竹垞及其诗、顾亭林及其诗、赵执信、查慎行及其诗、厉鹗、袁枚、蒋士铨、赵翼诸人、张问陶及其他诸人,作例数篇

余论

古代文字之说、篆隶的变迁、造字的基础、文字与学术的关系、儒教主义的发展、陋儒与立言、儒教主义与小说的关系、元曲的发达、士君子的小说观

2.《中国文学史》的儒学色彩

古城贞吉的中国文学史,因其出版时间较早,加之其自身的求学经历影响,使此书具有浓厚的儒学色彩。此书开篇,有一则田口卯吉的序,可视为对此书的定位:"今此书成矣,学者辄得详彼此文学,为父子为兄弟之情,而知所以益振作之方法,则其裨益国家文运,非少小也。"[①]由是可知此书编纂目的,小至"为父子为兄弟之情",大至"裨益国家文运",基本以儒学的伦理纲常来定义此书的基调。与此相应,此书有关儒学的叙述占有相当大比例,包括序论在内,第二篇"诸子时代"、第三篇"汉代文学"、第五篇"唐朝文学"及第六篇"宋朝文学",均与儒学相关。

在此部《中国文学史》中,古城贞吉以儒学的视角切入中国文学,并以儒学的价值观来评价文学。古城贞吉认为,有志于中国学问者,如果不了解儒学,便难以知晓中国文学的本质。因此,在《中国文学史》中,他首先叙述儒家学派的源流以及儒与师的关系:

此前对于儒家的大致情况进行了简要梳理,儒家学派是包括孔子在内的总称,但是儒家学派却并非孔子独自创立。究其渊源,儒家思想远在孔子出现以前,只是孔子对其进行了整理,成为儒家思想的集大成者,孔子自己也说:"述而不作,信而好古",大体上就是指这样一种情况。儒家的缘起应当与称之"司徒"的官有关,所谓"司徒",是掌管一国教化之官。另据周礼,太宰之职是"师以贤得民,儒以道得民"。此外,《联师儒》载有:"所谓师儒,指一道艺对乡里进行教化之人,古为致仕贤者,以德行教化乡里子弟,是为乡间

---

① [日]古城贞吉:《中国文学史》,东京劝学会藏版,1902年,第4页。

的标识与模范,能感化众弟子之人。"所谓"师",是指包括六艺在内,教授弟子揖让读诵之人;所谓"儒",与"师"一样都是指全才的君子,既要精通六经,又要怀有仁义之心,远达尧舜,近通文武,立身修己,为经世济用之才。故司马迁说"儒者以六艺为法",班固也说"古之儒者博学六艺之文"。孔子怀圣人之德,却无施展之机,因此谈论诗书、修习礼乐,作《春秋》以明王道,实为崇古的理想主义。追随孔子的弟子多达数千人,孔子教书育人,因此兼具古代的"师"与"儒"之称。①

古城贞吉的儒学观,还体现在,他以诗文为文学正统,排斥戏曲小说。作为一部中国文学史通史,此书未涉及戏曲小说,足见其文学观之传统。此后古城贞吉也意识到此问题,1902年,《中国文学史》再版之际,他对此进行了解释:

> 关于初版时提到日后将要考察唐宋的佛教文学、金元的词曲小说的问题,因迄今尚未获得更多的材料,因此此次再版仍然未能对此展开论述,这个话题只能留到日后再说。

> 本书有关明清文学部分论述颇为简略,有关此方面的问题,打算写一部《中国近世文学史》专著,此稿只能是略述而已。②

尽管古城贞吉表示有意另写一部《近世文学史》,但实际上其文学观与五年前并无改变。在再版的《中国文学史》(1902)中,他仍然坚持,中国文学中最值得关注的是儒学的发展演变,以儒家"儒雅切实""温柔敦厚"的标准来衡量文学,认为戏曲小说被排斥在外"并非偶然之事"。在他看来,士君子不作小说传奇,是因为"耻于落入性行卑劣之徒、卷入短长颓波之流"。他追慕古代儒者,发出今不如昔的感慨,"儒者有古今之分,其人格操守完全不同""先秦文学,儒墨名法诸家各立旗帜,汉以后则儒学一统天下。古之儒者立身修己,诵法先王,经世致用,因此,其操守严谨人格高洁。及至后世,俗儒、陋儒、腐儒辈出。"③他以古代儒者的道德标准,批驳当代儒者有其名而无其实,"以儒者为名钓取功名利禄,或为衣食所迫而以儒为业,盗取儒者之名,毫无操守节制"④。

---

① [日]古城贞吉:《中国文学史》,东京劝学会藏版,1902年,第43页。
② [日]古城贞吉:《中国文学史》,东京劝学会藏版,1902年,再版例言,第6页。
③ [日]古城贞吉:《中国文学史》,东京劝学会藏版,1902年,余论,第583页。
④ [日]古城贞吉:《中国文学史》,东京劝学会藏版,1902年,余论,第583页。

受儒学深刻沾溉的古城贞吉,对于中国古代文学评价的立足点也始终基于儒学：

从儒学入手对于中国文学加以研究,就会发现中国文学的文辞儒雅切实,诗赋温柔敦厚,这些都与儒学的影响有关,此为中国文学的标准。如果以此标准来考量戏曲、小说,则戏曲小说与此套路相反,故古时君子不敢染指戏曲、小说。中国古来未有"小说"之称,自《汉志》所载的《虞初周说》九百四十三篇开始,以及唐代诸小说,中国小说的种类并不少。不过并不同于今世通常所说的"院本小说",其或记述杂事,或记述异闻,或缀辑琐语,多为故事、随笔,类似神话之流,尚不能以今世所谓小说视之,因此上述故事、随笔应归于神话之类。小说由来已久,从《汉志》所注汉武帝的方士"虞初"来看,当萌芽于秦汉之际,至唐代愈发枝繁叶茂,文人才子以为笔墨游戏之余,间或点缀一些情事,以迎合阅者。现今坊间所流行的《唐代丛书》所收一百六十四种小说,虽信伪参半,然都假以唐代之作,不少为当代名士所伪作。

盖所谓小说家者流,出于古之稗官,为百家九流之一。现今通常所说的院本、小说、传奇、戏曲宋元以来日益发达,梁绍壬的《两般秋雨庵随笔》载有："小说起于宋仁宗时,太平已久,国家闲暇,日进一奇怪之事以娱之,名曰小说。"据此说法,所谓"小说""戏曲""杂剧"之称源于宋元。

白话小说之所以起源于宋代,其原因或为梁绍壬所言,然其真正发达当于元代。作为元代传奇的压卷之作,有董解元的《西厢记诸宫调》,王实甫《西厢记》取材于金代董解元的《西厢记诸宫调》,足见其发达演变之轨迹及著者换骨脱胎般苦心经营。此外,作为白话小说的一大奇书《水浒传》广为流传,此著相传出于施耐庵之手,可见其倾注何等气运于此。元代尤以唱曲当行,其元气淋漓,堪与唐诗宋词相颉颃。其中有多种原因,据说以曲取士是原因之一,然未见于典籍记载,其真实性值得怀疑。元代统一中原以前,生活于朔北原野,天幕穹庐之下。及至入主中原,安宅于文物华彩之城,其性情志气与从前相比发生了很大的变化,一反昔日之勤俭,而成骄奢淫逸之俗,呈现一派丽情婉语之世界,因此促成欢娱耳目之唱曲之发达。元代的风流才华之士尽显绮丽之语,无暇顾及儒家所谓的儒雅切实、温柔敦厚之旨,极尽淋漓倾泻之词,元代戏曲成为中国文学史上的绝响。

近世以来佳作不断,明代传奇高则诚的《琵琶记》、汤显祖的《牡丹亭》颇为脍炙人口。清代的白话小说以《红楼梦》为第一,传奇为孔云亭的《桃花扇》,皆可见元人影响。①

古城贞吉认为,中国古代文学受制于儒教,呈现贵族化文学倾向,并认为这是中国古代文学的基本特质。他说:"中国古代读书文字之徒为王朝所网罗,中国古代文学的实质是上流社会的产物,其章奏议论的散文,多条理畅达、儒雅切实的实用文字。其雅颂鼓吹之诗,亦以雄浑正大的台阁气象显现。故唐宋以来,取士之法,科举由来,皆为企念官途利禄的人所下的诱饵。"②在古城贞吉看来,儒学是中国几千年的人心指向,其治国平天下的思想深入人心,具有无法消磨的特性。他据此提出,中国古代文学是科举制度的产物,反映王朝的思想活动,因此具有贵族化倾向;与此相反,描写田园稼穑、桑麻牧畜等民家日常生活光景之作,以及反映民众的适意闲乐之文学,可称之为平民文学。此种看法与儿岛献吉郎相近,但是在写作时间上,古城贞吉远在儿岛献吉郎之前。

即使在西学风暴冲击下,儒学的师承体系在明治初期仍有一定地位。可以说,木下犀潭学的深刻影响,几乎贯穿了古城贞吉一生。无论是幼年汉学私塾的启蒙,还是日后佐佐克堂同心学校的教育,古城贞吉始终未脱离浓厚的儒学氛围。与中国文学史家大多毕业于东京大学的汉学科或国史科不同,古城贞吉并未进入过大学学习,1885年从第一高等学校退学后,他开始自学中国文学与经学。因此,当笹川种郎在东京大学期间为《东亚说林》《东亚学院讲义录》等杂志撰稿时,古城贞吉仍固守在他自己的儒学天地中,也因此,笹川种郎受欧洲文学史观的影响,在《中国小说戏曲小史》中专述戏曲、小说,而古城贞吉的《中国文学史》则将诗文与经史奉为正统,教育经历的差异或是原因之一。

平田昌司(2008)谈及此书的出版经过,从中也可看出古城贞吉儒学的思想来源:

> 据《凡例》,古城"起稿于明治二十四年秋,迩来荏苒,岁月易流,贫病交迫,不能专心从事此业。客岁征清之师出,又追边警,试浪游,废业年余",明治二十九年(1896)6月最后写定《凡例》,明治三十年(1897)5月由东京的经

---

① [日]古城贞吉:《中国文学史》,东京劝学会藏版,1902年,余论,第583—585页。
② [日]古城贞吉:《中国文学史》,东京劝学会藏版,1902年,第6页。

济杂志社出版。书前有长冈护美题字,木邨弦雄、田口卯吉、井上哲次郎的序,古城本人在《凡例》中向提供资料的熊本同乡龟井英三郎(1864—1913)表示感谢以外,特别提到了井上哲次郎、田口卯吉及清浦奎吾、木村弦雄、佐佐友房的帮助和指导。另外,清朝诗歌部分可能根据古城的提纲由狩野直喜选录了每个作者的代表作品。据川合[编]2002所述,在古城的《中国文学史》以前,日本已经有过末松谦澄《中国古文学略史》(东京:文学社,1882年)、儿岛献吉郎《中国文学史》(1891年)等著作。还有明治二十五年(1892)6月东京博文馆出版的内藤耻叟(1827—1903)《中国文学全书·四书讲义上卷》卷末广告里出现全书总目,共12卷5000页,在计划中最后1卷将是《中国文学史》。这丛书由内藤耻叟作总序,经过屡次调整后一共出了24册,可是其中并没有《中国文学史》。假如这部博文馆版《中国文学史》能够顺利出书,该是日本最早、有400页规模的"中国文学史"。可见在明治二十三年(1890)11月三上参次等以德国"国文学 National-Literatur"观念为背景完成第一部《日本文学史》以来,撰写各种"文学史"蔚为风气。明治二十九年《太阳》杂志上的论文《中学教课内容应该包括文学史》强调"历史是国民生活的,文学是国民生存的果实",古城在明治二十九年写的《凡例》里说书上多引"文例(文选)"的目的是"供中学、师范等学校的参考",《太阳》杂志的论文发表于同一年,据此看来在他心目中的读者可能是这些学校的汉文教员。细读古城的《凡例》,我们还会发现井手、古城以及井上哲次郎之间存在一个相当有趣的连续性。第一,井手三郎在明治二十三年回国,明治二十四年4月跟赤松连城谈话,夏天撰写《中国现势论》,10月得以正式出版。而古城开始撰写的时间在明治二十四年秋天。笔者怀疑,古城《中国文学史》或许受到了济济黉毕业生井手三郎考察报告的刺激,甚至存在前后呼应的关系。要是按照井手的设想,重视中国读书人阶层,跟对方积极开展文学上的交际,不得不把日本读书人有关中国文学的知识结构进一步"现代化",让大家了解晚清中国士大夫的最低常识。第二,为古城作序的井上哲次郎在《战争后的学术》中很强调日本人必须进一步地了解中国的文化传统,去建设"伟大结果",为了理解中国国民及其文化史,古城的著作应该能够提供不少重要信息。第三,古城《中国文学史》把重点放在经史、传统诗文,而在同一年出版的笹川种郎《中国小说戏曲小史》仅介绍通俗文学作品,不愿意把"经史"和"文学"等量齐观。前者的写作态度,很可能受到了木下犀潭学系"程朱学"的文学理论框架。可以说,古城的著作在木下犀潭学系和19世纪日本新知识的基础上,以"文学史"的形式体现了济济黉几个师生和明治时代社会默认的、共同努力的文化目标。①

古城贞吉的文学观,除木下犀潭学系程朱学理论的影响外,也与儒学在日本的社会基础有关。明治时代以前,日本所开展的研究基本以儒学为主,儒学实际上成为中国古典的代名词。近世日本儒学主要以朱子学为主,江户幕府将其定为官学,并诏令全民加以学习。明治维新后,尽管西学的影响力与日俱增,但实际上儒学在中国学研究领域的影响始终存在,相当长时间内,日本中国学界仍是以儒学为中国学研究的出发点。战后不久,吉川幸次郎做过一场题为《中国的古典与日本人》的演讲,在此演讲中,吉川幸次郎讲述了儒学对他本人的深刻影响,表明儒学是他本人中国文学研究的起始点。作为20世纪最具影响力的中国学家之一,吉川幸次郎对于儒学的重视并非出于偶然,而是代表了战后一代日本学者对中国文学研究的共性:

> 在吉川幸次郎的中西、中日比较文化观中,我们也可以看出儒家思想的深刻影响。吉川幸次郎最喜欢的中国诗人是杜甫,他对中国文学特质的把握,是通过杜诗进行的,他对中国文化传统的认识,也是从杜诗出发的。他晚年甚至放弃了《中国文学史》的写作,而专门从事杜诗的注释工作。在中国文学史上,杜甫可以说是受儒家思想影响最深的大诗人,是儒家文化最杰出的体现者。吉川幸次郎选择这么一个诗人作为中国文学和中国文化的代表,一方面说明他接受了儒家思想的价值观,一方面也制约了他对中国文学乃至中国文化的认识。……高桥和巳称吉川幸次郎的中国文学研究方法是"儒家式的文学研究方法",不仅是指具体方法,而且也是指价值观念,可以说他是以儒家的精神来研究中国文学的。②

---

① [日]平田昌司:《木下犀潭学系和"中国文学史"的形成》,《现代中国》第10辑,2008年。
② 演讲稿先后发表于《妇人公论》(1953年7月)、《儒者关于自由之言论》(1953年9月)、《儒者的言论》(1957年2月),后收入《中国诗史》下卷(东京,筑摩书房,1967)以及《吉川幸次郎全集》第一卷(东京,筑摩书房,1968)。以上内容转引自邵毅平:《中日文学关系论集》,上海古籍出版社,2011年,第184—185页。

3.古城贞吉的国家主义思想

除儒家思想以外,构成古城贞吉价值理念的另一层面,是国家主义与民族主义。古城贞吉所生活的时代,正是日本加快对外扩张步伐,民族主义情绪急剧膨胀的时期。完全摆脱民族主义的影响,对于任何时代的知识分子均是一个难题,这不仅需要对社会现实做出冷静客观的分析,同时也需要勇气和胆识,作为明治知识分子的一员,古城贞吉也难以免俗。1895年,日本对清朝开战,古城贞吉立即选择赴朝鲜、中国参战。从井上哲次郎的序言可知,此时正值古城贞吉的《中国文学史》完成前夕,但是古城贞吉毫不犹豫地选择弃笔从戎,"挥袂蹶起,赴朝鲜京城,将书稿寄存友人处,声言男儿正当用,愿随军远赴辽东"①。一介书生,如此绝决之态,令人感到日本国家主义思想无处不在的渗透。

可以说,忠君效国是明治知识阶层具有的共性,因为明治政府在学校中推行的教育,实质上即是忠君爱国教育,以育成效忠国家之人才。明治天皇甚至要求,所有学校的历史课必须将"神代"传说作为历史事实传授给学生。所谓"神代",其实是日本《古事记》与《日本书记》中的传说,是天皇政府寻找"国体渊源"的一种依托。古城贞吉青年时代所就读的同心学校,当年的校训即是"日正伦理明大义,日重廉耻振元气,日磨知识进文明"②,在此校训指导下,皇室中心主义与国家主义成为同心学校教育的重要内容。

在此影响与启发之下,古城贞吉主张从文运的角度谈论中国古代文学:

文学的盛衰与王朝的盛衰兴废互为表里。在王朝的鼎盛时期,文学往往也有隆兴之运,此时雄才锦肠之学者接踵而来,人才辈出,其词华言叶,浓密茂盛。一旦王朝衰亡,则文学亦随之凋残零落。寒烟荒草,文坛鬼语怪调,以送衰朝之运。历朝文学皆如此。③

在古城贞吉看来,王朝的兴盛直接影响到文学创作,王朝发达鼎盛时期,必然同时是文人灿若群星的时代,反之亦然。他以汉代为例,认为汉代迎来了中国第一个封建盛世,形成以儒家思想为核心的大一统封建文化,因此,汉代是中国文化

---

① [日]古城贞吉:《中国文学史》,东京劝学会藏版,1902年,井上哲次郎序,第4页。
② [日]狩野直喜:《君山文》,日本京都中村印刷,转引自杜轶文:《关于古城贞吉与〈中国文学〉》,日本二松学舍《大学院纪要》第17辑,2003年3月。
③ [日]古城贞吉:《中国文学史》,东京劝学会藏版,1902年,第6页。

集大成时期,其史传文学、政论文、辞赋、古诗及乐府诗均显现了特有的大汉气象:

> 汉朝隆兴一百年之时,其文物典章已蔚为壮观。文帝、景帝以宽厚治国,逐渐形成朝野安宁的太平盛世。此时四方交通发达,打通了西域、南越之路,珍禽异兽于驿路相望,呈现一派太平荣华的气象。与此相关联,汉代的文运也呈现一派盛世之象,兴起讴歌盛世的辞赋诗作,韵文、散文的名家多出于这个时期,如历史学家司马迁,辞赋家司马相如、枚乘都是出现于这个时代。①

从文运角度看,古城贞吉认为清朝是末世文运。在他看来,尽管日本文化与中国文化有渊源,但是中国文化发展至此积弊已久,在其意识中,对中国古代文运进行论述的同时始终伴随着日本民族优越感。民族优秀论可谓明治知识分子的一种普遍心态,他们认为,日本比许多国家都要优秀,而且越了解那些国家,越会感到本国的优秀。古城贞吉的"文运说"实际也与此心态有关。如认为中国的汉族人种思想保守,个人逐利趋富,追求物欲财利,并认为中国人的这些特点对中国文学产生了影响:

> 中国的古代文学家以文字辅弼空虚的世道,诗人文士皆难免夸张之风。中国文学,从一方面观察是保守国民,从另一方面观察,是唯利主义发达之种族,于四周境遇与遭际时代,形成文学之种种形态。或由风土自然之感化,富于山水烟景之着想,或因王朝政治影响而增加贵族化倾向,或因世运治乱兴废而盛衰消长,又或因人心之嗜好爱玩而形成各类姿态,此类情况并不少见。其所谓文学者,或为一种夸张之文学者,又或为鞅掌于簿书期会间的政府官吏,其另一面呈现见云乐山、超然于尘俗之外的风流闲人之观,其作品在某种意味上荷有绘画之誉。因此,如果文学足以观其社会人民的性质好尚,则这个民族的性质好尚颇为奇异。②

古城贞吉对中国古代文学的种种看法,令人联想到明治时期深具影响力的社会评论家——德富苏峰,其于1906年、1917年两次来中国考察,将考察经历写成《中国漫游记》和《七十八日游记》。在《中国漫游记》中,德富苏峰也谈到中国的保守及唯利主义,"没有统一的国民精神、没有统一的军权、没有统一的财政"是

---

① [日]古城贞吉:《中国文学史》,东京劝学会藏版,1902年,第130页。
② [日]古城贞吉:《中国文学史》,东京劝学会藏版,1902年,序论,第8页。

清朝面临的危机。① 对于中国人的利己,他认为:"清国人具有民族自负心,当然至于国民精神,不能说完全没有,但也没有形成一股气候。当年中日甲午战争爆发,关系到国家危亡时刻,也只有李鸿章等北洋派视之为战争,长江流域的刘坤一、张之洞之流不是一致保持局外中立、袖手旁观吗?"②此两部游记在日本发行量极大,对当时日本的社会舆论甚至日后扩张政策有重要影响,可见在甚嚣尘上的民族主义思潮中,能够游离于时代之外的知识分子非常少见,古城贞吉也未能脱离他所处的时代思潮。

4.文学外部因素的影响

古城贞吉的《中国文学史》,体现了对中国文学发展规律的初步思考,他从六方面探讨了中国文学的特质及其内在关联。此六方面是:中国人种、中国文字的性质、周边环境与文学关系、政体及儒教主义影响、帝王与文学、中国文学家。他认为,总体而言,每个时代有不同的文学风格与文学特征,由于社会思潮、文学内容及表现形式处于不断发展变动之中,因此,即使同一时代的文学作品实际上也存在差异。他同时注意到环境与地域对中国文学的影响,并做出如下评论:

> 中国四周的境遇,山川风土的形势,人俗好尚的异同等,与文学的关系是如影相随。中国作为亚洲大陆领土最大的国家,高山大河在域内连汇贯通,土地广漠辽远。其南北异风,东西异俗。西北风气浑厚,却偏于猛悍;东南之俗惯于安逸,但其性平和。因此自古以来,西北以强势取胜,失于混乱;东南以治兴隆,失于软弱,此便是由于风俗差异导致的得失。且西北人,以直称于世,但失于狠;东南人,以诈居多,但得于易。故自古以来,西北之政以严,江南之政以宽,其所在地之人民各有得失。且西北多峻岭高山,东南多湖沼河泽,其物产各自不同,贫富饥饱之状各有不同,所谓各有得失。上述情况对于文学上的影响,是西北词气贞刚、音韵铿锵;而东南文学则雍容和雅、济济治平之音,由此生发的文学,莺花骀荡,于流连荒芜、哀歌怨音、喉珠宛转之间迸射,每入江南烟雨暗柳之境。因此山川南北,人情强弱之因素多影响于文学,因此中国诗歌文章的不

---

① [日]德富苏峰:《中国漫游记》,刘虹译,张明杰主编:"近代日本人中国游记",中华书局,2008年,第292页。
② [日]德富苏峰:《中国漫游记》,刘虹译,张明杰主编:"近代日本人中国游记",中华书局,2008年,第288页。

同源于山川风露之所不同。其长江大河、高山峻岭之地,多起伏贯通之势。其蜀道之险,江南之景,为众多诗人墨客提供绝好的文学素材。①

古城贞吉认为,中国文学与中国人种有密切关联,汉民族存在种种弊端,此弊端在中国古代文学中均有所反映。在他看来,"中国是一个奇异的古国,占有亚洲最重要而广大的土地。在中国的历史进程中,有改朝换代的革命,也有异人种的入侵。然而入侵后,异人种的血肉、习惯等总是渐为汉人同化"②。他认为,正是因为汉人种的奇异性,使得其他民族一旦入主中原,其文化便为汉族人所同化。因此,中国古代文学史其实只是汉民族文学史,并不包括其他少数民族文学。值得一提的是,此处涉及的"汉人同化论",在明治时期是流传较广的舆论,日本文人对此表示担心,他们认为比起中国人的日本化,日本人可能更容易中国化。此种舆论被鼓吹战争者利用,则演变为中国文明危险论,如德富苏峰所言:"我们衷心希望日中亲善,但是结果会不会是日本越来越被中国化了呢?我们不得不担心这一点。蒙古人、满洲人都在武力上胜了,但是结果都被中国文明吞没了。这股同化的力量到今天我们都不能忽视。"③

由文学的外部因素出发,古城贞吉叙述了文字与文学的关联。他认为,"中国文学的文字排列,即所谓诗歌文章,实际上是一种绘画的排列组合,因此,中国文学可视为美术的文学欣赏。山川花鸟、风云烟火,外视其物,内感于心,颇有奇异的趣味。中国文学在此方面独特的性质,恐怕为他国所未有。中国的文学家,在擅长诗歌文章的同时,亦称得上画家之名。"④总之,古城贞吉认为在种族、环境、时代及文字等外部因素的共同作用之下,形成了独特的中国文学,而中国文学在年代的久远与内容的丰富上,在世界文化史上也十分鲜见。

5.关于中国文学史的分期

古城贞吉对中国文学史的分期基本按照自然朝代顺序,共分为九个时期,即:中国文学的起源、诸子时代的文学、汉代文学、六朝文学、唐代文学、宋代文学、金元文学、明代文学、清代文学。在叙述每个时代的文学时,则按照文体加以分类。

---

① [日]古城贞吉:《中国文学史》,东京劝学会藏版,1902年,第3—4页。
② [日]古城贞吉:《中国文学史》,东京劝学会藏版,1902年,第2页。
③ [日]德富苏峰:《中国漫游记》,刘虹译,张明杰主编:"近代日本人中国游记"丛书,中华书局,2008年,第322—323页。
④ [日]古城贞吉:《中国文学史》,东京劝学会藏版,1902年,第3页。

以第三篇"汉代文学"为例,在"总论"之后,依次是"议论体的文""叙述体的文""诏勅、上书及书牍体的文""汉代的韵文"四部分。将贾谊、晁错、陆贾、董仲舒、刘安、扬雄之文列为议论体,将司马迁、班固、韩婴、刘向之文列为叙事体。韵文下分别是古诗、乐府诗,包括五言古诗、无名氏《古诗十九首》,苏武、李陵的诗,七言诗及柏梁连句,以及司马相如的辞赋。对于"六朝文学"的叙述也是如此,在章节题目之下,分列为"六朝的韵文""六朝的散文""六朝词人传",其中"六朝的韵文"部分叙述建安、晋代及南北朝的诗,"六朝的散文"部分依子类、历史类、地理类、诗文评类、杂文来叙述,"六朝词人传"的部分则叙述了邺都诸人、晋代词人及南北朝词人。

古城贞吉有意识地对中国文学史进行分期,较之以诸子学说为顺序的《中国古文学略史》,无疑向前跨越了一大步。他以时代顺序纵向叙述中国文学的发展变迁,兼顾不同朝代的文体,此为一大进步。在中国本土,文体分类早见于晋代挚虞的《文章流别论》,其叙述各种文体性质与源流,已进行分体编录,涉及颂、赋、诗、七、箴、铭、诔、哀辞、哀策、对问、碑铭等。《昭明文选》《文心雕龙》《诗品》等也对文体多有涉及,尤其是晚清刘熙载的《艺概》(1873),不仅叙述文、诗、赋、词、书法、八股文等多种文体流变,同时对文学现象与时代思潮有深刻认识。《艺概》作为最接近文学史性质的一部著述,遗憾的是其叙述形式近似传统诗话,对文体或作家作品的叙述过于简略。古城贞吉或受此启发,但其对于文体分类只是浅尝辄止。近代以文体分类横向勾勒中国文学全貌的当属盐谷温,他的《中国文学概论讲话》(1919)正式开创了中国文学分体史的叙述先例,标志着中国文学分体史研究的成熟。

作为日本首部中国文学史通史,古城贞吉此书出版后广受时人好评,木村弦雄认为,"各国之史以中国为最故,《尚书》之所记距今三千年矣,乃中国文学之浩瀚且繁缛可知也。近世文学之士,匪不知中国文学史之可修,而未能有果写者。其有之,以古城君此著为嚆矢,盖近来之佳编也"①。田口卯吉也认为,"是以世间或有修文学史者,未有以及中国文学史者也。我友古城贞吉君,毅然自任之,列叙

---

① [日]古城贞吉:《中国文学史》,东京劝学会藏版,1902年,第1页。

中国文学上下三千年事迹,萃精拔粹,以考察其所以推移消长之理,终能成此书"①。在这些赞誉之中,井上哲次郎的评价尤为中肯:

  作为著述者不可能没有任何缺点,因此与其不谈此书之价值,仅指出两三处缺点,不如看其书有何有益之成果。此书不仅为我国初学汉学者提供便利而已②,相信此书为填补学术界空白助有一臂之力。③

  如井上哲次郎所言,作为著述不可能没有缺点,古城贞吉的中国文学史同样如此。今人可以批评他对"文学"概念的理解仍基于中国传统学术,也可以指责他对戏曲、小说价值的否定,实际上,他的确花大量篇幅叙述书契起源、文字构成、篆隶变迁、书牍体文章等非"文学"的内容。然而却也无法否认他的价值,他的价值在于,自19世纪末欧洲文学史体例传入日本后,很多人产生编纂中国文学史通史的想法,而将此种想法变成现实的,古城贞吉是第一人。

---

① [日]古城贞吉:《中国文学史》,东京劝学会藏版,1902年,第3页。
② 古城贞吉在《中国文学史》例言中,称此书的目的是为中学、师范学校的学习者提供参考。
③ [日]古城贞吉:《中国文学史》,东京劝学会藏版,1902年,第5页。

第四节 笹川种郎：中国俗文学研究的先驱

对于笹川种郎，中国学者并不陌生。很多研究者知道笹川种郎的名字，是因为林传甲的《中国文学史》。作为中国最早的一部文学史，林传甲在卷首题记中写道："传甲斯编，将仿日本笹川种郎《中国文学史》之意以成书焉。"①林传甲以此来表明，他的中国文学史是仿笹川种郎之作。② 由于林著在中国流传较广，因此笹川种郎亦在中国声名远播，曾经在相当长的时间内，中国学者误以为笹川种郎的《中国文学史》是日本最早的中国文学史，这是由于笹川种郎的《中国文学史》由上海中西书局翻译成中文，改题目为《历朝文学史》，1904年在中国出版，而古城贞吉的《中国文学史》直至1913年才由上海开智公司出版，两者前后相差十年。③ 事实上，笹川种郎在《中国文学史》自序中写得很清楚，他说："详论先秦文学的著作有知友藤田丰八的《先秦文学》，中国文学史方面有古城贞吉的《中国文学史》，各朝代杰出文人的传记可参见其与同道合著的《中国文学大纲》。"④从中可知古城贞吉的《中国文学史》写作在前的事实。

---

① 林传甲：《中国文学史》，自序一，收录于陈平原辑《早期北大文学史讲义三种》，北京大学出版社，2005年，第29页。
② 孙景尧在《真赝同"时好"——首部中国文学史辨》中表示，20世纪初中国文学史界有仿日本之风气，当时日本的中国文学史观成为一种"时好"。陈国球指出，尽管林传甲标榜模仿笹川种郎所著，但此二书实际内容关联不大，甚至文学观念相左。参阅陈国球：《文学史的名与实：林传甲的中国文学史考论》。
③ 参阅郭廷礼：《19世纪末20世纪初东西洋中国文学史的撰写》，《中华读书报》2001年9月26日。
④ [日]笹川种郎：《中国文学史》，博文馆，1898年，第2页。此书序言中提及"同人合著《中国文学大纲》"，指笹川种郎、白河鲤洋、大町桂月、藤田丰八、田冈岭云五人合著，由东京大日本图书株式会社于1897年至1904年间出版。

笹川种郎(1870—1949),生于日本东京,号临风。其父笹川义洁,曾为日本幕府旧臣。笹川种郎早年就读于日本爱知县中学,据他本人回忆,当时学校所用教科书均为舶来的洋书,开设的课程有代数、几何、历史、地理等,他因此获得了西洋基础知识。他的汉学素养最初来源于他的母亲与祖母,后进入私塾学习"四书""五经",入中学前已打下扎实的汉学基础。1893年,笹川种郎从日本第三高等中学文科毕业,同年进入东京大学文科大学国史科,1896年毕业。东京大学期间的笹川种郎才华初现,他为《东亚说林》《东亚学院讲义录》等杂志撰稿,担任《帝国文学》杂志编辑,并与藤田丰八、田冈岭云、小柳司气太等合作发行了《江湖文学》杂志。①

大学毕业不久,27岁的笹川种郎以昂扬的热情撰写了《中国小说戏曲小史》(1897)。当时受欧洲戏曲小说研究风气的影响,他选择戏曲小说作为研究起点,一年后推出《中国文学史》,在文学史中开辟专章叙述戏曲小说,对戏曲小说的价值给予肯定。此后,他与白河鲤洋、大町桂月、藤田丰八、田冈岭云合作完成《中国文学大纲》(1897—1904),负责执笔其中的孟子、曹子建、杜甫、李笠翁、汤显祖、元遗山卷,其中的李笠翁卷与汤显祖卷尤其精彩。

笹川种郎对中国文学的关注,主要集中于俗文学,其中戏曲方面的成果略多于小说,除上述文学史专著外,还著有《〈西厢记〉解读》(《帝国文学》1896年第2卷第9号、第10号)、《李渔的戏曲论》(《江湖文学》,1897)、《元代戏曲〈琵琶记〉》(《江湖文学》,1897)、《汤显祖〈南柯记〉》(《帝国文学》,1897),并编译了《〈琵琶记〉物语》(1939,博多成象堂)等。小说方面的代表作有《评金圣叹》(《帝国杂志》1896年第2卷第3号、第4号)、《读云翘传》(《文学界》,1896)、《金陵十二钗》(《江湖文学》,1896)、《元以前的小说》(《太阳》,1896)、翻译《水浒传》(改造社,1930)等。

在明治时期的文学史家中,笹川种郎较早认识到中国戏曲小说的研究价值。如果将笹川种郎与同时期的文学史家古城贞吉和林传甲对比,会更明显感受到他们之间文学观的差异。前者从人性与人情、世态风俗的角度考察俗文学的价值,后者则对戏曲小说持否定、排斥态度,如古城贞吉认为,"戏曲小说被排斥于文学

---

① [日]川合康三主编:《中国的文学史观》,创文社,2002年,第37页,西上胜执笔。

之外,并非偶然之事"①。林传甲则批驳笹川种郎将戏曲小说列入文学史中,认为此种做法有悖于传统,应将之归于风俗史:

> 日本笹川氏撰《中国文学史》,以中国曾经禁毁之淫书,悉数录之。不知杂剧、院本、传奇之作,不足比于古之《虞初》,若载于风俗史犹可。坂本健一有《日本风俗史》,余亦欲萃"中国风俗史",别为一史。笹川载于《中国文学史》,彼亦自乱其例耳。况其胪列小说戏曲,滥及明之汤若士、近世之金圣叹,可见其识见污下,与中国下等社会无异。②

实际上,持此种文学观的不只林传甲与古城贞吉,由于日本长久以来以儒学的伦理纲常为主导,表现为重诗词文赋轻戏曲小说,视戏曲小说为有伤风化之事,因此,此种认知在明治初期仍十分普遍。笹川种郎未囿于旧识,以新眼光开拓戏曲小说研究,打破了传统学术禁区,将戏曲小说堂而皇之地列入文学史,诚为前所未有之创举。

令笹川种郎始料未及的是,此书日后会成为中国文学史研究领域的标志性著述,而他也未料及,此书甫一出版,便遭到日本国民文学派的反对。日本国民文学派以日本民族国家为前提,认为中国小说戏曲并无价值,宣称"中国文学的思想对我国国民文学的进步并无裨益,除开历史意义,其价值不值得称道。我国学者对中国文学研究只能是纯粹历史意义上的研究"③。不仅是国民文学派,也有笹川种郎熟悉的学友撰文对其学术性提出质疑:

> 不识庐山真面目,只缘身在此山中。假如中国文学果有值得研究的价值,那么,能够揭示其真相者,与其说是中国人,不如说在于日本人。不仅是因为日本人批评的眼光、科学的手段优于中国人,而且在于其处于从局外观察的好角度。正如以比较文学史的标本而闻名的泰纳的《英国文学史》,非出于英人之手,而出于法国人之手,不足为奇。关于中国文学,我期待于藤田剑峰、笹川临风,今其二书出,不知果能惬余之期望乎? 据说森槐南、田中从

---

① [日]古城贞吉:《中国文学史》,东京劝学会藏版,1902年,第585页。
② 陈平原辑:《早期北大文学史讲义三种》(林传甲、朱希祖、吴梅著),北京大学出版社,2005年,第210页。
③ [日]高山樗牛:《中国文学的价值》,《太阳》杂志,明治三十年九月号。转引自[日]高津孝:《京都帝国大学的中国文学研究》,《政治大学中文学报》2011年第16期。

吾轩精通中国的小说戏曲,而《中国小说戏曲小史》之撰写,不成于从吾轩之手,也未成于槐南之手,而是由少壮的临风启其端。临风在精通专门的国史之余,而通中国之诗文,又于通诗文之余,更兼通中国小说戏曲,亦文坛一异材也。然而中国的小说戏曲,果有文学上之价值乎?中国之所谓戏曲,足以与西洋之戏剧等同视之乎?余存此疑问,喜读临风此史,而所得亦多。思之,临风当解何为文学也,当解何为小说、何为戏曲也。然此著,惜其倾向于漫笔性质,流于漫评,类于中国人的文话、诗话,而未能贯以科学的、有序的、综合的以及批评的力量。一言以蔽之,高中时代或中学时代的习气尚多。故以为不如烧却此书,静而精读中国小说戏曲,然后执笔,则不再是小史,而可成大史。吾言虽甚冷酷,实亦信临风之才力,欲促其奋励也。虽然,请临风一思,中国小说果有加以研究的价值乎?临风其有掷半生以从事研究中国小说戏曲之狂热乎?①

针对学友大町桂月之言,笹川种郎从两方面予以反驳。第一,关于中国小说戏曲是否有研究价值的问题,笹川种郎肯定地表示,中国戏曲足以与欧洲并驰,即使是日本戏曲也有负于中国之处。他认为,中国戏曲小说的价值毋庸置疑,并断言《水浒传》为东西方少有的雄篇大作,日本曲亭马琴的《八犬传》其实并未学得《水浒传》之精髓,因此撰写中国戏曲小说史是有价值的:

纵然中国戏曲在内容与形式上不足以与西洋戏剧等同视之,其文学上之价值亦无庸置疑。《水浒传》一百二十回,实不失为东西稀见之一大雄篇,不独其结构伟大,文辞雄壮,其人物波澜万重,纡余曲折,各样的人物各样的出场,各样的行动,最后会聚于梁山泊,以实现其替天行道的理想,此非曲亭马琴《八犬传》学之而能得其精髓也。汤若士《牡丹亭还魂记》,奇想落天外,彼以所怀之人世观,写出世相之诗,至其手腕,足以夸称于西欧文坛间。元剧多用短篇,略少非常之作品,然如《西厢记》,作为戏曲虽有其不足之处,至其文辞幽艳,中国四千载无复此种文辞。笠翁的《十种曲》,虽玉石相混,然《蜃中楼》《玉搔头》《怜香伴》之类,虽与西欧名家的戏曲并驰,而无疑不失其别种

---

① 明治三十年(1897)七月十日,桂滨月下渔郎(大町桂月)在《帝国文学》第三卷第七号刊出书评《评〈先秦文学〉和〈中国小说戏曲小史〉》,转引自黄仕忠《笹川临风与他的中国戏曲研究》,《文化遗产》2011年第3期,第54页。

之味。且日本戏曲实有负于中国戏曲之处。如"能乐"全受其影响,"谣曲"虽多成于僧侣之手,实亦深受中国的影响。①

客观公允地评论中国文学,在民族主义盛行的年代并非易事。日本国民文学派蔑视中国文学,甚至扬言汉学制约、阻碍了日本文明开化的步伐,此言论在近代日本具有相当广泛的社会基础。因此,对于民族主义的克服与超越,是始终摆在明治知识分子面前的难题。在此方面,笹川种郎显示出难得的勇气与客观公正。

第二,大町桂月措辞激烈地指出,笹川种郎不能胜任戏曲小说研究,此方面研究应由森槐南、田中从吾轩来完成,并以笹川种郎不理解文学及小说、戏曲为由,指责此书属于漫笔性质,类似于中国人的文话、诗话,而未能贯以科学有序的叙述。笹川种郎对此回应,称自己学识尚浅,未得戏曲小说之要,所读中国戏曲小说仅九牛一毛,因此不过略述其史。但他认为,此书有与众不同之见,且为小说戏曲写史是前人不曾做过之事,并表示待他日博览细读之后,会再写戏曲小说大作。

一年后,笹川种郎的《中国文学史》出版,戏曲小说仍为叙述重点。笹川种郎在自序中说:"悠悠四千年中国文学的历史并非三百余页稿纸所能誊写,此书旨在让读者了解中国文学之概观。……就目前中国文学研究日渐兴盛来看,实乃日本学界值得庆幸之事,本人撰写此书之目的正是为研究中国文学导引入门。"②一如笹川种郎所言,在日本急剧脱亚入欧的时代,中国文学史的勃兴尤如一股时代逆流,但也是颇为值得庆幸之事。

较之此前的《中国小说戏曲小史》,此部《中国文学史》更为详细地呈现了他的中国戏曲小说观。

第一,关于中国戏曲小说发展的问题,笹川种郎认为,戏曲小说是中国文学特色,虽然起源很早,但发展颇为缓慢,至元代始逐渐盛行起来。他认为,制约中国戏曲小说发展的原因在于北方文学一统天下,而北方文学的核心思想是儒学。即使在戏曲小说发展全盛的元明清时期,也始终未脱离劝善诫恶、经世济国的功利目的,《琵琶记》与《西厢记》虽为南北曲巨擘,却难以与欧洲、日本戏剧相比,儒学制约为其中根本原因:

---

① [日]笹川种郎:《答大町桂月》,《日本人》第四十七号,明治三十年(1897)七月十二日。转引自黄仕忠:《笹川临风与他的中国戏曲研究》,《文化遗产》2011年第3期,第54页。
② [日]笹川种郎:《中国文学史》,博文馆,1898年,第2页。

读者从上至先秦下至宋代的中国文学一路读过来,可曾引起什么异样的情感？我至此还没有写一章关于中国小说戏曲的内容,然而中国古代文学的特色其实正在于小说戏曲。相较于欧洲文学史及日本文学史,中国古代的小说戏曲为何会如此寂寥？

要而言之,中国古代小说戏曲的寂寥是由于北方思想一统天下的缘故。北方思想的核心是儒家思想,其势力遍披华林,因此形成对小说戏曲的轻侮之风。戏曲小说被视为末道小技,此乃儒者之眼所见。视文章为经国之伟业者,视戏曲小说如同尘芥,甚至是败风坏俗之毒物。不唯儒家思想诞生的北方地区戏曲小说不发达,南方情况亦大抵如此。元朝以降,戏曲小说始日渐发达,然即便如此,戏曲小说仍未摆脱儒家思想之束缚,可谓熔铸于儒家固有铸型之中。清朝的李笠翁以戏曲家闻名,其言"窃怪传奇一书,昔人以代木铎,因愚夫愚妇识字知书者少,劝使为善,诫使勿恶,其道无由,故设此种文词。借优人说法与大众齐听,谓善者如此收场,不善者如此结果,使人知所趋避。是药人寿世之方,救苦弭灾之具也"。传奇《桃花扇》的作者孔尚任曾云:"传奇虽小道,凡诗赋、词曲、四六、小说家,无体不备。至于摹写须眉,点染景物,乃兼画苑矣。其旨趣实本于三百篇,而义则春秋,用笔行文,又左、国、太史公也。于以警世易俗,赞圣道而辅王化,最近且切。"由是看来,中国古代戏曲小说乃劝善诫恶、经世济国之助,小说戏曲在中国的不发达亦与此有关。①

此外,笹川种郎概述了中国小说的起源问题,对中国古代小说戏曲的发展脉络进行了勾画:

中国小说戏曲的源流久远,古有《庄子》的寓言、方士虞初的小说九百,且周末汉初设有稗官。然汉魏间有《穆天子传》《飞燕外传》,却未有小说界之进步。唐朝的裴铏著有《传奇》,尽管唐传奇的《昆仑奴传》《红线传》等奇事异闻"为后世戏曲创作的蓝本,然而唐传奇仍不能视为中国戏曲小说发达之标志。中国小说戏曲的真正发达实为元朝,何其迟迟也。②

---

① [日]笹川种郎:《中国文学史》,博文馆,1898年,第259—261页。
② [日]笹川种郎:《中国文学史》,博文馆,1898年,第259—261页。

笹川种郎认为,小说的起源可以上溯至《庄子》的寓言、方士虞初的小说九百,且稗官于周末汉初设立,这些均足以说明小说的诞生有着久远的历史。他讲道:"汉魏间有《穆天子传》《飞燕外传》,却未有小说界之进步。"顺便提及的是,有关《穆天子传》的成书时间,笹川种郎在此明确写有"汉魏间",但未注明出处。此外,儿岛献吉郎在他的《中国文学史纲》(1912)中也提及《穆天子传》,"虽曾被认为是街谈巷语、道听途说之词,却称得上中国小说之鼻祖。至六朝时代的《穆天子传》《搜神记》等,皆用绮丽之语述诡异之事。至元代的小说《水浒传》《三国志》大作出现,才开始描画真实的人情世态"。儿岛献吉郎将此书的成书年代写成"六朝时代",但是同样未注明出处。在中国本土,对于《穆天子传》的成书年代,历来众说纷纭,有春秋之末、战国时代、汉代甚至晋代等多种说法,终难有定论。关于它的体裁问题,也存在不同观点,以为历史者,如《隋书·经籍志》将其列入史部起居注类,以为小说者,如明朝人胡应麟称之为"小说滥觞",据《四库全书总目》,其被列入了"小说家类"。此时期的文学史家并未存在考证本源的意识,同时普遍存在不标注文献出处的问题,此可能与明治时期轻视中国之风气有关,但更为主要的是学术研究尚未进入近代学术规范的阶段。此种情况,在久保天随的《中国文学史》(1903)中出现改观,至盐谷温的《中国文学概论讲话》(1919),所述已经颇为严谨。

此外,笹川种郎对戏曲的发展也进行了概述,他认为宋代是杂剧产生的重要时期,如同通俗小说起始于宋代,词至宋代一转而为曲,杂剧由此出,为戏曲之嚆矢:

> 乐府一转而为词,词一转而为曲。① 由元散曲而促成杂剧,所谓稗官废而传奇作,传奇作而继之以戏曲。宋代杂剧为说唱,至金代乃为院本、杂剧、诸宫调。或称"院本",或称"杂剧",名异而实同。曲分南北二曲,金元入主中原后多用胡乐,其音嘈杂凄切。所谓词不快北耳而后有北曲,北曲不谐南耳而后有南曲。② 北曲的特色是劲切雄丽,南曲的特色是清俏柔远;北曲字

---

① 参阅清代李调元的《雨村曲话》,其中引《弦索辨讹》:"三百篇而为诗,诗变而为词,词变而为曲"。
② "词不快北耳而后有北曲,北曲不谐南耳而后有南曲",此句出自王世贞的《艺苑卮言》。王世贞认为,"曲者,词之变""古乐府不入俗而后以磨绝句为乐府,绝句少宛转而后有词,词不快北耳而后有北曲,北曲不谐南耳而后有南曲"。

多而调促,促处见筋;南曲字少调缓,缓处见眼;北曲辞情多声情少,南曲辞情少声情多,北曲力在弦索,宜和歌,南曲在磨调,宜独奏。①

群英编杂剧共五百五十六本,其中元杂剧五百三十五本,无名氏一百七十本,娼夫十一本。② 而尤以《元人百种》为重。③ 其中北曲之最为《西厢记》,南曲之最为《琵琶记》。

《西厢记》的蓝本是唐朝元稹的《会真记》,一说《西厢记》为关汉卿所著,另有《西厢记》为王实甫所著之说,似应从后说。总计十六折,尽管其角色单纯,一片情话,但是词采超绝,被誉为千古绝调并非夸张。金圣叹认为,《左传》之文,庄生有其驺宕,《孟子》七篇有其奇峭,《国策》有其匪致,太史公有其巍巍。夫庄生、《孟子》、《国策》、太史公又何足多道,吾独不意《西厢记》,传奇也,而亦用其法。④

第二,笹川种郎以纯美学的眼光,分析、阐释戏曲小说价值,突出了戏曲小说作为文学的独立价值。笹川种郎指出,裴铏所辑唐传奇数量不少,如《红线传》《昆仑奴传》等,且多为后世戏曲的粉本,但并不能因此将其视为唐代戏曲小说发达的标志,戏曲小说的真正成熟期其实是在元代,这是由于自元代起,戏曲小说才开始描绘市井百姓的生活,表现最基本的人性与人情,从而获得了真正的文学价值。他以《西厢记》和《琵琶记》为中心,展开对于戏曲美学的评价,二者相较更倾向于《西厢记》。他叙述《西厢记》的篇幅远多于《琵琶记》,有关《西厢记》的内容多达 8 页,而《琵琶记》仅有 2 页,且仅在与《西厢记》比较时才出现。

他引用金评西厢,以《庄子》《孟子》《国策》《史记》之直承《左传》,来映衬《西厢记》出色的艺术手法,并在文学史中引用《贯华堂第六才子书西厢记》的原文,赞其卓越的艺术成就,"《左传》之文,庄生有其驺宕,《孟子》七篇有其奇峭,《国策》有其匪致,太史公有其巍巍。夫庄生、《孟子》、《国策》、太史公又何足多道,吾

---

① 此处关于北曲与南曲区别的论述,皆出自明朝王世贞的《曲藻》,笹川种郎在《中国文学史》中未予以注明。
② 有关元杂剧的统计,元至正年间钟嗣成的《录鬼簿》著录元杂剧 458 种;明初朱权《太和正音谱》之"群英所编杂剧",著录元代杂剧 535 种;明万历年间臧懋循《元曲选》所列"元群英所撰杂剧"549本,因其中有 33 本是明人所作,故实载元杂剧作品 516 本,计 512 种;当代李修生主编的《元曲大辞典》所载"元杂剧全目",共收录元杂剧剧目 736 种。
③ 《元人百种》即《元曲选》,元代杂剧选集,明万历年间臧懋循编,收录元人杂剧近百种。
④ [日]笹川种郎:《中国文学史》,博文馆,1898 年,第 262—263 页。

独不意《西厢记》,传奇也,而亦用其法。然则作《西厢记》者,其人真以鸿钧为心,造化为手,阴阳为笔,万象为墨者也"。他赞赏金圣叹所评,称《西厢记》"词采超绝""千古绝调",并认为,北曲之最为《西厢记》,南曲之最为《琵琶记》,但《琵琶记》的创作主旨与故事情节,终不及《西厢记》。

笹川种郎在《中国文学史》中引用了《西厢记》第四本的第四折全文,不过未注明底本,其中有不少错漏之处,为体现其原貌,现将部分文字抄录如下:

惊梦(《西厢记》第十六折)

张生引琴童上云、离了蒲东、早三十里也、兀的前面是草桥店、宿一宵明日早行、这马百般的不肯走呵

【双调】【新水令】(张生唱)望蒲东萧寺、暮云遮惨离情半林黄叶、马迟人意懒、风急雁行斜、愁恨重叠、破败儿第一夜

【步步娇】昨宵个翠破香浓熏、兰麝歇秋把身躯儿趄、脸儿厮揾者、仔细思量可憎得别、云鬟玉梳斜、恰似半吐的初生月

早至也店小二哥、那里店小二云、官人掩这里有名的草桥店、官人头房里下者

张生云、琴童撒和了马者、点上灯来、我诸般不要吃、只要睡些儿、琴童云、小人也辛苦、待歇息也、就在床前打铺、琴童先睡看

张生云、今夜甚睡魔到得我眼里来

【落梅花】旅馆欹单枕、乱蛩鸣四野、助人愁、纸窗风裂、孤眠被儿薄又怯、冷清清几时温热

张生睡科反覆睡不着科、又睡科入梦科

自问科云、这是小姐的声音呀、我如今却在那里、待我立起身来听咱

内唱张生听科

【乔木香】走荒郊旷野地、不住心娇怯、喘吁吁、难将两气接、疾忙赶上者

张生云叫这明明是我小姐的声音、他待赶谁来、待小生再听咱、他打草惊蛇

【搅琵琶】把俺心肠扯、因此不避跋途赊。瞒过夫人稳住侍妾

张生云:分明是小姐也、听咱

从上文可以看出,引文中不仅有明显的错字(如"昨宵个翠破香浓熏兰麝"中

的"被"字写成"破"字、"官人掩这里有名的草桥店"中的"俺"字写成"掩"字),而且在断句上也有误。以下以暖红室所刻《凌濛初鉴定〈西厢记〉》为底本对二者加以对照(见表1)。

表1　西厢记第4本第4折对照表

笹川种郎《中国文学史》 日本博文馆,1898年	暖红室所刻《凌濛初鉴定〈西厢记〉》 人民文学出版社,1995年
张生引琴童上云、离了蒲东、早三十里也、兀的前面是草桥店、宿一宵明日早行、这马百般的不肯走呵	(末引仆骑马上开)离了蒲东早三十里也,兀的前面是草桥,店里宿一宵,明日赶早行。这马百般儿不肯走。行色一鞭催去马,羁愁万斛引新诗。
【双调】【新水令】(张生唱)望蒲东萧寺、暮云遮惨离情半林黄叶、马迟人意懒、风急雁行斜、愁恨重叠、破败儿第一夜	【双调】【新水令】望蒲东萧寺暮云遮,惨离情半林黄叶。马迟人意懒,风急雁行斜。离恨重叠,破题儿第一夜。
无	想着昨日受用,谁知今日凄凉!
【步步娇】昨宵个翠破香浓熏、兰麝歆枕把身躯儿趄、脸儿厮揾者、仔细思量可憎得别、云鬟玉梳斜、恰似半吐的初生月	【步步娇】昨宵个翠被香浓薰兰麝,歆珊枕把身躯儿趄。脸儿厮揾者,仔细端详,可憎的别。铺云鬟玉梳斜,恰便似半吐初生月。
早至也店小二哥、那里店小二云、官人掩这里有名的草桥店、官人头房里下者 张生云、琴童撒和了马者、点上灯来、我诸般不要吃、只要睡些儿、琴童云、小人也辛苦、待歇息也、就在床前打铺、琴童先睡看 张生云、今夜甚睡魔到得我眼里来	早至也。店小二哥那里?(小二哥上云)官人,俺这头房里下。(末云)琴童,接了马者。点上灯,我诸般不要吃,则要睡些儿。(仆云)小人也辛苦,待歇息也。(在床前打铺做睡科)(末云)今夜甚睡得到我眼里来也!

(续表)

笹川种郎《中国文学史》 日本博文馆，1898 年	暖红室所刻《凌濛初鉴定〈西厢记〉》 人民文学出版社，1995 年
【落梅花】旅馆欹单枕、乱蛩鸣四野、助人愁、纸窗风裂、孤眠被儿薄又怯、冷清清几时温热 　张生睡科反覆睡不着科、又睡科入梦科 　自问科云、这是小姐的声音呀、我如今却在那里、待我立起身来听咱 　内唱张生听科	【落梅风】旅馆欹单枕，秋蛩鸣四野,助人愁的是纸窗儿风裂。乍孤眠被儿薄又怯，冷清清几时温热！ 　（末睡科）（旦上云）长亭畔别了张生，好生放不下。老夫人和梅香都睡了，我私奔出城，赶上和他同去。
【乔木香】走荒郊旷野地、不住心娇怯、喘吁吁、难将两气接、疾忙赶上者 　张生云叫这明明是我小姐的声音、他待赶谁来、待小生再听咱、他打草惊蛇	【乔木查】走荒郊旷野，把不住心娇怯，喘吁吁难将两气接。疾忙赶上者，打草惊蛇。
【搅琵琴】把俺心肠扯、因此不避跋途赊。瞒过夫人稳住侍妾 　张生云：分明是小姐也、听咱	【搅筝琶】他把我心肠扯，因此不避路途赊。瞒过俺能拘管的夫人，稳住俺厮齐攒的侍妾。想着他临上马痛伤嗟，哭得我也似痴呆。不是我心邪，自别离已后，到西日初斜，愁得来陡峻，瘦得来咋嗻。则离得半个日头，却早又宽掩过翠裙三四褶。谁曾经这般磨灭。

笹川种郎征引《西厢记》之后，对《琵琶记》与《西厢记》进行了简要比较，认为《西厢记》远在《琵琶记》之上。他引用清代毛声山对高明的《琵琶记》与王实甫的《西厢记》的评论，对毛声山的观点予以强烈指责，称毛氏所言为"妄语"，认为毛氏称《琵琶记》胜于《西厢记》归根结底是源于儒教思想，而以儒教的劝善惩恶观来评论文学纯属无稽之谈：

　　毛声山称西厢好色词淫，琵琶则是乱世怨悱之音。西厢近风，琵琶近雅，琵琶之胜于西厢，一曰情胜，二曰文胜。西厢的情是才子佳人、花前月下的私期密约之情；琵琶是孝子贤妻、敦伦重谊、缠绵悱恻之情，故琵琶之情胜于西厢之情。西厢是妙文,琵琶也是妙文,然而西厢多方言俚语杂用,而琵琶则无,故琵琶之文亦胜于西厢。无论如何,孝子贤妻敦伦重谊缠绵悱恻之情胜于才子佳人花前月下私期密约之情。由声山此言观之,来自儒教见地,令人难以理解琵琶胜于西厢的理据。以是否有方言俚语来评价戏曲的高低,是将戏曲视为正史经书,此话纯为妄语。然汤显祖所言,"《琵琶记》都在性情上着工夫,不以词调巧倩长"之说,乃千古不灭的评语。①

基于纯粹的美学评价出发,他认为《西厢记》反映了最真实的人性与人情,词采华美而意境悠远,在儒学色彩浓厚的中国古典文学中独树一帜,因此具有特殊的艺术震撼力,并视《西厢记》为元曲中之最上品。此后久保天随评《西厢记》,同样以"情"为出发点,表达了与此大致相同的观点,且同样援引毛声山评《西厢记》的原文,以此批驳毛氏评论存在的偏见,指出将方言俚语用于戏曲并不损害戏曲的价值。

总体而言,笹川种郎评述小说的出发点,在于作品是否反映人性与人情,以及作品本身的艺术之美。基于此种认识,他认为《水浒传》的价值远在《三国演义》之上,他因此赞赏《水浒传》的意趣与文辞,称之为"壮绝、快绝"之作:

> 宋朝兴起话本小说,亦有混杂俗语之演义。尤其是《大宋宣和遗事》,元朝的《水浒传》正是以此书作为蓝本。至于《水浒传》,可将李卓吾的《忠义水浒传》百二十回本作为正本来看。关于《水浒传》的作者,争议纷纷而难有定论,我认为不如从施耐庵所著之说。《水浒传》首尾贯通,三十六个人物跃然纸上,干出一番惊天动地之快事。不仅趣向深远,文辞也雄浑爽利,称得上是壮绝快绝的大文辞。

与《水浒传》并称的是《三国演义》。《三国演义》相传为罗贯中所作,但未必可信。据《续文献通考》,此人非罗贯中,而是罗贯、字本中,杭州人。编撰小说有数十种,《三国演义》是据正史的史实敷衍而成,其角色拙劣,文辞亦拙劣,无法与《水浒传》相提并论,且其真本存在与否难以定论。谢肇淛认

---

① [日]笹川种郎:《中国文学史》,博文馆,1898年,第268—269页。

为《三国演义》"可以悦里巷小儿,而不足为士君子道也"。①

基于同样的思考,笹川种郎对清朝小说《金云翘传》颇为赞赏。他认为:"《金云翘传》没有《红楼梦》之错杂、《金瓶梅》之淫猥,篇幅短小而情节连贯,除《水浒传》《西游记》以外,如果让我对有意欣赏中国小说的人士推荐,那么我一定会推荐《金云翘传》。"将《红楼梦》排于《金云翘传》之后,或令中国读者感到意外,但是从接受美学的角度考虑,伊藤漱平所言或有一定道理:"也许对熟读《三国演义》《水浒传》等有丰富的情节变化的小说读者来说,《红楼梦》这部小说让人感到不知如何读起"②。由于日本民众的阅读心理期待富有情节变化的作品,而《红楼梦》并未出现于此种期待视野中,致使《红楼梦》在明治时期的认可度远低于《水浒传》。

以纯美学的角度评价戏曲小说,无疑是受到近代欧洲小说戏曲研究风气的影响,并从根本上促成了日本近代"文学"观的转变。自明治后期开始,日本对于中国文学的研究主要集中于小说戏曲,此与在江户时期以朱子学为中心的中国古典研究,以及对小说戏曲的日文翻译与训读相比,无论是研究性质还是研究对象,均发生了根本性的改变。也因此,日本对明治以前的中国古典研究称为"汉学",而对明治以后的中国文学研究称为"中国学"。明治时期如同一道分水岭,从此时起,日本不再将中国文化作为统治者和庶民共有的知识给养,而是将其转化为纯粹的美学批评及以欧洲实证主义为主导的学术研究。③

第三,以泰纳的文学理论作为《中国文学史》的理论依据,笹川种郎着重从种族、环境、时代三方面来叙述中国文学。此书开篇,笹川种郎便从中国文明的起源

---

① 明末以前,文人对《三国演义》评价一直不高,汪道昆即认为其"雅俗相牵,有妨信史"(《水浒传序》),谢肇淛亦斥其"俚而无味"(《五杂俎》),胡应麟进而将其与《水浒传》相比,说"浅深工拙,若霄壤之悬"(《庄岳委谈》),直到明末崇祯年间,有人将两书合刊,《三国演义》地位才得以提高。与此相比,《水浒传》则自明中叶就得到著名文人的高度评价,从文坛前辈文徵明到唐宋派的唐顺之、王慎中以及崔铣、熊过、陈束、汪道昆直至杰出思想家李贽、公安派宏袁道、竟陵派锺惺以及评点家叶昼等,无不对《水浒传》极加推崇称赏。正是由于称赞者皆为当时思想界、文学界著名人物,因而造成《水浒传》"上自士大夫,下至厮养隶卒,通都大邑,穷乡小邑,罔不目览耳听,口诵舌翻,与纸牌同行"的流传盛况。参阅许总:《明代反理学思潮与小说戏曲的兴盛》。
② [日]伊藤漱平:《红楼梦》,大安,1965第1期。
③ 日本江户时期,由于与中国贸易交往的实际需求,曾出现唐通事一职。唐通事即对日本江户时代在长崎、萨摩藩、琉球的日中贸易中从事汉译人员的通称,其学习汉语的主要教材是《水浒传》《红楼梦》等明清白话小说,但只是基于阅读或学习汉语口语。

谈起,并探讨了影响中国文学发展的外部因素,如中国文明、中国的人种、南方人种与北方人种的差异、拜自然的习俗、家长制度的发达、生存竞争的激烈、自尊自大的风气、中国文学的特质、中国的文字等。从中不难看出泰纳的科学实证主义方法对他产生的影响。

笹川种郎首先谈到中国文明的起源与中国人种的关系。他由古老的中国文明谈起,"洋洋江河流域蕴育了璀璨的文化,其文明之花已经盛开四千年之久。不唯中国四千万大众受此文明之光的恩惠,更传入朝鲜,惠及日本"①。他认为,中国之所以有如此博大精深的文化,是由于国土广阔、民族众多。中国有汉族、满族、藏族、蒙古族等众多少数民族,而开拓中国古代文化的是黄河流域居住的汉族人,"汉人种居于北方,文化首先起源于此,形成了古代历史的中心,是谱写了古代历史的人民"②。从这样的认识出发,他分别列举了南方文学与北方文学的差异,并分析了产生差异的原因。

笹川种郎认为,中国的南方人与北方人实际上是不同的人种,具有不同的特质:

> 如果将北方人种与南方人种加以比较,会发现二者之间存在着全然不同的情况。其相貌、骨骼、语言都不同,而从人种的特质来看,南方人善于想象,北方人则注重实际。燕赵古来多慷慨悲歌之士,这是由于他们重视时政。而代表南方的老子的太虚说,庄子的人生观,却几乎都远离现实。楚国的巫术以及辞赋皆属南方,可见南方人种想象之丰富,因此他们也深懂诗趣。③

在笹川种郎看来,中国南北文学的不同,归根结底是南北人种之间的差别。中国的南方人与北方人特质完全不同,南方人爱想象,北方人重实际。庄子是南方文学的代表,其作品曼妙虚无,远离现实社会人生。北方文学则以孔子为代表,现世与时政是北方文学作品中经常出现的内容,且多慷慨悲凉之作,此与北方人重实际的特质有关。

笹川种郎认为,风俗习惯会潜移默化地影响文学作品,因此他不厌其烦地罗列琐碎的生活习惯,试图从中找到对人的性格、思维及文学的影响。他在《中国文

---

① [日]笹川种郎:《中国文学史》,博文馆,1898年,第1页。
② [日]笹川种郎:《中国文学史》,博文馆,1898年,第2页。
③ [日]笹川种郎:《中国文学史》,博文馆,1898年,第3页。

学史》中描述中国南方人与北方人的各种习俗：

> 南方人用床,北方人用炕。南方人常食鲜果、鸡肉、鱼肉,喜欢吃腌猪腿,炖肉的汤是清汤;北方人的肉汤是浑汤,喜食苹果、鲜猪肉、鸭肉和羊肉;南方人食姜,北方人食蒜;南方人喜食怪味,北方人喜食卤味。总之,从服装、饮食、日用品来看,南方与北方的风俗完全不同。①

此外,他还从中国地理环境的角度考虑,考察地理环境对北方人性格及习俗的影响：

> 北方山岳崔嵬,视野开阔,山高野旷,有大陆风光之雄伟。然而北方气候寒冷,有衣食不足之忧,因此北方人的性格偏重实际,这种性格实乃北方自然产物匮乏所致。然而无论自然的伟大还是刻薄,民众总有惧怕自然之心,于是有拜天之习俗,祭祀山川之风气。……要而言之,拜自然的习俗是源于对自然的恐怖。拜自然的习俗伴随着崇古的观念,孕育了家长制度的胚胎,从而助长了统治权力与势力。②

笹川种郎认为,与日本不同,中国文学总体上具有一种庄严崇高的风调与夸张的气格,此为地理环境对文学产生的影响。"之所以庄严崇高,是由于中国地域广大、山川雄伟,其投射于文学便产生了庄严崇高之感,尽管南方文学为中国文学加入了绮丽之调,然而中国文学整体上仍是庄严夸张。"③他举例说,司马迁《史记》中的垓下之战,项羽对赤泉侯怒目圆睁,结果赤泉侯人马俱惊,狂逃至数里之外。在诗歌中,李白《秋浦歌》中的"白发三千丈"、《北风行》中的"燕山雪花大如席",皆是典型的运用夸张之作,也是地理环境作用于文学之例。④ 他认为,几乎所有的中国文学作品,均可以从中找到地理环境的影子,由于中国国土辽阔,中国文学整体上有雄浑壮阔之感,"至于中国文学史上的叙事文、议论文、诗歌,往往充溢着庄严的格调与雄大的风格,彰显出中国文学的异彩陆离"⑤。

在此基础上,笹川种郎提出中国文化的核心是拜天与祭祖,构成中国人精神核心的三要素则是"孝行、亲权与祖先崇拜",此为受中国儒学的影响所致。笹川

---

① ［日］笹川种郎:《中国文学史》,博文馆,1898 年,第 3 页。
② ［日］笹川种郎:《中国文学史》,博文馆,1898 年,第 4 页。
③ ［日］笹川种郎:《中国文学史》,博文馆,1898 年,第 10 页。
④ ［日］笹川种郎:《中国文学史》,博文馆,1898 年,第 11 页。
⑤ ［日］笹川种郎:《中国文学史》,博文馆,1898 年,第 11 页。

种郎认为,中国除一些少数民族外,没有产生过规模宏大的史诗,几乎与《诗经》同时,古希腊产生了荷马史诗《伊里亚特》和《奥德赛》,印度也产生了《罗摩衍那》和《摩诃婆罗多》两大史诗,对此笹川种郎认为:

> 中国北方人种创造了中国古代历史,其影响极其深远。北方人种有理想主义倾向,同时也具有实际主义倾向,因此儒教产生于北方。……创造了儒教的北方人种的文学是实用主义的文学,为儒教所束缚的中国人所创作的中国古代文学只能是实用的文学。诸如历史散文、策论自古以来就不乏名篇大作,而具有理想主义的戏曲小说则相对式微。而历史散文、策论也难以脱离儒教的束缚,所谓诗,所谓叙事散文,常渗透着儒教的思想。中国古代少有雄浑的叙事诗,少有小说戏曲的大作,正是基于此原因。①

此外,他认为,由于崇古之风兴盛,因此流于滥用典故,存在一味复古、拟古之势,造成夸张之风盛行。他举例说,明代吴梅村的《永和宫词》堪称与唐代白居易的《长恨歌》相媲美的名篇佳作,然而《永和宫词》通篇充斥典故,不仅吴梅村如此,历来文人皆争以典故来夸耀文采。笹川种郎认为,正是由于崇古之风盛行,拟古文之作大行其道,从而制约了中国俗文学的发展。尽管元代戏曲日渐发达,然而即使在元代戏曲中也充斥着各种典故。他还认为,之所以迟至元代才迎来小说戏曲的黄金时期,是由于长期以来以孔子为代表的儒学限制了中国古代文学的自由发展。而元代作为外来民族,由于没有接受北方文明的教化而被称为"朔北野人",由于"朔北野人"接受北方文明的束缚较少,元代的戏曲小说才得以发展起来,而且元代戏曲小说的兴盛使得"中国文坛的文风至此一变"②。

笹川种郎还指出,中国文学具有很强的排外性,中国古代文学接受周边其他国家文学的影响极少,这不仅是由于中国文学自身发达的缘故,更是中国古代文学的排外性缘故,因此在历史上中国文学给予朝鲜、日本等邻国的文学影响很大,反之极少接受朝鲜、日本等国文学,甚至在中国文学史中几乎找不到接受他国文学的痕迹。

最后,有必要简要介绍一下此书的分期。在此书中,笹川种郎基本上按照朝

---

① [日]笹川种郎:《中国文学史》,博文馆,1898年,第10页。
② [日]笹川种郎:《中国文学史》,博文馆,1898年,第3页。

代顺序加以分期,将中国文学史分为九期。笹川种郎表示,"之所以这样分期,是为了体现每个时代的文学精神,充分呈现每个时代的文学特色"①。其具体分期如下:第一期是春秋以前、第二期是春秋战国时代、第三期是两汉、第四期是魏晋南北朝、第五期是唐朝、第六期是宋朝、第七期是金元、第八期是明朝、第九期是清朝。在笹川种郎看来,三千年的中国文学不断地在走一条循环复古的道路,他举例说,"宋代的思想是春秋战国时代思想的回复,清代的考证学是汉唐训诂学的回复,但是这之间并不是简单的复古""与此同时,不同时代的中国文学又在不断否定前朝的文学,比如对先秦的诸子横议纵说,汉唐的章句训诂是作为其反面出现的。宋代提出的性理说则反对汉唐的章句训诂,而清朝的考据学则反对宋朝的性理说"②。笹川种郎意识到此种"复古"是中国文学发展的规律,指出不同朝代的文学复古现象存在着内在关联,但是他并未认识到,复古其实也是一种创新,综观中国文学发展史,几乎每一次文学革新均是以复古的形式呈现的。

笹川种郎之后的中国文学史,大多数能将戏曲小说纳入文学史的叙述范围,不能不说这与笹川种郎所作的种种努力有关。在此前的江户时期,也曾出现过戏曲小说研究的兴盛,当时日本在日中贸易中大量购入中国书籍,由此而兴起对中国古典小说的训读与翻译,并体现出自上而下对中国俗文学的关注。此时再度兴起的中国俗文学研究热潮,与江户时期并无直接关联,而是受欧洲对中国戏曲小说译介与研究的启发。1885 年坪内逍遥发表《小说神髓》,明确提出小说作为一种艺术形态有其独立的价值,主张小说只受艺术规律的制约,不从属于任何其他目的,对劝善惩恶的传统文学观予以彻底批判。1891 年森槐南在东京"文学会"上,以"中国戏曲一斑"为题对中国戏曲进行演讲,倡导中国戏曲的研究价值。此种评价视角,与文学史领域突出俗文学的人情风俗价值遥相呼应,至此真正的俗文学研究时代呼之欲出了。

在明治中国学家中,笹川种郎属于大器早成的,他 27 岁就出版了《中国小说戏曲小史》,第二年又出版了《中国文学史》。鲁迅认为:"中国之小说自来无史;有之,则先见于外国人所作之中国文学史中,而后中国人所作者中亦有之,然其量

---

① [日]笹川种郎:《中国文学史》,博文馆,1898 年,第 15 页。
② [日]笹川种郎:《中国文学史》,博文馆,1898 年,第 17 页。

皆不如全书之什一,故于小说仍不详。"①鲁迅所言,即包括了笹川种郎的此部《中国小说戏曲小史》。但是以研究中国戏曲小说起步的笹川种郎,后来却转向研究日本史和日本美术史,并未继续中国俗文学研究。有学者认为,此种学术转型作为当时一种普遍现象,说明此时期俗文学研究尚未形成体系:

  这并非是笹川临风独有的经历,而是赤门文士共同的经历,他们在从事中国文学研究或撰写中国文学相关著述的时候,大多都是初出校门甚至还是在校的年轻人。在19世纪最后一二年,当他们相继离开中国文学研究领域的时候,不过才30岁左右,他们的学术生涯才刚刚起步。随着研究的深入和兴趣的转移,他们大多在后来转移了研究方向,如藤田丰八转向了东洋史,笹川临风转向了日本文化史,并且继续在各自的研究领域继续做出不俗的业绩。而真正出现以中国俗文学研究为终生事业的学者,要等东京帝国大学、京都帝国大学等日本国立最高学府开设中国文学专业之后。②

  笹川种郎的《中国文学史》与《中国小说戏曲小史》的价值,不仅是对作家作品的叙述,也在于对中国文学发展演变规律的思考,更在于改变了长久以来唯诗文至上的传统文学观。可以说,明治时期以笹川种郎的戏曲小说研究为契机,迎来了中国俗文学研究的新时代。反观中国本土,尽管明末清初曾出现过李渔(1611—1680)这样的戏曲大家,并撰写了有关戏曲理论专著,然而实际上仍重于词采和音律,将戏曲当作诗、词或曲的一种特殊样式来欣赏与品味,以诗词的"抒情性"来评价戏曲,从而忽略了戏曲艺术的自身特点,因此究其本质无异于传统诗话与词话。③ 李渔以外,清代其他戏曲评论之著,同样基于感悟与体验,难以构成完整评论体系。中国真正迎来俗文学研究的自觉时期,则是20世纪30年代了,一如郑振铎在《中国俗文学史》(1938)中所言:"俗文学不仅成了中国文学史主要的成分,而且也成了中国文学的中心。"

---

① 鲁迅:《中国小说史略》,商务印书馆,2011年,第4页。
② 张真:《笹川临风学术生涯及其中国俗文学研究述论》,《江苏科技大学学报》(社会科学版)第16卷第2期,第56页。
③ 参阅杜书瀛:《论李渔戏曲美学的突破性贡献》,《贵州社会科学》2010年第3期。

第五节　久保天随：个性与才气兼具的文学史家

久保天随(1875—1934)，号天随，又号默龙、青琴、大狂、兜城山人，生于日本东京。据说他少年早慧，十四五岁便熟读《庄子》。明治二十九年(1896)入东京大学汉学科，明治三十二年(1899)毕业。他精通汉语、英语和德语，在东京大学期间开始发表汉诗，并在《帝国文学》杂志担任编辑委员。东京大学毕业后，任职于日本法政大学、陆军经理学校、大礼纪录编纂委员会等。

久保天随最初的兴趣在于儒学，早年著有《日本儒学史》(博文馆，1904)、《近世儒学史》(博文馆，1907)，此后逐渐转向中国文学。1897年至1903年，连续在《帝国文学》杂志发表了与中国文学相关的论文，后来出版的《中国文学史》(1903)即是在这些论文的基础上完成的。久保天随的著述极其丰富，所著汉诗集、汉文汉诗评译、纪行文集、西欧作品翻译集共140余部，其中与中国文学相关的著述，有《古诗新评》(新声社，明治三十三年)、《韩退之》(钟美堂，明治三十四年)、《四书新释》(博文馆，明治三十四至三十五年)、《汉诗评释》(人文社，明治三十六年)、《李杜评释》(隆文馆，明治四十一年)、《唐诗选新释5卷》(博文馆，明治四十一至四十二年)、《菜根谭详解讲义》(博文馆，明治四十三年)、《孙子新释》(博文馆，明治四十四年)、《中国大观》2卷(金尾文渊堂，大正五年)、《中国戏曲研究》(昭和三年)等。[1] 此外，他还在《中国文学评译》丛书中撰文评论《三国演义》《水浒传》，向日本读者介绍《儿女英雄传》《金瓶梅》《西厢记》《长生殿》等名著，使更多研究者认识到中国古典小说和戏曲的价值。

---

[1]　[日]川合康三主编：《中国的文学史观》，创文社，2002年，第64页，芳村弘道执笔。

一、对于中国文学的总体认识

1903年,久保天随的《中国文学史》由人文社出版,1904年又推出了早稻田大学版的《中国文学史》。后者作为早稻田大学讲义录,早在1901年便开始写作,因此尽管发行时间晚于人文社版,但若以写作时间而论,其实早稻田大学版在前。①

在人文社版的《中国文学史》(1903)卷首,久保天随提出撰写中国文学史的三项标准,即务求记述文字简明清楚,具有精准理论根据,对作家及作品公平的批评态度。② 此三项标准并非泛泛而谈,而是针对当时中国文学史的实际情况。当时日本已出版的中国文学史普遍存在冗长杂沓、内容繁复现象,以至于很多人读过之后不知所云,不明白究竟何为中国文学。因此,久保天随提出的第一项标准就是简明清楚。第二项标准的"具有精准的理论",则主要针对普遍存在的泛文学观而言。当时的中国文学史家,往往视"文学"为文章、学问之义,文字沿革、诏书、诸子学说等充斥中国文学史,文学史缺乏科学有序的理论加以统领。久保天随指责此种将文学与史学、文学与哲学混为一谈的做法,认为这些中国文学史只徒有西洋文学史的外表,内在的文学观与研究方法却是滞后的。他断言:"在此之前虽然出现了两三部称之为中国文学史的作品,但无非是见识浅薄学者之作,连丝毫的学术价值也没有。"③有鉴于此,他倡导有意撰写中国文学史之士首先要搞明白"文学""文学史"的概念,务必以精确的文学理论为指导。久保天随提出的第三项标准是"对作家及作品公平的批评态度"。这是基于当时日本社会对中国文学的排斥与偏见,他认为,秉持公正客观的批评态度是文学史家最基本的要求。他不避讳在他的文学史中大量引用沈德潜、赵翼等人的观点,并表示"只要古人言之有理且符合自己的观点,便加以采取,这并非彻头彻尾的盲从"④。同期出版的中国文学史,引用中国文献的并不在少数,但有可能为回避起见,有些甚至完全不标出处与作者。

---

① [日]川合康三主编:《中国的文学史观》,创文社,2002年,第72页,芳村弘道执笔。
② [日]久保天随:《中国文学史》,人文社,1903年,第3页。
③ [日]久保天随:《中国文学史》,人文社,1903年,第2页
④ [日]久保天随:《中国文学史》,人文社,1903年,第3页。

久保天随还认为,中国文学研究,既不应局限于对作家作品的个案研究,也不应限于注释与鉴赏,而是要从学理上加以升华,以此勾勒中国文学发展的历史脉络,叙述文学演变的规律,"文学""文学史"应当担当此重任。

在他看来,任何艺术均以内容与形式的协调为最上乘,文学史研究要顾全文学作品的内容与形式两方面,不能只关注作品的思想,忽略作品的形式。在此基础上还要关注"时代共同思想"与"个人性情"相结合的问题:

> 所有的艺术,以形式与内容的调谐为最上乘。文学史的研究不能对此二者有轻重之别。由于所有的艺术作品都是一个时代的共同思想与个人性情相结合的产物,研究具体的文学作品时需将两者加以区分。①

此处的论述,可能受到泰纳的文学理论的影响,强调文学作品是时代共同思想与作家个性的统一体,与泰纳提出的"时代精神"颇为契合。泰纳提出,要了解一件艺术品、一个艺术家、一群艺术家,要设想他们所属的时代精神与风俗,久保天随对中国文学的阐释也正是由此展开。如唐初诗坛,改变了六朝以来华靡柔弱的文风,充满昂扬向上的时代精神,其诗作也有相应体现,因此产生初唐四杰。至开元、天宝年间,唐朝进入全盛时期,沐浴在欣欣向荣的时代氛围中,李白的飘逸不羁、杜甫的沉郁顿挫、孟浩然的淡泊清新、王维的玄妙精致、高适与岑参的豪迈奔放,均贯穿了一种开阔大气的时代精神。及至晚唐,即使是描写同样的景物,虽然其诗作也具有空灵优美之感,却无法再现盛唐的恢宏气魄,此即为时代总体精神与作家个性结合的具体体现。凡此种种,泰纳的理论在此部文学作品中如影随行。可以说,以泰纳理论构建中国文学史,以"种族、环境、时代"三因素学说来把握中国文学的特质,从古城贞吉、儿岛献吉郎、笹川种郎至久保天随,已演绎为叙述中国文学史的固定模式。尽管此模式后来为历史审美模式所代替,但是在构建中国文学史初期,此模式无疑具有重要的学理意义,其使中国文学史在建立之初,并未流于传统史学的纪事体与纪事本末体的叙述形式,也未囿于传统的文苑传、目录及批评,而是试图对中国文学发展的总体规律进行思考与挖掘。

在早稻田大学版《中国文学史》(1904)中,久保天随进一步叙述了对文学、文学史的理解。他认为,文学史是国民的文学史,是以科学方法叙述国民特有文学

---

① [日]久保天随:《中国文学史》,人文社,1903年,第2—3页。

的起源变迁及发达的轨迹。并再次重申,文学及所有艺术均以内容与形式的协调为最上乘,对此二者不应有轻重之别。对此他解释,文学史的内容是针对国民理想而言,形式则反映了国民好尚与艺术趣味,前者借助社会学、心理学的辅助,从历史角度探究一般人文关系,后者则依据美学、修辞学的规矩加以评量。与此前的儿岛献吉郎、笹川种郎如出一辙,久保天随也从人种、地域角度思考中国文学,他认为从根本上讲,汉族人种具有实用主义倾向,缺少余暇去进行心灵空想,因此汉族人种的文学也缺少一种理想主义,此为中国文学的特质之一。中国文学的另一个特质是强烈的排他主义,除佛教以外,中国文学几乎不接受任何外来因素,排他、自尊、保守风气的养成,使中国文学始终贯穿着崇古理念,作为文学载体的象形文字更加强了此种拟古之势。

久保天随以近代西方文学观为依据,对中国文学进行评价,总体而言能切中要害,但存在的弊端也较为明显,此弊端并非局限于久保天随一人,而是为明治文学史家共同存在,即所述过于绝对、笼统,存在以偏概全的问题,缺乏文学历史差异性探讨。真正对中国文学进行全面、客观分析是在大正时期展开的,如1920年铃木虎雄针对中国文学的历史情况,提出"魏晋文学自觉说",认为尽管汉末以前中国不曾离开道德论的文学观,但是"魏的时代是中国文学的自觉时代"。鲁迅对此认同并在《魏晋风度及文章与药及酒之关系》中沿用铃木虎雄此说,认为曹丕所撰的《典论》倡导"诗赋欲丽""文以气为主",反对那些寓训勉于诗赋的见解,开创了"文学自觉时代"。因此,如果对于中国文学进行笼而统之的评价,可能会造成读者对中国文学的误解,实际上中国地域之广、历史年代跨度之久,导致中国文学的丰富性与复杂性在世界范围内也较为少见。如盐谷温(1919)所言,尽管中国文学由于儒学所限,神话传说与小说在儒家典籍中保存较少,但在道家等诸家典籍中则并不少见,因此对于小说研究不能只考虑儒学因素。又如中国文学有排他主义倾向,而唐代又是一个特例,其对他国及少数民族文化的接受颇为广泛,吸纳、消化达到水乳交融的状态。

二、有关填词的叙述

久保天随在批驳同时代的其他文学史的基础上,宣称自己的著述是"第一部真正意义的中国文学史"①。他是日本人中少见的个性强烈的人,他丝毫不掩饰自己对中国文学史的创见,譬如在填词方面,他认为此前的文学史家"并不懂得平仄规律",因此不能更为透彻地理解杂剧与传奇,宣称自己才是"在中国文学史中对填词进行叙述的第一人":

> 世间一般的文学史家未有论及"填词"的,这是因为他们并不懂得平仄的规律。如果不懂得填词,那么对于元代特有的文学形式"杂剧""传奇"就不能很好的展开研究。现今的情况是,坊间流行的两三部中国文学史还不能对"填词"进行论述。填词,是以声调限制律语的一种,始于六朝,至唐代中叶开始发芽,五代时期逐渐成长起来,至宋代开出了绚烂的花朵。之所以填词在宋代兴盛起来,是由于自唐代中叶的韩愈、白居易开始已经出现了散文化倾向。尽管宋代的诗歌也不乏佳作,但是诗歌发展至宋代已经有一些陈腐之气。与诗歌相比,填词更有清新刚健的气息,因此逐渐流行起来。加之南渡以后散文衰落下去,一代才人艺士倾力于填词,填词因此愈加发展起来。②

> ……宋代的词家在南渡以后愈发兴盛起来,有关宋词的评论著述也多起来,现举其中的参考书说明如下。如果想要了解有关填词方面的问题,可以看夏秉衡的《清绮轩词选》,又名《历代词选》。如果想要了解得更多一些,可以看《花间草堂》与《三朝词综》,都是一些绝妙好词,对于了解南宋的好词很有参考价值。如果想要了解词的作法,可以看《词律》《词学全书》。至于田能村竹田的《填词图谱》,则所见只是九牛一毛,根本不起任何作用。康熙勅撰的《钦定历代诗馀》收历代词九千余首。……词分南北两派,南派婉约,北派豪放。婉约派追求词的蕴藉,豪放派则偏重气象的恢宏。很多词人以南派为正宗,视北派为变体。③

久保天随不仅首次在文学史中对"填词"进行了介绍,而且论词往往不落俗套,颇具个性,此由他对苏东坡的评价可见一斑:

> 苏东坡的诗文,有他年少时所读庄周、贾谊、陆贽的风气,飘忽变化似庄子,俊逸雄健似贾谊,圆转周到似陆贽。不仅如此,他将古代名家的长处在其

---

① [日]久保天随:《中国文学史》,人文社,1903年,第2页。
② [日]久保天随:《中国文学史》,人文社,1903年,第273—274页。
③ [日]久保天随:《中国文学史》,人文社,1903年,第309—310页。

作品中以适当的方式表现出来,但又不似鹦鹉学舌般生搬硬套。他将诸家之妙集于一身,而又自然巧妙地同化之,在中国文学上有特绝的地位。①

三、有关戏曲小说的叙述

久保天随在他的《中国文学史》(1904)中,开辟专章叙述戏曲小说。他认为,《琵琶记》为中国戏曲代表,《水浒传》《三国演义》为中国小说代表。他对《金瓶梅》也有所关注并对鲁迅产生了影响:

> 在评价《金瓶梅》时,他继笹川将此书与《西游》"相并",并认为能将复杂的角色"个个性格,巧妙出之"之后,又进一步肯定它在语言方面的风趣性,并敏锐地指出这是一部"人情本的元祖"。后来的盐谷温又说《金瓶梅》描写"市井小人底状态非常逼真,曲尽人情的微细机巧"(《中国文学概论讲话》)云云,都或多或少地对鲁迅在《中国小说史略》中将《金瓶梅》定为"最有名"的"人情小说"产生了影响。②

他对于戏曲小说的叙述,仍在于作家介绍及作品内容、艺术成就的评论,尽管也涉及作者及版本问题的考证,但均未展开详述。以《水浒传》为例,日本藏有颇有价值的《水浒传》古本,如冈岛冠山曾翻刻的明刻本李卓吾批点《忠义水浒传》一百回本的第一回到第十回(1728年刻),冈岛冠山《忠义水浒传》百回本的日文译本(1907年排印),一百一十回本《忠义水浒传》(《三国志》与《英雄谱》合刻本)等,但久保天随对此并未予以关注。真正对《水浒传》古本展开研究,要等到大正时代,彼时青木正儿有意识地搜集古本《水浒传》,并曾将日本京都府立图书馆藏的一百二十回本《忠义水浒传》(明刻本)及《三国志》与《英雄谱》合刻本的回目和序例抄录寄给胡适。

此外,将人文社版(1903)与早稻田大学版(1904)的《中国文学史》加以对照,会发现两个版本在文学史分期上有所不同。人文社版以历史时代顺序进行分期,共分十二讲,分别是三代文学、周末文学(北方文学)、周末文学(南方文学)、周末

---

① [日]久保天随:《中国文学史》,人文社,1903年,第292—293页。
② 黄霖:《日本早期的中国文学史著作》,《古典文学知识》1999年第5期,第100页。

文学(中部思潮)、两汉文学、魏晋文学、六朝文学、唐代文学、宋代文学、元代文学、明代文学、清代文学。此版在目录层级上只有一级,并未下设子目录。在比例安排上,先秦部分的叙述多达135页,占全书三分之一,而元明清三代文学共计120页。对此久保天随的解释是,之所以详述先秦文学,是因为"先秦时代的典籍,是汉族文化的渊源,具有十分重要的研究价值"①。他同时也坦承,对于元明清的小说戏曲,自己没读过的很多,因此难以展开详细的叙述。

早稻田大学版中国文学史分四期,分别是"上古文学""中古文学""中世文学""近世文学",此外,在"序论"中对"中国文学研究的必要性以及方法""中国文献的九大散遗""中国文学一般的特质""中国文学的分期"进行了论述。久保天随对此解释,太古至秦为中国文学的第一期,此时期是中国文学的起源,反映了全民的集体精神生活,作为国民文学的基础而确立,以邹鲁为中心的北方思想与勃兴于春秋战国间的以荆楚为中心的南方思想,两大思想混杂并流,在二者之间形成中部思潮,其汇流的结果是,至秦天下一统,形成开国大势,因此至此划分为第一期。第二期中古文学由汉初至隋末,久保天随认为,此时期突出特点是独立思想的缺乏,诸种文学皆似出自技工之手,较之内容,更重视形式。但值得注意的是,此时期老庄思想流行,加之佛教思想输入,均对文学产生较大影响,有鉴于此,将此时期的文学分为两汉文学、魏晋文学、江左文学三部分叙述。第三期是中世文学,久保天随认为,由唐至宋,是中国文学的黄金时期。唐诗宋文,作为寻常口语,其价值已被公认,而佛教思想与固有的思想融合,促进了新哲理思想的勃兴,中国的思想界至此达到最高峰。第四期是近世文学,由元迄清,据久保天随所述,此阶段由于异族人种入主中原,思想束缚得到缓解,其他文学形式渐成衰落之势,但谓之俗文学的戏曲小说兴盛起来,以此为近世文学,按照元明清的顺序加以叙述。从上述分期看来,久保天随已能自觉地从文学特征及文学形式的角度加以把握,并集中于对文学现象本身的关注。与人文社版(1903)的《中国文学史》相同之处在于,早稻田大学版(1904)的《中国文学史》也突出上古文学和唐宋文学的叙述。从早稻田大学版的具体比例来看,"第一期上古文学"186页,"第二期中古文学"(包括"两汉文学""魏晋文学""江左文学")共194页,"第三期中世文学"

---

① [日]久保天随:《中国文学史》,人文社,1903年,第2页。

中"唐代文学"部分117页,"宋代文学"76页,"第四期近世文学",包括"金元文学""明代文学""清代文学"在内,共计221页,其中"金元文学"70页、"明代文学"70页、"清代文学"80余页。将"上古文学"作为叙述重点,可能与久保天随本人的研究方向有关,因为久保天随最初的学术研究即是儒学。不过,突出"唐宋文学"价值,详述唐宋文学作品,并非久保天随的个人偏好,而是明治时期日本人的普遍好尚。如前所述,当时日本人对于中国,普遍认为古代中国与当代清朝是两回事,前者代表文明富庶,是给予日本文化给养的值得尊敬之国,后者则被视为落后与愚昧的代名词。① 此种看法不可避免地造成对中国文学理解的片面性,致使19世纪末日本的中国文学研究更倾向于唐宋诗文,即使20世纪中学教材所选的汉文学也只限于诗文,时代在北宋前后。对于南宋及元明以后的文学,一般学生并不阅读。② 可见,在文学研究领域厚古薄今的现象始终存在。

至此,以久保天随的两部《中国文学史》为中心,介绍了久保天随对中国文学的认识。值得一提的是,尽管他表示由于研究资料不足和阅读所限,对元明清部分所述过于简略,但毕竟在《中国文学史》中开辟了戏曲小说的专门章节,此不仅值得肯定,同时也说明至此对小说戏曲价值的认可已成为明治中国文学史家的一种共识。作为明治时期最后一部中国文学史通史,久保天随做出了颇为有益的贡献,如他提出文学史撰写的"三标准",以及对文史哲混为一谈现象的批评,均对进一步厘清"文学"概念及确立文学史的书写规范起到推动作用。他的《中国文学史》作为大正时代前夜的序曲,在中国文学史发展史上具有难以替代的意义。

---

① [日]吉川幸次郎:《我的留学记》,张明杰主编,钱婉约译,中华书局,2008年,第191页。
② 传田章:《日本的中国戏曲研究史》,《文学遗产》2000年第3期,第103页。

第六节　盐谷温：近代中国俗文学研究的集大成者

盐谷温(1878—1962)，号节山，1902 年毕业于东京大学，日本近代知名中国学家，中国俗文学研究的开创者之一，与狩野直喜并称为日本近代中国俗文学研究的"东西两鼎"。他的开创之功在于，1912 年在东京大学主持中国文学讲座，讲授元曲选、中国小说史等课程，使俗文学正式登上大学讲坛。① 同时，他也是日本近代最早以俗文学为终生事业的学者，他的《中国文学概论讲话》(1919)，以研究中国小说与戏曲而著称于世。在此之前的中国文学史，往往以先秦文学、唐宋文学为主，盐谷温首次打破此种惯例，在他的《中国文学概论讲话》中，第六章戏曲达 130 页，第七章小说更高达 183 页，全书总计 473 页，小说戏曲占 65%。可以说，从盐谷温开始，俗文学不仅进入了文学史，而且一跃成为文学史的主角，日本近代中国文学研究风气亦随之一变。

促使盐谷温进行俗文学研究的有三方面原因。首先是来自日本国内的影响。在东京大学期间，他师从森槐南学习词曲，为日后开展中国俗文学研究提供了学术积累。此外，狩野直喜的学术启发也是不容忽视的因素，盐谷温日后在东京大学开设中国文学讲座，实际上是受到狩野直喜的影响。在《中国文学概论讲话》中，盐谷温详细介绍了狩野直喜赴欧洲追踪斯坦因、伯希和敦煌考古文献的情况，并引用了狩野直喜的《〈水浒传〉与中国戏曲》一文，认同狩野直喜关于水浒戏早于《水浒传》在社会上流传，并形成于元末明初的结论。

---

① 狩野直喜于 1908 年开始在京都大学讲授中国文学史，与盐谷温并称为近代俗文学研究的"东西两鼎"(严绍璗语)，并早于盐谷温在大学中讲授元曲。

其次是来自欧洲的文学理论与研究方法的影响。1906年盐谷温受日本文部省派遣赴德国留学,其间接触到欧洲的俗文学理念,当时欧洲对中国戏曲、小说价值的认可,以及对中国俗文学作品的翻译,对盐谷温产生了深刻影响,并成为构建盐谷温文学观的主要来源。盐谷温在《中国文学概论讲话》中谈到,当时欧洲对中国的戏曲小说很有兴趣,有介绍中国戏曲小说的欧文译本《汉籍解题》,且《西厢记》《琵琶记》已出版法文译本。1948年《中国文学概论讲话》再版时,盐谷温再次谈到欧洲对中国戏曲小说的翻译,对此感慨:"近年来,《水浒传》《三国演义》《金瓶梅》的英语、德语全译本均出版了,欧洲在中国俗文学译介上走在了日本之前。"受欧洲俗文学研究从语学入手的启示,盐谷温赴北京学习过一年汉语。在此方面,他与明治时期的中国学家存在明显不同,后者尽管具有阅读中国典籍的能力,但大多数人不会说汉语。

再次是中国本土研究对盐谷温的影响。盐谷温在《中国文学概论讲话》(包括再版)中大量征引中国古代尤其是清代的研究成果,对叶德辉、王国维、鲁迅、胡适、郑振铎等中国当代学人也多有介绍。如果说盐谷温在德国留学期间,更多接受了俗文学观的理念与研究方法,那么中国留学经历则使他获得了有关元曲的实证成果。他在中国期间,除在北京学习一年汉语以外,主要在长沙跟随叶德辉学习元曲,此次求学令他在元曲研究上颇获进益,多年后回忆起这段留学往事,他仍对叶德辉充满感激,称"先生倾其底蕴以授余",并在《中国文学概论讲话》中多次提及叶德辉的学术成就:

> 历来研究中国文学,都未脱离古典诗词文赋。西洋的研究方法与此不同,他们往往从语学入手,这是由于西洋的研究者偏重通俗文学的缘故。之前我为了在东京大学开设中国文学讲座,曾去中国和德国留学。在德国学习到西洋学者的文学研究方法,在中国从语学开始进入中国小说研究,后来师从叶德辉先生学习中国戏曲,颇有所得。回国后,开始研究中国的元曲,可谓筚路蓝缕,终于在中国文学研究领域开拓出元曲的一方田地。①

为表达对叶德辉的感激,在《中国文学概论讲话》中,盐谷温将叶德辉的赠别诗置于卷首,旁侧写有一段文字:"叶德辉先生,字焕彬、号郋园,湖南长沙人。博

---

① [日]盐谷温:《中国文学概论》,弘道馆,1948年,第2页。

览多识,藏书丰富。编著亘及四部六十八种、五百余卷。尤擅考证,深谙小学,兼通词曲。余留学中,从游之一年半,随先生习元明曲学,此诗乃归国之际先生惠赐。"①可以说,在俗文学尤其是元曲研究上,盐谷温借鉴了叶德辉的研究成果,并以大量中国古代文献为参考书籍。

促使盐谷温成为近代中国俗文学研究大家的,除以上三种因素以外,还在于当时俗文学研究已经成为一种风气。如新体诗运动、坪内逍遥的《小说神髓》、和歌改良与戏剧改良等行动,均在不同程度上推进了近代西方的文学观念与研究方法变革,而通过翻译西方小说,更进一步确立了小说的独立价值。因此,盐谷温的《中国文学概论讲话》,正是在日本国内研究方向发生转变、近代文学价值体系逐步形成的过程中应运而生的。

1919年,盐谷温的《中国文学概论讲话》由大日本雄辩会出版,出版后历经波折,几近绝版。1948年日本弘道馆对此书进行再版,盐谷温的弟子内田泉之助在后记中记述了再版经过:

> 恩师的《中国文学概论讲话》于大正初期出版以后,成为中国文学研究领域的跨世纪的名著,后学莫不得益于此书。可是在关东大地震以后,《中国文学概论讲话》几乎绝版,书店里根本找不到此书。我等多次请求先生再版,然而先生认为如果再版须全面修正增补,并不肯轻易答应。此后先生公务繁忙,多次远赴他国,游学欧美,我等再版此书的愿望几成泡影,一晃十余年过去。昭和十二年先生退出大学的讲堂,然而仍旧没有修订旧著的余暇,此后蒙弘道馆主恳请,直至昭和十七年夏天先生开始着手整理旧著。②

1919年此书出版后,因日本关东大地震而几乎绝版,盐谷温迟迟不肯修订再版,在弟子和出版社的恳请之下,直至1943年才决定对《中国文学概论讲话》进行修订,此时距1919年初版时已有24年。盐谷温对原书内容进行增补,尤以戏曲小说部分为主,委托内田泉之助负责校对。由于战争等因素的影响,校对、出版经历了极其艰难的过程,几经辗转终于在1947年出版了上编,一年后出版了下编,遗憾的是,所配插图大部分在出版社的一场火灾中付之一炬。在盐谷温和内田泉

---

① [日]盐谷温:《中国文学概论》,弘道馆,1948年,卷首第1页。
② [日]盐谷温:《中国文学概论》,弘道馆,1948年,第473页。

之助看来,此书最终得以再版已是一种"天运"。

在再版自序中,盐谷温对中国文学进行了定位,他认为,"唐虞开世文教夙,历经夏、殷、周三代,春秋战国之际,诸子百家辈出,诗书礼乐灿然,中国成为哲学、文学源泉之国。诗文经汉魏六朝的发展,至唐代而全盛,在宋代而集大成,戏曲勃兴于金元,小说烂熟于明清。汉文、唐诗、宋词、元曲为中国文学四大宗"①。他还认为,尽管小说在中国历来被称为卑琐之物,但其实中国小说的成就足以称霸世界文坛,而且种类极其浩瀚纷繁。

近代对戏曲小说价值给予肯定的,非始于盐谷温,但是盐谷温与明治中国文学史家的区别在于,他不仅充分认可中国戏曲小说的价值,而且征引历代资料,说明其源流演变,以西方文学理论为依托,对中国俗文学的发展线索进行考证与分析。在其本人的诸多研究中,尤以小说研究最为突出。他勾勒了中国小说形成、发展的大致轮廓,认为神话传说是中国小说的萌芽期,两汉六朝是中国小说的形成期,唐代是中国小说的发展期,明清是中国小说的成熟期。迄今为止,尽管对中国小说研究在深度与广度上不断拓展,但其实并未离开盐谷温所设定的基本框架,其中有些见解也为学术界长期沿用。正如内田泉之助所言,"在当时的学界,叙述文学发达变迁的文学史虽不少,然而叙述文学的种类与特质的著作并未得见,因此举世推称此书,尤其论戏曲小说,多前人未到之境,筚路蓝缕,担负着开拓之功"②。客观而言,内田泉之助的评价,并非过誉之词,此书出版后的确引发广泛关注,对后学更是颇有启发之功。

概而言之,盐谷温的《中国文学概论讲话》的成就主要体现在以下几方面:

一、由汉语语学进入中国文学研究

盐谷温认为,近代西洋研究中国俗文学,其初衷是学习汉语的需要,因为俗文学是学习汉语的最好范本。在此过程中,西方学者逐渐由语音、文字而论及文学。受此启示,盐谷温将语学引入中国文学研究,并通过分析汉语语音及语法特征,阐

---

① [日]盐谷温:《中国文学概论》,弘道馆,1948年,第1页。
② [日]盐谷温:《中国文学概论》,弘道馆,1948年,第473页。

述其与中国文学之间的关联,他认为:

> 文学是用语言来表达思想情感,因此与语言关联密切。汉语作为单音节孤立语,这一特点对中国文学影响非常大,因此在中国文学史的序论中,我首先要从汉语的音韵学谈起。而文字作为语言的一种固化的形态,通常分为象形和音标两种,中国的汉字属于前者,与中国文学密切相关,因此在音韵学之后要论及中国的汉字发展的概略。①

盐谷温还认为,总体来看,汉字具有"优美典雅"的特征,因此他用两个章节来叙述中国的音韵与文字,以此为切入点探讨中国文学的特质。在第一章"音韵"中,他从"汉语的特质""四声及六韵""字母及反切"三方面论及汉语语音之美,认为以汉字书写的中国文学具有独特的音律之美。第二章"文字"部分,主要叙述了"汉字的特性""文字的创作""六书""书体的沿革"等内容,他认为汉字不仅成就了灿烂的中国文化,对日本文化也深具意义:

> 汉字一字一义,一个汉字对应着一个概念,这使得汉字在表达意义的永久性上非常具有优势。虽然在学习汉字的过程中会感到困难,但是运用起来却非常便利。汉字的字画简洁明了,颇具直觉性,便于表现概念一体化,而且汉字具有独到的典雅优美。在印刷术不发达的时代,汉字的繁复结构为人所不满,但是随着印刷机械的改良,这种困难迎刃而解。如果日本废除汉字,会造成很大不便。学校的讲义将无法印出,而且假名和罗马字虽书写方便,阅读却是问题。由于汉字为义字之故,如果不能理解汉字,笔谈也无法进行。②

由上可知,盐谷温对汉字价值的肯定,实际上是对当时废除汉字主张的抵制。当时日本民族主义派认为汉文化已经过时,主张全面废除汉字,甚至出现过激进的罗马字体运动与假名字体运动,对此盐谷温认为,如果废除汉字,不仅会无法阅读日本古籍,也无法与中国文人进行笔谈沟通,他本人在长沙与叶德辉之间的学术交流,主要即是依靠笔谈。

盐谷温从语言与文学的角度提出,汉字具有独到的美感,并且汉语的语音具有独特的音律之美,汉语是一种富有文学表现力的语言。此种对汉字、汉语的看

---

① [日]盐谷温:《中国文学概论》,弘道馆,1948年,第3页。
② [日]盐谷温:《中国文学概论》,弘道馆,1948年,第32页。

法,此前出版的中国文学史中也有所论述,如古城贞吉(1897)也指出,象形文字所具有的美术感与诗歌之间有相通之处,中国古代文化中诗歌与绘画一体,而象形文字本身即是一种绘画,因此中国文学也具有一种绘画之美。笹川种郎(1898)也谈及,汉字与中国文学之间存在着内在关联,"中国文字演变的顺序首先从象形字开始,之后才是指事、谐声、会意、转注、假借。以象形文字为基础的汉字,多同义字与多音字,如此一来,一个汉字便具有多重作用,表达简练而富有美术感。但是汉字也存在粗疏散漫的问题,容易产生歧义,实际上中国象形文字的特点对于中国文学产生了一定影响"①。久保天随(1903)则认为,"中国的汉字以象形字为主,此对于中国文学产生了很大影响。首先,象形文字限制了语言的变化,助长了中国文学的形式主义与拟古主义;其次,由于象形文字很难书写,因此中国古代文学作品简洁而精练"②。大正以后,随着文学观的逐渐转变,由注重文学的外部因素逐渐转为文学内部因素的考察,因此对于汉字与中国文学关系的叙述渐趋减少。不过,也有学者对此问题表示关注,如内田泉之助《中国文学史》(1956),即是从叙述中国的语言与文字开始,而狩野直喜的《中国文学史:上古至六朝》(1970)也是从汉语修辞、中国文字的起源等方面探讨与中国文学的关系的。

盐谷温用两个章节来说明汉语的语音与汉字,其实是为做展开叙述俗文学进行铺垫。他意识到语言与文学之间是互为表里、互为依存的关系,因此尝试从汉语语学的角度切入中国文学研究,试图开辟一条与明治文学史家的不同之路。在《中国文学概论讲话》中,他对于中国文学所进行的文体分类,也是基于遣词用字的不同。他将中国文学分为"散文"与"韵文"两大类,在此基础上,根据作者创作意图进一步区分为"主观""客观""主观与客观相结合"三类,以"形式"为经,以"内容"为纬,勾画中国文学文体分类的图表:

(散文)⇨议论文(主观)、记叙文(客观)、小说(主观与客观结合)

(韵文)⇨抒情诗(主观)、叙事诗(客观)、戏曲(主观与客观结合)

PS1:日本的戏曲属于散文,中国以及西洋的戏曲属于韵文。

PS2:由于议论文与抒情诗是表达著者的思想感情,因此将之归于主观文

---

① [日]笹川种郎:《中国文学史》,博文馆,1898年,第13页。
② [日]久保天随:《中国文学史》,人文社,1903年,第4页。

和主观诗,记叙文和叙事诗则是关于人物事件的性质、状态、动作、过程的描写,因此是属于客观文学。至于小说、戏曲,是将著者的思想(主观)付诸事实(客观)的描写,或者是将事实(客观)改造成自己的思想(主观)加以叙述,因此可以说是主观上的客观,或者说是客观上的主观的产物。而诗歌与文章根据内容的不同,有记事与论说之别,或是某种主观的陈述,或是客观的记载,叙述中穿插有议论,议论中亦夹杂叙事。由于诗歌文章蕴藏纵横变化之妙,纯粹的主观文与客观文在实际上很少。①

从此角度出发,盐谷温将《中国文学概论讲话》分为上、下两编,上编叙述音韵、文字、文体、诗式、乐府及填词及戏曲。其中戏曲部分,从唐代歌舞戏、宋杂剧、金院本、元北曲、明南曲五方面来勾勒中国戏曲发展过程。在"元北曲"下细分五个小项,分别介绍北曲的勃兴、北曲的作家、北曲的作品、北曲的体制,并将《汉宫秋》与《西厢记》独立成章加以详述。与此对应,在"明南曲"下也设有三个小项,分别是南曲的发展、南曲的体制、《琵琶记》与《还魂记》。此书的下编叙述中国的小说,也可视为一部独立的中国小说史。其中神话传说、两汉六朝小说、唐朝小说、敦煌发现的俗文学、通俗小说五部分环环相扣,从小说的渊源(神话传说)直至标志古典小说巅峰之作的《红楼梦》,叙述完整而连贯,并将"全相平话""四大奇书""三言二拍""今古奇观""红楼梦"整合为通俗小说,以区别于唐代小说及敦煌发现的俗文学。

以文体分类的形式来叙述中国文学源流与演变,是盐谷温《中国文学概论讲话》的一大特色,正如他本人所言,"中国文学史是纵地讲述文学的发达变迁,中国文学概论是横地说明文字的性质种类"②。实际上,近代文体分类最早起源于18世纪的欧洲,彼时文体分类研究的文学史模式在西欧已初具规模,盐谷温采取文体分类叙述中国文学,是对欧洲文体分类方式的借鉴,同时也是基于中国文学自身特点的考虑,"中国是文学的古国,其诗歌文章的形式多种多样,因此本书分文体与诗式加以详述,此外还要叙述乐府填词。小说、戏曲是先儒未蹈之境,其种类性质及历史沿革也是文学史所要论及的"③。体现在《中国文学概论讲话》中,

---

① [日]盐谷温:《中国文学概论》,弘道馆,1948年,第57—58页。
② [日]盐谷温:《中国文学概论》,弘道馆,1948年,自序,第3页。
③ [日]盐谷温:《中国文学概论》,弘道馆,1948年,自序,第3页。

为纵向与横向的相互贯穿,既有戏曲历史轨迹的叙述,同时又兼顾了作家作品。

二、从社会风俗的角度考察通俗文学

盐谷温叙述的重点无疑是通俗文学,尤以小说为主。盐谷温认为,真正有国民文学意味的小说始于宋代,通俗小说发展的大致脉络是:始于宋代,至元代大为兴盛,经过明代的进一步发展,至清代出现了标志白话小说高峰的《红楼梦》。盐谷温叙述通俗小说,与明治时期的中国文学史不同,尤其表现出对社会风俗的关注,从社会风俗角度考察中国俗文学,盐谷温的《中国文学概论讲话》堪称嚆矢。

在此书中,世态风俗是盐谷温考察中国文学的立足点,以下略举几例加以说明。对于元代小说勃兴的原因,盐谷温认为,这不仅是蒙古人醉心汉族文明进行娱乐行为的需要,同时也是蒙古人以杂剧和小说为考察汉族历史与人情风俗的一个捷径。在他看来,由于蒙古族是异族的原因,因此小史戏曲之于蒙古贵族,不仅是文学作品,也是生动的历史与风俗史,蒙古人借此了解汉族的性格特征与生活习俗,以小说、戏曲来完成对汉族人的解读。此外,他评价《水浒传》为"且供研究中国的国民性及风俗研究的一端",认为《水浒传》的价值不仅是一部小说,更是了解中国风俗及国民性格的利器。讲智多星吴用,则会由此联想到中国的人性,认为从吴用的善用妙计、神出鬼没、不可端倪的行为,"可以窥见诡谲阴险的国民性一面"。对于《红楼梦》的论述,也是基于中国人性及社会风俗角度,认为由文学可以看出国民性的一面,"中国是文明古邦,文化烂熟于此,人情风俗十分发达,发展至极则为享乐,遂终至于颓废。犹如中国料理之醇厚,中国人性情亦极为复杂。以淡味刺身与盐烧为好,性情单纯的日本人,对此显然无法理解。中国人初次见面的寒暄,其辞令之精巧,委实令人惊叹。且在外交谈判及谲诈纵横的商略上,充分发挥此特色。从中国文学的虚饰之多,也可看出其国民性之复杂。餐藜藿食粗糠的人不足与之论太牢的滋味,惯于清贫的生活,难以与通温柔乡里的消息,粗犷之人也无法玩味《红楼梦》的妙文"①。尽管此种将特定社会、特殊利益集团的生活场景当成中国人普遍的习俗和心理,存在非历史、超阶级和以偏概全等

---

① [日]盐谷温:《中国文学概论》,弘道馆,1948年,第447页。

缺点,但是从社会风俗角度评价中国通俗小说,在方法论上的确是一种创新。

从社会风俗的角度考察俗文学始于19世纪的欧洲,彼时法国的翻译家将中国小说戏曲译成法语,其初衷正在于向法国民众介绍中国的社会风俗。较之诗文辞赋,俗文学更符合欧洲人的审美心理与阅读期待,因此19世纪的欧洲人普遍认为,中国文学中最具有价值的是通俗文学。对此有学者进行了如下描述:

>开风气之先的雷米萨在《玉娇梨》译序中说得很明确,他之所以把这部才子佳人小说介绍到法国,是因为它是一部"真正的风俗小说",可以帮助人们了解中国文化。他认为,无论在西方还是在东方,小说可以反映不同民族的风俗,"真正的风俗小说"才具有"真正的价值"。他十分推崇《玉娇梨》,称它"能把极其鲜明而又巧妙的形式用于道德评判,能够抓住一些异常微妙的差别,能够成功地描绘出如此精细的习俗和非常进步的文明形态;并且还为时代描绘出真实的画卷。而在同一时代,我们这里却只能产生出拙劣的韵文故事或极其平庸之味的荒诞故事"。他说,由于中国小说所描写的常见主题是"人与人的关系,人的弱点、爱好、道德和习性甚至道德语言","小说中的人物又具有一切可能的真实性"和"与现实的贴切性",由于小说家"力图描绘的理想模式和接受它的那个民族的精神存在着必然的联系",因此它能让人看到中国社会生活、文化生活的诸多方面,了解"难以深入了解的东西",从而更好地认识中国人和中国文明,这是旅行家的游记和传教士的著述无法替代的。他的结论是,如果要深入考察中国文化,中国小说,特别是描写民风世情的小说,"是必须参阅的最好的回忆录"。于连在《平山冷燕》译序中也强调,对一个真正的东方学者来说,"仅仅研究中国人在社会关系中的表现是不够的",还必须"熟悉他们的文学作品",特别是风俗小说。他说:"若要彻底了解我们今后将与之共同生活和互相往来的民族的风俗习惯和性格特征,研究这些作品是十分有益的。"巴赞更直截了当地声称,"以轻佻著称"的所谓"才子书"能让法国人"知道许多在欧洲所不知道的东西"。而19世纪法国读者"都指望从这些有趣而有益的故事中获得某种奇异的东西","都喜欢不费力气就能从中获取有关风俗传统、民族才智以及著名人物性格的认识与了解",这就是为什么中国传奇和才子佳人小说在本时期受到法国翻译家重

视和读者青睐的原因所在。①

盐谷温在《中国文学概论讲话》中也提到法国的巴赞和裘利恩(Stanislas Julien,此处译名据鲁迅的《中国小说史略》笔者注)②,谈到他们较早开始译介中国俗文学,他说:"在西洋的东洋学家,很早便开始介绍中国的元曲。其中法国的巴赞和裘利恩尤为著名,前者编纂了《元曲选解题》,有数种翻译和《琵琶记》抄译,后者由《西厢记》的对译开始,有《赵氏孤儿》和《灰阑记》等译本。"③裘利恩是法国19世纪著名的汉学家,精通汉语和满语,除盐谷温所提到的译作外,还翻译了《看钱奴》《货郎担》《合汗衫》《冯玉兰》《窦娥冤》《汉宫秋》,以及小说《三言二拍》(部分)、《平山冷燕》、《大唐西域记》等,并重译阿贝尔·锐摩沙译过的《玉娇梨》。裘利恩对中国俗文学的译介,从在法兰西学院教授汉语开始,他以中国小说戏曲为阅读文献,由此展开汉语教学,也即盐谷温所言,欧洲人善于从语学的角度切入中国文学研究,其翻译中国俗文学的起始点,是基于汉语学习的需要。受此影响,盐谷温在论述俗文学时,尤其对汉语语学方面加以留意。他认为,"《三国演义》虽为小说体,却近于雅驯典丽的古文,畅快易读,宜编入汉文教科书中"④,相比之下,《水浒传》以纯俗话体写成,因此对日本人来说,是一部颇难理解之书。谈到《宣和遗事》,他再次提到文体的问题,他说:"《宣和遗事》虽为诨词小说,但文体不是俗话体,而是略近于文语体,如《三国演义》一样,不似《水浒传》那样难读。"⑤文体以外,汉字与语音也为其所关注,如谈京本通俗小说,则颇留意其中汉字的问题,指出"京本通俗小说,颇是珍本,从中可以看出宋代话本的痕迹。并开始盛行当时通行的略字俗字之类,类似京都大学覆刻的元椠古今杂剧,虽然难读,但对于汉字研究者来说颇有兴趣"⑥。论《儿女英雄传》,则考虑到官话语音,认为"在北京官话的研究上,《儿女英雄传》与《红楼梦》共为必读之书"。诸如此类,足见19世纪欧洲的中国学研究对盐谷温的影响。

---

① 钱林森:《中国古典戏剧、小说在法国》,《南通大学学报》(社会科学版)2008年2月,第51—52页。
② Stanislas Julien,亦译为"儒莲",此处从鲁迅所译"裘利恩"。
③ [日]盐谷温:《中国文学概论》,弘道馆,1948年,第190页。
④ [日]盐谷温:《中国文学概论》,弘道馆,1948年,第396页。
⑤ [日]盐谷温:《中国文学概论》,弘道馆,1948年,第365页—第366页。
⑥ [日]盐谷温:《中国文学概论》,弘道馆,1948年,第367页。

三、开启近代意义的小说研究

日本对于中国俗文学所作的研究,始于江户时期以冈岛冠山的翻译与训点,在此基础上逐渐开始对中国白话小说进行模拟创作。作为唐通事的汉语教材,中国通俗小说最早流行于长崎一带,其目的是为日中贸易交流提供便利,而非真正意义上的文学研究。明治时期,出现了中国文学史及专门叙述小说戏曲的专著,尽管其中涉及文学观、作者与版本考证及文学流变等问题,但较为零散而不成体系,真正开启近代意义的俗文学研究的,当以大正时期盐谷温的《中国文学概论讲话》为代表,其意义不仅在于对俗文学价值的认可,也在于研究方法及逻辑论证的创新。《中国文学概论讲话》下编的全部内容为小说,小说无疑是此书中最为重要、论述最为精彩的部分。

首先,盐谷温叙述"小说"一词的起源,对"小说"的含义进行追溯,在此基础上给出"小说"的定义。对研究对象进行概念的界定,使其研究更具学理性与科学性,此为近代学术研究的重要方法之一。有关"小说"及小说的起源,盐谷温进行了如下阐述:

> "小说"起源《庄子·外物篇》以及东汉桓谭所著《新论》中,至于对"小说"的意义加以明确的限定,则是在《汉书·艺文志》中。据《汉书·艺文志》所载"小说家者流,盖出于稗官。街谈巷语,道听途说者之所造也。孔子曰:'虽小道,必有可观者焉,致远恐泥,是以君子弗为也。'然亦弗灭也。闾里小知者之所及,亦使缀而不忘。或如一言可采,此亦刍荛狂夫之议也"。关于稗官,如淳注:细米为稗,街谈巷说,其细碎之言也。王者欲知闾巷风俗,故立稗官,使称说之。由此看来,"小说"如同其汉字所示,是"闾巷细言"之意。周代有采诗之官,以采集诸国的俚谣来考察民风。汉代亦有称为"稗官"之士,专门采集街谈巷语,为统治者提供政治得失的参考。①

盐谷温认为,中国小说渊源于神话,虽儒家之徒不采用神话传说,但在道家及其他杂家中保留不少神话传说,散见于《庄子》《列子》《韩非子》等。在现存的先

---

① [日]盐谷温:《中国文学概论》,弘道馆,1948年,第289页。

秦典籍中,以《楚辞·天问》和《山海经》中保存的神话为最多。盐谷温认为,中国神话之所以流传较少,主要有两个原因。第一是由于汉族先民居于黄河流域,天惠匮乏,汉族人重实际而少幻想;第二是孔子提倡修身齐家治国平天下的实用主义,不欲言鬼神,因此,太古荒唐之说不为儒者所道:

> 与古代的印度、希腊一样,中国的远古也有很多神话传说。后来汉族的祖先将栖息地移居到了黄河流域,由于那里自然条件比较贫瘠,少有天惠,使得汉族人的性格非常注重实际。他们于生活而努力农耕,排斥空理空想,无沉思冥想之暇,无法集远古的神话传说以成雄大的诗篇,亦未能形成幽玄的小说。孔子是纯粹的汉民族思想的代表者,平生不语怪力乱神,主张修身治国的实用主义学说,高尚深远的生死之理和天命之论是儒家弟子所远离的。太古荒诞无稽的传说被排斥,神话、传说为儒者所不道。相反,道家与杂家倒是记载了不少神话传说。汉代定儒教为国教,思想管束甚是严格,原有的神话传说不少已失传,这使得中国小说遗憾地失去了发展的契机。

> 在《庄子》《列子》《韩非子》以及《左传》中散见一些远古神话传说的断片,由此可以推知中国远古的神话传说的数量并不少。在现存的先秦文献中,尚可找到不少神话传说,至于其中与小说的起源有直接关系的,当首推《楚辞·天问》和《山海经》。①

盐谷温认为受上述因素影响,"中国小说发展极为缓慢,汉代为小说的萌芽期,此后经过六朝、唐代逐渐发展起来,然而不过是词人文士的余业,文体为浓艳绮丽的文言,至宋代才真正产生了通俗小说"。他进一步引用郎瑛《七修类稿》的"通俗小说起源于宋仁宗"之说,辅以最新敦煌考古发现及狩野直喜的研究结论,认为通俗文学实际起源于唐末五代,由宋仁宗起可以上推百年。他同时认为,敦煌出土文献中所见俗语体,只是雅俗折中体或口语体的散文,或韵语写的小说,真正具有大众文学意义的通俗小说仍源自宋代。

盐谷温善于利用当时最新文物考古的成果,据此提出俗文学实际上起源于僧侣之手:

> 敦煌文献发现于千佛洞的石窟之内,因此其与佛经有直接关联,这是必

---

① [日]盐谷温:《中国文学概论》,弘道馆,1948年,第289—290页。

然的。但是也应该注意到千佛洞文献与中国文学上的关联。这些佛经中有少数俗文学,也就是俚曲、小说、俗文、变文。历来俗语被认为是禅僧的语录,由此看来其实民众文学发源于僧侣之手。中国的六朝时期至唐,是佛教的全盛时期,此时佛教的新旧经典都被翻译出来,佛教在中国的普及不仅仅是士大夫阶层,也广播到庶民大众。这就需要将高深的教理用非常通俗的话语讲解出来,因此不仅佛教经典的阐释用俗语,佛教经典中的人物和故事也被用俗语连缀起来,妙趣横生地讲给民众。①

由是可知,盐谷温认为,尽管"小说"早已有之,然而真正进入近代西方研究视野的并非唐以前的古小说,而是宋代出现的通俗小说,盐谷温将其称为"具有国民意义"的小说。他认为,对日本文学产生较大影响的,也是以通俗小说为主,尤其是明清白话小说。

此外,盐谷温运用当时中国和日本的研究成果及资料,对小说作者及版本等进行考证。如谈到水浒戏曲与《水浒传》小说成书先后的问题,他在此书中认同狩野直喜《〈水浒传〉与中国戏曲》的观点,否定了幸田露伴、森鸥外、森槐南等权威学者的共同推断,明确表示,"通俗小说《水浒传》是施耐庵在综合各种传闻之后对于水浒故事进行的加工创造,毋庸置疑,《水浒传》小说出现于水浒剧之后"。

盐谷温对《红楼梦》的作者问题也有初步探讨。此前,森槐南在早稻田文学杂志上引桐阴清话,认为《红楼梦》成书于康熙年间京师某府的某孝廉之手。盐谷温对此说未予采纳,他认为《红楼梦》的作者即为曹雪芹,并引袁枚的《随园诗话》为证。但他也表示,有关《红楼梦》作者的情况,实际上所知甚少,并无其他更为有力的证据。他认为《红楼梦》一百二十回可能出自一人之手,传言后四十回为高鹗续写其实未有确凿证据,相反从结构、文笔上看,出自一人之手的可能性更大。他提出此观点的根据在于,《红楼梦》以北京官话写成,风俗习惯皆为北京化,因此非北京人不能写出此书。不过,他也同时征引俞樾《小浮梅闲话》里考证《红楼梦》的条目,《船山诗草》有"赠高兰墅鹗同年"一首云:"艳情人自说《红楼》。"注云:"《红楼梦》八十回以后,俱兰墅所补。""然则此书非出一手,按乡会试增五言八韵诗始乾隆朝,而书中叙科场事已有诗,则其为高君所补,可证矣。"此段

---

① [日]盐谷温:《中国文学概论》,弘道馆,1948年,第356—357页。

记载,为高鹗续写后四十回的力证,但盐谷温对此说法未置可否。

盐谷温还推论,曹雪芹在创作《红楼梦》以前可能有底本存在,曹家是藏书世家,或藏有珍书秘本之类。对于主人公贾宝玉的原型,他将当时较为通行的三种说法归结如下,其一是纳兰性德,其二是清世祖顺治,其三是康熙所废太子胤礽。

为表述《红楼梦》复杂的家庭成员关系,盐谷温绘有一幅贾府谱系图,此为盐谷温所开创,鲁迅在《中国小说史略》中参考并引用了此图。鲁迅曾在《不是信》中表示,此谱系图来源于盐谷温的《中国文学概论讲话》。众所周知,鲁迅的《中国小说史略》与盐谷温的《中国文学概论讲话》是20世纪初被频频提及的话题,甚至一度有鲁迅抄袭盐谷温的谣言。客观上讲,在小说源流的叙述、问题考辨、资料引用方面,盐谷温无法达到鲁迅的深度及广度。因此盐谷温本人在东京大学授课,是以鲁迅的《中国小说史略》为教材,此为《中国小说史略》独创价值的最好注释。然而,盐谷温也有鲁迅难以比拟的学术优势,如搜集最新资料更为便捷。在《中国文学概论讲话》中,他对当时敦煌最新考古发现的文献及时加以介绍,而鲁迅因无法获得此方面资料,难以对此展开研究。鲁迅曾为此感慨:"清光绪中,敦煌千佛洞之藏经始显露,大抵运入英法,中国亦拾其余藏京师图书馆;书为宋初所藏,多佛经,而内有俗文体之故事数种,盖唐末五代人钞,如《唐太宗入冥记》《孝子董永传》《秋胡小说》则在伦敦博物馆,《伍员入吴故事》则在中国某氏,惜未能目睹,无以知其与后来小说之关系。"[①]不仅如此,盐谷温因有留学德国的学术背景,因此熟悉欧洲的中国俗文学研究情况,具有初步的比较文学研究的意识,如他评述近代欧洲对《离骚》的阐释,以及英国理雅各对《离骚》所作的翻译,均颇有新意。同时,他也熟悉中国文学在日本的传播情况,在他的《中国文学概论讲话》中,能自然而然地将中国文学与日本文学加以比较。他指出汉代小说《飞燕外传》很早便传入日本,紫式部的《源氏物语》颇有《飞燕外传》的遗风。谈到六朝小说《搜神记》,他认为日本最早的汉文小说《浦岛物语》深受此书影响。他认为,中国白话小说对近代日本文学的作用不可低估,浅井了意、上田秋成、龙泽马琴等人的创作均直接或间接得益于中国文学,并着重叙述了《水浒传》在日本的传播及对日本俗文学的影响:

---

① 鲁迅:《中国小说史略》,北京:商务印书馆,2011年,第102页。

《水浒传》对于我国俗文学的影响甚大,冈岛冠山、曲亭马琴、高井兰山对《水浒传》加以训读翻译,《水浒传》的拟作有建部绫足的《本朝水浒传》、山东京传的《本朝忠义水浒传》、曲亭马琴的《倾城水浒传》。此外,曲亭马琴的《八犬传》乃学《水浒传》,《弓张月》是《水浒后传》的翻案。此外《水浒后传》还有槐翁的译本。至于平冈龙城的《训译水浒传》,不仅是苦心经营之作,更堪称学界的奇迹。①

基于比较文学的研究视野,盐谷温还撰写了一系列具有比较文学性质的论文,其中较有代表性的有:《由文学上看中日的关系》(《斯文》1928年7月)、《中国文化与日本文化》(《斯文》1936年7月)、《中国文学与国文学的交涉》(《国语与国文学》1938年4月)等。尽管盐谷温有开阔的研究视野,但其令人匪夷所思的是,在其思想深处却根深蒂固地存在着与之并不匹配的"日本儒教意识形态",以至于他在文学史中批评金圣叹腰斩《水浒传》,认为"金圣叹自己也被腰斩于吴门,以至于身首异处,恐怕是其受到的果报,总之欲知道《水浒传》的全体,非看一百二十回本不可"。如此评论出现于文学史中,实在令人感到意外。晚年的盐谷温,愚儒愚忠的国家主义精神表现得更为突出,对此有学者有如下描述:

> 有两件事情最能反映其遗老的精神气象。一个是1950年代中期,孔子第七十七代孙孔德成自台湾来日本访问,盐谷温曾全力迎接。不仅在孔德成面前行中国传统的跪拜叩头之礼,而且极力礼赞孔教对日本国体文化的功德,甚至期待漂泊台湾的孔德成能够安居日本。另一个是盐谷温的临终。据其子盐谷桓1983年回忆,他的父亲到晚年则越发执着于儒教礼仪,1962年病重期间,得到孔子第七十七代孙孔德成的台湾使者李建兴来访并呈上孔的亲笔信时,盐谷温在病床上行三拜九叩之礼。②

思想上的差异,使鲁迅在与盐谷温产生短暂交集之后,最终在学术上分道扬镳,但是不容否认的是《中国文学概论讲话》的确给予鲁迅启示。此种启示更在于一种新方法论层面,而非体现于具体的叙述。盐谷温在书中所举例证,实际上基本未超出中国古代文献及与中国文人的笔谈,但是他以此为基础,以新方法论

---

① [日]盐谷温:《中国文学概论》,弘道馆,1948年,第394页。
② 赵京华:《鲁迅与盐谷温——兼及国民文学时代的中国文学史编撰体制之创建》,《鲁迅研究月刊》2014年第2期,第18页。

开拓出前所未有的文学史,令鲁迅大为感慨,"中国之小说自来无史;有之,则先见于外国人所作之中国文学史中"①,可见方法论对于中国古代文学研究的重要性。盐谷温对中国文学研究的最大贡献,即在于他较早将近代欧洲的研究方法与思维模式导入中国俗文学研究,从而改变了中国传统治学方式重感受而轻学理,缺乏缜密的逻辑分析的情况。

近代欧洲的文学理论与研究方法传入日本后,经由明治时期文学史家的演绎,至盐谷温完成了从提出问题、寻找论据支持至完善结论的研究链条。其以科学主义的进化论为理论依据,追溯中国文学的发展演变,并在此基础上确立了中国文学观。此前相当长时间内,中国的小说戏曲被认为不如西洋发达,盐谷温彻底改变了此种观点,他认为,中国的小说戏曲不仅与西洋文学有同等地位,甚至"从年代的久远和种类的丰富这一点看,世界文学难与其相比"。可以说,从盐谷温的《中国文学概论讲话》开始,传统的文学观与研究方法均被打破。盐谷温与京都大学的狩野直喜遥相呼应,将源于欧洲的文学讲座制度引入日本的大学,使东京大学和京都大学成为近代中国俗文学研究的两座重镇,从此正式将中国文学纳入近代学术的研究体系。

---

① 鲁迅:《中国小说史略》,商务印书馆,2011年,第4页。

第七节　两部中国文学断代史

一、藤田丰八与《中国文学史》

藤田丰八(1869—1929),生于日本德岛县,1895年东京大学文科大学汉学科毕业,随后进入大学院学习。藤田丰八最初的研究领域是中国哲学,著有《中国哲学史》与《中国伦理学史》,此后学术兴趣逐渐转向中国文学、东洋史等。其所涉及的文史哲研究领域,其时正处于学科分类日趋精密与传统学术逐步分离的过渡期。

藤田丰八的《中国文学史》是他在东京专门学校授课的讲义录,此书止于东汉文学,是一部中国文学断代史。与明治时期其他文学史家一样,藤田丰八文学史的理论依据,也是基于泰纳的三因素学说。他从"北方"与"南方"不同的地理环境切入中国文学,认为早在春秋战国时期中国文学已呈现南北迥异的文学特色,并出现过南北思潮会流,在此基础上形成文学的中部地带。实际上,他对中国文学特质的认识并未脱离种族、环境与时代,有学者认为,藤田丰八对中国文学史的最大贡献在于,"他的中国文学史从思想内容与艺术形式两方面考察文学作品,此后众多文学史均沿袭此套路。从思想角度捕捉、批评文学作品,是现代文学批评中常用的有效手段,但在当时的确给人耳目一新之惊叹,与此前阐释中国文学的方法颇为不同"[①]。除《中国文学史》以外,1897年东华堂出版了藤田丰八的

[①]　[日]川合康三主编:《中国的文学史观》,创文社,2002年,第40页,钱鸥执笔。

《中国文学史稿·先秦文学》。此书也将中国文学分为"北方文学"与"南方文学",将孔子、孟子、荀子归入北方文学,将老子、列子、庄子、屈原归为南方文学。在此书中,藤田丰八从"时、空、人"三个角度考察文学作品的思想内容与艺术形式,提出"时为历史之经,空为历史之纬,人为经纬编织形成之物"。他强调在此过程中,"人"的因素处于核心地位,由于"人为经纬编织形成之物",因此任何一部作品实际上均为人的内在品格的表现。藤田丰八还认为,不同的地域往往会造就不同的性格,作家的性格差异投映到文学创作上,便形成风格迥异的文学作品。他举例说,屈原之所以能写出《离骚》这样想象绮丽多彩的诗歌,是因为屈原身处中国南方,而南方人具有一种天然的浪漫和喜欢幻想的性格,此为《离骚》不可能产生于北方的原因。

不仅如此,藤田丰八还将作家的个性上升为民族总体特征,认为一个民族的总体特征对文学创作产生了影响。他认为,中国人与生俱来有一种排他情结,而且具有强烈的崇古之心。中国人普遍重视血脉亲情,有实用主义至上的思想倾向,但对于神灵的虔敬则不如其他民族。他还认为,中国古代文学正是从有上述性格特征的北方汉民族中产生,并传播至其他的地域与民族。也即是说,尽管排他情结限于北方民族,但由于长期以来北方民族是中国文学主体,因此,中国文学的主要特征也在于此。排他性特征一方面保持了民族文学的纯粹性,但同时由于拒绝引进他国文学,从而使他国的优秀文学不能与之融合。此外,崇古之心使中国文学缺乏创新,其最大的弊端是制约了俗文学的发展,使小说戏曲在儒学的牵掣下难以发展。与之相关的是,北方文学叙事文学不发达,重实用主义而少理想主义。此种情况,直至南方文学逐渐兴盛及佛教的传入才得以改变,并于宋代末年开始出现俗文学的勃兴。

此外,自1897年至1904年,藤田丰八与田冈岭云、白河鲤洋、大町桂月、笹川种郎合著《中国文学大纲》(16卷),由大日本图书株式会社出版,其中藤田丰八执笔先秦卷。严绍璗认为,"此书在日本中国学领域最早以'作家论'形式叙述中国古代文学历史进程,在此方面进行了全新尝试"[①]。从此书对作家的选取上,不难看出编纂者的文学观,即他们不以儒学为叙述重点,并尽可能摆脱儒学与中国文

---

① 严绍璗:《日本中国学史稿》,学苑出版社,2009年,第236页。

学的关联,而以是否关系历史朝代之"文运"为入选标准,借此阐明一个时代文学的概况,推演出中国文学发展演变的历史。此书序言交代了创作主旨及对日本文学发展之思考,或有助于了解藤田丰八的文学观:

  中国系东洋文化之源泉也。其思想沉郁而磅礴,其词华灿烂而焕发。北方之深沉而朴实,南方之横逸而幽艳。汇合而成雄浑壮大之中国文学。且散及安南,渐浸朝鲜,更影响于我国。自《诗》三百篇起,及于秦汉之高谷,六朝之丰丽,而为唐诗、宋文、元之后之小说戏曲。上下四千载,兴亡八十余朝,其富赡之文学,滚滚不绝,诗星之众,无与伦比也。

  今选拔其尤者,以庄子、孟子、屈原、韩非子为先秦之代表,以司马相如、司马迁、曹子建、陶渊明为汉魏六朝之代表,唐取李白、杜甫、韩退之、白乐天,宋取苏东坡、陆放翁,元取元遗山,明取宋景濂、高青邱、李梦阳、汤临川,清取李笠翁、王渔洋等。其大小虽非为无差,然皆关系当时文运者也。我等著《中国文学大纲》,置诸大家于十六卷中,或一人,或二人、三人。有记传、评论,并与其他文豪相并列峙,相互呼应,而得以明其一时代文学之大概。前后相贯联,而得以知中国文学之发展也。

  中国文学丰富而浩瀚。我等虽未得以窥全豹,然平生多少有所研究也。我等笃信中国文学作为文学所具有之价值,故为此而期待致一臂之力。当然,真正之研究,到底须望中国人也。我国既融合中国之文化,也吸收印度之文化,又并得西洋之文化,统而为日本固有之思想文学,将来重于世界文坛,未为难也。故致力于中国文学之研究,非徒恋旧物,实乃参随与我国文学相共而可称为第二国文学之中国文学之精髓,以阐明文学之关系,穷其所本何如,以新眼光而成新研究,以为攻中国文学初学者之资,而为研究我古文学者参考,一并而希望为将来日本文学之取舍有所贡献也。①

藤田丰八沐浴在明治维新以来东西方文学思潮的交融中,他熟悉西方文学观与研究方法,同时也对中国有深入了解。他旅居中国长达数十年,1898年与罗振玉共同创办东文学社,王国维曾是此学社的第一批学生,因此有人认为,王国维的

---

① [日]藤田丰八等:《中国文学大纲》(16卷),大日本图书株式会社,1897年,序言,第2页。译文来源:严绍璗:《日本中国学史稿》,北京:学苑出版社,2009年,第236页。

《宋元戏曲史》可能受到藤田丰八的启发。在藤田丰八的引荐下,王国维、罗振玉与日本内藤湖南、狩野直喜、林泰辅等多人结识,对近代中日学术交流起到促进作用。

二、高濑武次郎与《中国文学史》

1900年前后,高濑武次郎的《中国文学史》由哲学馆出版。高濑武次郎(1868—1950),生于日本香川县,1898年毕业于东京大学文科大学汉学科,1905年以《先秦诸子哲学》的论文获得文学博士学位。《中国文学史》是他在哲学馆任教的讲义录,始于上古,迄至隋朝,是一部中国文学断代史。第1编"上古期"分为春秋以前文学和春秋战国文学,第2编"中世期"分为秦汉文学、魏晋六朝文学及隋朝文学。

在此书开篇,高濑武次郎对"文学"进行定义,他说:"文学是依照一定的法则,用修饰的文字,表达人的思想情感和想象,从而达到社会各阶层人的精神愉悦的目的,与此同时间接传达一些事实的活动。"①此定义的价值在于,对于"文学"的定位脱离了一般文章与学问层面,强调文学的"愉悦"目的,赋予"文学"以独立的价值:

> 历史所关注的是所记事实正确与否,而文学所关注的则是句法的整齐、用字的巧拙、文气的强弱以及作品格调的高低,至于哲学,其关注点是论理意义的深浅与真理的有无。比如关于《尚书》,有各种论断和评论,之所以会产生这样的分歧,是由于从各自不同的学科加以考虑的。因此在研究中国古书时,尤应注意此点。②

受泰纳文学理论影响,高濑武次郎从环境、人种的角度思考中国文学特质,文学评价基调与同期文学史家大致相同,即中国古代文学实用主义至上,气势雄伟宏大,具有慷慨悲凉之风格,盛行拟古思潮,善于抒情等。

至此,介绍了明治时期主要的中国文学史通史与断代史,除此以外,还有中根

---

① [日]高濑武次郎:《中国文学史》,哲学馆,约1900年,总论,第3页。
② [日]高濑武次郎:《中国文学史》,哲学馆,约1900年,总论,第3页。

淑的《中国文学史要》(1900)、松平康国的《中国文学史谈》(出版年月不明)、宫崎繁吉的《中国近世文学史》(出版年月不明)。① 其中中根淑的《中国文学史要》的大致情况是,据历史朝代的自然更迭对中国文学进行分期,将中国文学分为以下几个部分:太古、唐虞、夏、殷、西周、东周、秦、西汉、后汉、三国、西晋、东晋、南北朝、隋、唐、五代、宋、南宋、元、明、清。在此基础上,以论中国的"地势"作为全书的开篇,从地理环境考察中国文学的特质与规律,认为中国是东洋第一大国,其建国最古,其人口最多,其文明开化最早,因此叙述其文学的历史,要从中国的地理环境谈起。中根淑在此书中详述中国的江河水系、山川分布,指出由于中国的境域广大而导致语言交流的不便,因此呈现不同地域特色的文学作品。此书大量引用文学作品原文,目的是使读者更直观地了解中国文学,但是相对而言评价与论述较少。此亦为实证主义的文学观的体现,以大量征引材料,将文学事实按年代先后编排。

松平康国的《中国文学史谈》,实际上是对于中国文学的一种漫谈,由中国文学的起源谈至宋朝文学。他的立意并不在于阐述中国文学发达演变的历史,而是侧重于对中国文学作品的解读。松平康国认为,以往在日本已经出版了很多中国文学史,以古城贞吉为嚆矢,此后有藤田丰八的先秦文学,以及久保天随、笹川种郎、黑木钦堂的中国文学史。他认为这些文学史固然有其价值,但也有所欠缺,由于缺乏通俗性,使读者如坠云里雾中,读到很多人名与书名,却未必明白中国文学到底是什么。如讲杜甫的诗雄浑沉郁,却未讲出杜甫的诗为什么会雄浑沉郁;讲欧阳修的文纡徐曲折,也未道出纡徐曲折的原因。松平康国认为此部文学史的特色,即在于:"其他文学史往往高估读者,我并不这样高估读者。其他著者重视作品的形式,我则重视作品的内容。其他著者以评价为主,我以解说为主。也即是说,首先要让读者知晓中国文学的特质、趣味以及风格品味的异同,以便理解文学古今沿革之气运。"②与松平康国出版时间相近,宫崎繁吉的《中国近世文学史》也是一部中国文学断代史,即所谓的"近世文学史",具体是指金元以后的文学。之所以要撰写这样一部近世文学史,宫崎繁吉认为:"从此前几部中国文学史来看,

---

① 松平康国的《中国文学史谈》和宫崎繁吉的《中国近世文学史》出版年月均不明,川合康三的《中国的文学史观》将其列入明治时期。
② [日]松平康国:《中国文学史谈》,早稻田大学出版藏版,出版年月不明,卷首序言。

多对唐宋以前的文学论述详细,而对于元明以后的文学论述简略,因此想撰写一部详论近世文学之作,故从论述金元文学开始。"①他还认为:"元代戏曲小说发达,在中国文学史上大放异彩,因此这个时代的文学值得特笔大书。……通常而言,论述金元文学应当从宋代文学开始,然而此书略去宋代文学,是由于宋朝的历史,经过我国诸儒的研究,其研究文献已经富甲五车,以至于连偏僻村落的学究亦都知晓,因此对宋朝文学予以省略,而直接从金朝文学开篇。"②我们知道,明治时期的学者将西方文学理念与研究方法运用于中国文学研究,其标志之一即是对戏曲小说价值的认可。宫崎繁吉将文学史叙述重点放在金元及明清文学上,其做法本身无疑即已经具有重要的价值。

---

① [日]宫崎繁吉:《中国近世文学史》,早稻田大学出版藏版,出版年月不明,卷首绪论。
② [日]宫崎繁吉:《中国近世文学史》,早稻田大学出版藏版,出版年月不明,卷首绪论。

第四章

泰纳的文学理论与中国文学史书写

第一节　泰纳的文学理论东渐日本

　　泰纳(Taine)(1828—1893)是19世纪法国文学批评家与历史学家,其在文学史及文学批评领域著述颇丰,尤以《英国文学史》与《艺术哲学》为著。在此二著中,他提出并运用大量史料证明文学的演变受制于种族、环境与时代三种因素,其文学理论不仅盛行于19世纪的欧洲,且漂洋过海远及亚洲。19世纪70至80年代,泰纳的文学史已在日本广为流传。1890年,三上参次、高津锹三郎在《日本文学史》的序言中便提及法国"Hippolyte Adolphe Taine"(泰纳)之名,并表示受泰纳启发而萌生编撰《日本文学史》之意。据周作人回忆,1906年6月他跟鲁迅刚到达东京,便收到书店送来的一包西文书,此为鲁迅回国前所订购的,其中即有英国该莱(Gayley)的《英文学里的古典神话》和法国泰纳的《英国文学史》英译本四卷。[①]此外,市村瓒次郎在儿岛献吉郎的《中国文学史纲》序言中也提到:"近时传入的翟理斯(Giles)之《中国文学史》,其声价远不及往时已传入的泰纳之《大英文学史》,是因为法国人学英语易,从而能得其文学之味,而英国人了解中国文学难,因此难究其蕴奥。"[②]不仅如此,市村瓒次郎还将儿岛献吉郎的文学史与泰纳之著进行对比,称"子文(指儿岛献吉郎)所著《中国文学史》自然不可比翟理斯之《中国文学史》,而相当于泰纳的《英国文学史》"[③]。上述事实表明,泰纳在19世纪末的日本的文学史界产生了较大影响。

---

① 参阅周作人:《知堂回忆录》,安徽教育出版社,2008年。
② [日]儿岛献吉郎:《中国文学史纲》,富山房,1912年,第2页。
③ [日]儿岛献吉郎:《中国文学史纲》,富山房,1912年,第5页。

第二节 泰纳的"三因素"学说

泰纳的文学理论对明治时期中国文学史产生了较大影响,尽管此时期并非真正的理论自觉时代,但是明治时期的文学史家已意识到,文学史作为一种研究方法与书写体例,不应仅限于对作家作品的分析,而要以某种理论来阐释、说明中国文学起源、发展与演变之过程,文学史发源地欧洲的泰纳的文学理论因此成为他们的选择。自古城贞吉至盐谷温,泰纳的影响几乎如影随形,以至于从种族、环境与时代来叙述中国文学成为明治中国文学史的显著标志。

在对此问题展开叙述以前,首先对泰纳的文学理论加以简单梳理。泰纳文学理论的形成与欧洲思辨哲学有直接关系,他早期主要受黑格尔和斯宾诺莎的形而上学思想的影响,后期转向孔德的实证主义与达尔文的进化论科学主义。由于达尔文《物种起源》(1859)的出版,使19世纪欧洲进化论思想成为一种潮流,此种潮流促使孔德的实证主义哲学逐渐流行。泰纳以自然科学体系与价值为研究标准的文学史学科体系,正是源于二者的影响。孔德在《实证哲学教学教程》中表示,人类思维已经进入了科学阶段,即实证阶段,在此阶段人类的精神不再追求超越经验现象的内在本质与规律,而只是把推理与观察紧密结合起来,通过"实证"把握"确实"的事实,以便发现现象的实际规律。① 在科学主义与实证主义思潮的共同影响之下,泰纳试图用自然界的规律来解释艺术现象。他认为,精神科学、艺术研究与自然科学在方法上相类似,因为世界上的一切事物(包括精神现象和物质存在)都可以解释,一切事物的产生、发展、灭亡都有规律可循。他主张治学的

---

① 参阅马新国:《西方文论史》,高等教育出版社,2010年,第268页。

方法是,"从事实出发,不是从主义出发,不是提出教训而是探求规律,证明规律"①。泰纳还认为,物质文明与精神文明的性质面貌都取决于种族、环境、时代三大因素,艺术作品是记录人类心理的文献,人类心理的形成离不开一定的外在条件,因此文艺创作及其发展趋向由种族、环境和时代三种力量所决定。他将对文学艺术规律的阐释,归结为"时代精神与风俗概况",认为要了解一件艺术品,一个艺术家,一群艺术家,必须正确反映他们所属的时代的精神与风俗概况,"这是艺术品最后的解释,也是决定一切的基本原因"②。

泰纳在《艺术哲学》中,进一步阐述了环境与艺术的关系:

> 所谓地域,不过是某种温度、湿度、某些主要形势,相当于我们在另一方面所说的时代精神与风俗概况。自然界有它的气候,气候的变化决定这种那种植物的出现;精神方面也有它的气候,它的变化决定这种那种艺术的出现。我们研究自然界的气候,以便了解某种植物的出现,了解玉蜀黍或燕麦,芦荟或松树;同样我们应当研究精神上的气候,以便了解某种艺术的出现,异教的雕塑和写实派的绘画,充满神秘气息的建筑或古典派的文学,柔媚的音乐或理想派的诗歌。精神文明的产物和动植物界的产物一样,只能用各自的环境来解释。③

泰纳认为,"种族、环境和时代"分别对应了文学发展的"内部主源""外部压力"和"后天动量"。作为"内部主源"的"种族","是指天生和遗传的气质,人们带着它们来到这个世界上,而且它们通常和与身体的气质与结构所含的明显差别相结合"④。在泰纳看来,种族的特性极为顽强,以至于无论环境如何变迁,时代如何更替,人们仍然可以把它辨认出来。此处泰纳所说的种族,更偏重于天生与遗传所形成的民族特性,他强调这一特性具有很强的稳定性,因此成为一个民族的显著标记与本能。作为"外部压力"的"环境"要素,泰纳将其设定为"物质环境"与"社会环境"两方面。泰纳表示,任何种族均无法脱离其所生存的环境,"自然界环绕着他,人类环绕着他,偶然性的和第二性的倾向掩盖了他的原始的倾向,

---

① [法]泰纳:《艺术哲学》,傅雷译,天津社会科学院出版社,2004年,第2页。
② [法]泰纳:《艺术哲学》,傅雷译,天津社会科学院出版社,2004年,第12页。
③ [法]泰纳:《艺术哲学》,傅雷译,天津社会科学院出版社,2004年,第12页。
④ 伍蠡甫主编:《西方文论选》下卷,上海译文出版社,1979年,第236页。

并且物质环境与社会环境在影响事物本质时,起到干扰或凝固的作用"①。在泰纳看来,"物质环境"主要指不同族群在"气候""地理"等方面的自然环境,而"社会环境"则包括国家政策、宗教信仰、战争等因素,这些因素综合在一起对文学创作产生影响。除"种族"因素与"环境"因素以外,泰纳认为作为"后天动量"的"时代"构成了第三种因素,泰纳所说的"时代",包括了风俗习惯与时代精神等,泰纳称之为"精神气候"。总体而言,泰纳认为艺术总是与一个时代精神与风俗情况同时出现,而又总是会同时消亡,有如自然界的气候对动植物的发展有"自然淘汰"的选择,艺术发展也存在精神气候的选择与淘汰。

值得关注的是,泰纳的文学史模式主要强调从文学与外部世界的关系中去探求文学发展的动因,也即是说,要求文学史家在掌握大量资料的基础上,从社会历史文化的角度去考察文学的变迁。在文学史中具体表现为,注重从地域、时代、种族等角度解释文学史上的各种文学现象,而较少关注文学的内在审美特征与形式结构。

---

① 伍蠡甫主编:《西方文论选》下卷,上海译文出版社,1979年,第239页。

第三节　泰纳的文学理论与明治时期的中国文学史

综观明治时期出版的中国文学史，尽管文学观各有侧重，或以儒学切入文学史的叙述，或重诗词文赋，或重小说戏曲，却不约而同地表现出对泰纳"三因素"学说的认可。他们尝试以泰纳的文学理论，从文学的社会环境与外部条件来解释中国文学的特质及文学现象，重视探本溯源、材料考订工作，对中国文学史书写进行了诸多有益的尝试。

1897年古城贞吉的《中国文学史》出版，此书在开创中国文学史通史的同时，也开启了将泰纳文学理论运用于中国文学史的先例。此书开篇，古城贞吉便从环境对中国文学的影响谈起：

> 中国的环境对于中国文学的影响是非常大的，山川风土、风俗好尚均是一个国家的缩影，而这个缩影会映射到文学上。中国作为亚细亚最大的一个国家，境内有高山大河，土地广漠无边，风俗习惯南北东西皆不同……中国自古以来西北的政治较为严苛，江南的统治较为宽松，政治的影响呈现在文学上，则西北之词刚烈，音韵铿锵；江南之词雍容和雅，和音婉转。济济盛世之音，可见莺花流转，流连荒芜，哀歌怨音，喉珠婉转之词，正是江南烟雨暗柳的环境使然。中国的南北山川、人情强弱投影到文学上，表现出中国的诗歌富有山川风露之气，或由于中国有长江大河高山峻岭起伏贯通于其间。其蜀道之险峻、江南之美景，为诗人墨客提供了绝好的写作素材。李白、杜甫以降，东坡、石湖之徒无不游历四方，或沐细雨，或骑驴过剑门，或在夜半登吴船作诗，或在武昌樊口幽绝之处，春朝秋夜欣赏四时美景，本来无心的风烟也被文

人韵士吟咏一番,中国文学的精彩正是有赖于山水烟景之美。①

由此可知,古城贞吉所指的环境,不仅包括自然环境,也包括人文社会环境。他认为山川风土、风俗好尚及统治政策均会反映在文学上,从而导致中国文学的地域性差异,呈现出南北东西不同的风格。循此思路,他进一步提出:"中国古代文学作为上流社会的产物,其章奏议论体散文十分发达,且多条理畅达、儒雅切实之作。……中国古代文学往往受制于政教,呈现出贵族化文学倾向。尽管也有描写田园稼穑、桑麻牧畜的民家日常生活之作,反映出平民的适意欢乐与闲情逸趣,但总体而言,中国文学还是具有较强的贵族文学倾向。"②

从环境的角度叙述中国文学,还见于藤田丰八的中国文学史。藤田丰八认为,中国的国土面积辽阔,动植物种类丰富,生活在其中的民众思想更为开阔,其文学所体现的雄伟宏大的风格与岛国日本有所不同,因此对于中国文学的理解与思考,也应与日本文学有所区别。

笹川种郎的《中国文学史》(1898)也谈到环境对中国文学的影响。此书开篇,笹川种郎便从中国的文明、中国的人种谈起,认为根据地域的不同中国人可以分为"南人"与"北人",而导致中国南方人与北方人性格差异的因素,归根结底是由于环境:

> 中国古代文明最早发源于黄河流域,这一区域是汉人种的居住地。汉人种居于北方,中国文化自此而起,这里是古代历史的中心,也代表了中国古代的人民。相比之下,中国的南方远不及北方兴盛,是中国古代历史中心以外的区域。如果将北方人种与南方人种加以比较,会发现二者之间存在着全然不同的情况。其相貌、骨骼、语言都不同,而从人种的特质来看,南方人善于想象,北方人则注重实际。燕赵古来多慷慨悲歌之士,这是由于他们重视时政。而代表南方的老子的太虚说,庄子的人生观,却几乎都远离现实。楚国的巫术以及辞赋皆属南方,可见南方人种想象之丰富,因此他们也深懂诗趣。③

在笹川种郎看来,人种的特质决定了中国文学的南北差别,而环境则决定了

---

① [日]古城贞吉:《中国文学史》,东华堂,1897年,序论,第6页。
② [日]古城贞吉:《中国文学史》,东华堂,1897年,序论,第6页。
③ [日]笹川种郎:《中国文学史》,博文馆,1898年,第2—3页。

人种的差别。笹川种郎认为,当种族的天性不断积淀为一定的习俗与传统,其文学的想象、表达及其风格也必然留下此印记。因此,"燕赵古来多慷慨悲歌之士,这是由于他们重视时政。而代表南方的老子的太虚说,庄子的人生观,却几乎都远离现实"。种族由于其所包含先天的、生理的、遗传的因素而被泰纳推至三因素之首,因此笹川种郎对中国文学的分析,最终落实至南北人种的差异。他详述南方人与北方人生活习惯、饮食、住宅的差异,甚至细化到"南方吃姜,北方吃蒜"的程度。他据此认为,北方人种理想主义的色彩较少,较为偏重实用主义,儒教体现了北方人的核心思想,而以儒教为精神内涵的中国古代文学是实用主义至上的文学,诸如历史散文及策论。因此,尽管中国在远古时代就不乏名篇大作,然而具有理想主义色彩的小说与戏曲却在元朝才真正开始出现。中国的历史散文、策论文、诗歌及叙事散文均渗透着儒教思想,中国古代少有规模宏大的叙事诗,少有戏曲小说的大作,少有崇高优美的美术作品,少有幽玄深重的宗教,皆与中国北方的儒教思想与实用主义精神有关。

基于对环境与人种的思考,笹川种郎进一步提出,虽同属于中国文学之大范畴,但实际上对中国文学应分南方文学与北方文学分别加以叙述。

此外,以个性与批判精神著称的久保天随,在他的《中国文学史》(1903)中,也是从中国的人种谈起:

> 中国的国民,也就是所谓的汉人种,究竟起源于何处?西洋学者对此说法不一。有一种说法是,从中国的西部,也就是越过中亚细亚而来。他们穿越高山险阻,定居到太古鸿蒙、云雾深锁的黄河流域。因未曾有征服其他人种的历史,因此其建国精神是保守而不思主动进取的。……总之中国人文的总体特征是保守的、重实际的。①

久保天随认为环境对中国文学的影响不可低估,并认为,由于中国文学客观上存在地域差异,因此按照地域来叙述中国文学,可以更好地体现中国文学的特征。对于时代与文学的关系,他提出"时代共同思想"与"个人性情"相结合的主张,认为风俗习惯与时代精神共同作用于艺术家,每个艺术家都不是孤立存在的,而是或多或少具有时代特点,同时又深具个性,因此文学作品正是时代共同思想与个人性情

---

① [日]久保天随:《中国文学史》,人文社,1903年,第4页。

相结合的产物。不难看出,久保天随对中国文学的思考,其实也处于泰纳的"种族、环境、时代"三因素学说的体系中,尽管他称自己的文学史不同于他人,但实际上仍未脱离泰纳所构建的理论框架,也难以脱离对文学外部因素的考察。

将三因素学说导入中国文学研究,还集中体现于儿岛献吉郎之著。他在《中国大文学史古代篇》(1909)中,探讨了国民的特质、个人的特质、时代与地域的特质与中国文学的关系,将"种族、时代、环境"三因素学说用于分析中国文学。以"孔子"一章为例,他对于孔子的叙述始于其性格,认为孔子兼有"智者的性格""仁爱的性格""勇士的性格",此三种性格在孔子学说中均有所对应。此外,通过孔子所处时代、人生境遇来分析孔子思想的原动力,认为正是由于其家境贫寒、身处乱世,加之周游列国不得志,未能施展政治主张,才最终促成了孔门学说。其中,"智、仁、爱"成为孔子学说的内部主源,而激烈变动的春秋时代与坎坷多舛的仕途则被儿岛献吉郎视为外部压力与后天动力。其他如庄子、贾谊、司马迁、刘向、阮籍等,均无一例外地由性格、个人经历及时代环境谈起,泰纳文学理论几乎贯穿了儿岛献吉郎的每一部著述。

在《中国文学史纲》(1912)中,儿岛献吉郎对种族、环境问题进行了更为深入的探讨。他由中国文学的时代特色与地方特色写起,将中国文学划分为贵族文学与平民文学,并注重儒教、佛教、道教与文学的关联,将之归结为影响中国文学发展的三因素,即"时代与地域""贵族与平民""中国宗教"。儿岛献吉郎认为,中国古代文学始终受制于上述三因素,有关中国文学现象及其发展规律,均可以从中找到相对应的解释。由于泰纳主张研究作家作品必须占有大量材料,因此,儿岛献吉郎在文学史中也大量引用作品原典,罗列大量相关史料,但如此一来,便削弱了相应的分析阐述。

综上所述,"三因素"理论自孟德斯鸠、圣伯夫,经由泰纳、朗松、勃兰兑斯的不断演绎,成为欧洲19世纪最重要的文学理论,其中尤以泰纳的"三因素"理论传播最为广泛。泰纳的文学理论也成为日本明治时期中国文学史的理论来源,明治学者试图以此来发现、解释中国文学发展的规律,以便从中找到中国文学产生、发展以及消亡的原因。以泰纳理论构建的明治时期的中国文学史,并非局限于作品、作家本身的介绍,而是尝试深入至历史、种族、环境与时代的层面阐述文学,此为其富有价值的一面。但是,泰纳的三因素学说也存在一定弊端,如过于强调生理、遗传、地理等因素,忽视作家的内心世界以及文学作品本身的艺术规律,"把文学史视为一般社会史、文化史的反映,以社会、历史、文化、意识形态为基本语境来阐说文学史。这样虽然一方面坚持了文学史观的开放性,但另一方面又不免忽略文学自身发展的规律及其内在机制,忽略文学之所以成为文学的本体因素"①。不仅如此,作为三因素学说之一的"种族",也并非完全适用于中国文学的阐述,因为尽管中国存在南方人与北方人的差异,但二者毕竟同属于汉民族人种,因此,"人种"概念的本身即缺乏严谨性与科学性。因此,以某种理论来统领、阐释庞杂的中国古代文学,是很难做到的事。同理,尽管儒学为几千年来中国社会人文环境的主体,但以儒学为单一标准评价中国文学,也存在以偏概全的问题,因为中国文化本身就是多元文化,不仅有儒家文化,还有道家文化、杂家文化、佛教文化,甚至不仅有汉民族文化,也有纷繁复杂的少数民族文化,此为研究中国文学史需要顾及的因素。

事实证明,泰纳的文学理论存在一定弊端,其忽略了文学既是一种独立的审美本体系统,又是一种社会历史文化现象,并且随着时间的推移,逐渐为历史审美模式所取代。但泰纳的理论无疑在19世纪末至20世纪前半叶,对日本文学界产生了重要的影响,"对文学史的方法进行科学研究始于泰纳,文学史的研究方法日趋周密,泰纳以后法国各种文学史的研究方法不断被介绍到日本。目前认为泰纳的文学史理论是一种常识,对其加以贬低的为数不少,然而,泰纳的文学史理论在明治时期具有颇为正确的理论指导意义"②。1908年周作人撰写长篇论文《哀弦篇》,此文详细介绍了泰纳三因素学说,中国学者由此开始了解泰纳及其理论。此后,张友仁、茅盾、邓演存、郑振铎、李之常、胡云翼、章锡、张资平、郁达夫等纷纷撰文介绍泰纳,泰纳的理论在中国本土逐渐受到重视。

在欧洲近代学术研究的启示下,日本在明治时期逐渐改变了考据学、目录学等既有的研究方法,迎来了中国文学研究的新方法论时期。与此同时,泰纳的文学理论,成为中国文学史最重要的理论来源。至此,文学史研究的两大基石——文学理论与研究方法,在明治时期确立并逐步发展起来。

---

① 樊宝英:《20世纪西方文学史理论的逻辑审视》,《外国文学研究》2000年第3期,第13页。
② 参阅[日]吉田精一:《日本文学理论》,樱枫社,1981年。

第五章 明治时期中国文学史观的建构

1882年至1912年30年间,日本集中出版了20余部中国文学史。由于特定的社会历史原因,这些中国文学史的出版,不仅标志了中国古代文学研究的新方法论,同时反映出日本当时的学术走向。从某种程度上说,中国文学史在明治时期集中登场,不排除日本对此领域学术主导权的争夺。由于写作时间仓促,著述的质量难免良莠不齐,而著者价值观的差异,也使得其对作家作品的评价见仁见智,殊难同调。尽管如此,作为由传统学术向近代学术过渡的产物,此批中国文学史彰显了较为显著的共性特征,并由此构建了明治时期所特有的中国文学史观,现择其要略加阐述。

一、先秦诸子思想与中国文学史观

　　当晚清学术尚以训诂与考据为主时,日本对中国文学史的撰写已着先鞭。而且,在由传统学术向近代学术转型过程中,明治时期的中国文学史,不约而同地表现出对儒学的重视。儒学是贯穿文学史中的一条重要线索,串联起对文学现象及作品的评价。1882年末松谦澄的《中国古文学略史》出版,为近代中国文学史之嚆矢。此书始于《周官》,迄至《国语》,以17章的篇幅叙述了先秦诸子思想。尽管其中穿插了对《诗经》《楚辞》的评价,并将楚辞与日本和歌加以比较,但总体而言,与文学相关的内容并不多。因此,虽以"中国古文学略史"题名,但实际上对于"文学"的理解仍限于诸子学。这也从一个侧面说明,"文学史"在传入日本之初,其概念界定是颇为含混的。

末松谦澄长期留学英国,他的《中国古文学略史》即是根据他在英国期间的演讲稿整理而成。彼时已有戈培尔·斯坦因的《德意志文学史纲要》(1827)、哈拉姆的《欧洲文学序说》(1837—1839)、泰纳的《英国文学史》(1864—1869)等出版,然而,《中国古文学略史》对此毫无体现。末松谦澄在序言中表示,先秦诸子学说既是中国文化的起源,也与日本传统文化密切相关,编纂此书,旨在为研究日本传统文化之辈提供便利。这或许可以证明,他的关注点并非在于中国文学史,而是通过对先秦诸子思想的梳理,为研究日本文化提供一种参照。河田熙在序言中的阐述,亦可资佐证:"况汉土之学,实本邦文物之祖,苟志于学问者,固不可不讲究其书也"①,也即是说,从"本邦文物之祖"的角度强调中国古典对于日本文化的重要性,劝勉有志于做学问的日本人,必须研究中国古典。此处的"文物之祖",是指中国文化,尤指先秦文化。因此,尽管此文将先秦文化提高到"本邦文物之祖"的高度,但是对于此著,仍不能完全理解为对中国文化的亲近感,其所着力探求的,是作为文化源头的先秦思想如何与日本文化产生关联,从而为日本近代国民精神的需要提供学术性的产品。

末松谦澄重视先秦思想,积极倡导儒学。此种对于儒学的倡导,实质上是对儒学的日本化改造。明治政府曾于 1890 年 10 月颁布《教育勅语》,以国家教育纲领的形式宣告了"以儒教为根本,西洋哲学为参考"。在此纲领指导下,明治时期出版的中国文学史,均表现出以儒学为重的倾向。末松谦澄的指导思想,与此呈现出一致性。

1897 年古城贞吉的《中国文学史》出版,作为日本近代第一部中国文学史通史,此书尤其强调儒学教化。田口卯吉评价此书为:"今此书成矣,学者辄得详彼此文学,为父子为兄弟之情,而知所以振作之方法,则其裨益国家文运,非少小也。"②以此直接表明此书是为阐明儒家大义所作。此外,由此书的叙述框架也可看出儒学所占的比重,包括序论在内,"第二篇诸子时代""第三篇汉代文学""第五篇唐代文学"及"第六篇宋代文学"均与儒学相关。

古城贞吉从儒学的角度切入对中国文学的分析,他认为中国文学的特质,归

---

① [日]末松谦澄:《中国古文学略史》,文学社,1882 年,第 2 页。
② [日]古城贞吉:《中国文学史》,东华堂,1897 年,第 4 页。

根结底是受儒学的影响：

> 中国古代读书文字之徒为王朝所网罗，中国古代文学的实质是上流社会的产物，其章奏议论的散文，多条畅达、儒雅切实的实用文字。其雅颂鼓吹之诗，亦以雄浑正大的台阁气象显现。故唐宋以来，取士之法，科举由来，皆为企念官途利禄的人所下的诱饵。……中国古代文学是科举制度的产物，反映了每个王朝的政教思想活动，此类作品具有贵族化倾向，称之贵族文学。与此相反，描写田园稼穑、桑麻牧畜等民家日常生活光景之作，以及反映民众的适意闲乐之作，可称为平民文学。①

在古城贞吉看来，在漫长的岁月里，儒学的治国平天下的思想深入人心，具有无法消磨的特性，此种特性对于中国古代文学有深远影响，因此，中国古代文学的实质是雅正宏大的贵族文学，而非一般的平民文学。他据此提出，如果研究中国古代文学，非要知晓儒学不可：

> 儒家学派是包括孔子在内的总称，但是儒家学派却并非孔子独自创立。究其渊源，儒家思想远在孔子以前便出现，只是孔子对其进行了整理，成为儒家思想的集大成者，孔子自己也说："述而不作，信而好古"，大体上就是指这样一种情况。儒家的缘起应当与称之"司徒"的官有关，所谓"司徒"，是掌管一国教化之官。另据周礼，太宰之职是"师以贤得民，儒以道得民"。此外《联师儒》载有：所谓师儒，指以道艺对乡里进行教化之人，古为致仕贤者，以德行教化乡里子弟，是为乡间的标识与模范，能感化众弟子之人。所谓"师"，是指包括六艺在内，教授弟子揖让读诵之人；所谓"儒"，与"师"一样都是指全才的君子，既要精通六经，又要怀有仁义之心，远达尧舜，近通文武，立身修己，为经世济用之才。故司马迁说："儒者以六艺为法"，班固也说："古之儒者博学六艺之文。"孔子怀圣人之德，却无施展之机，因此谈论诗书、修习礼乐，作《春秋》以明王道，实为崇古的理想主义。追随孔子的弟子多达数千人，孔子教书育人，因此兼具古代的"师"与"儒"之称。②

古城贞吉本人深受儒学思想的沾溉，在儒学观照之下，古城贞吉对中国古代

---

① ［日］古城贞吉：《中国文学史》，东华堂，1897 年，第 6 页。
② ［日］古城贞吉：《中国文学史》，东华堂，1897 年，第 43 页。

文学作品的理解,始终以诗词为正统,推崇"唯诗以言志",对戏曲小说加以排斥。此种儒学化的文学观也体现在文学史中。一方面,他认为中国古代帝王以诗赋网罗人才,难以出现流露真性情之作,而权贵宴饮时的赋诗逞才,频繁的应景酬和,使大量诗赋流于空泛;另一方面,他对戏曲小说不置一词,在文学史中对戏曲小说作家及作品避而不谈。

与古城贞吉的《中国文学史》同年出版的,是笹川种郎的《中国小说戏曲小史》。平田昌司对此二著的评价颇为切中实质,现将其引述如下:"古城贞吉的《中国文学史》将重点放在经史、传统诗文上,而在同一年出版的笹川种郎的《中国小说戏曲小史》仅介绍通俗文学作品,不愿将经史和文学等量齐观。前者的写作态度,很可能受到了木下犀潭学系'程朱学'理论框架的影响。可以说,古城贞吉的著述是在木下犀潭学系和19世纪日本新知识的基础上,以文学史的形式体现的济济簧几代师生和明治时代社会默认的、共同努力的文化目标。"①在平田昌司看来,与笹川种郎的教育背景不同,古城贞吉在济济簧所接受的儒学教育,对其学术研究产生了影响,从而使其研究局限于经史与传统诗文。

此后,古城贞吉本人也逐渐意识到,在《中国文学史》中未论及戏曲小说是一个缺憾。1902年他的《中国文学史》再版,他在"再版例言"中表示:"关于初版时提到日后将要考察唐宋的佛教文学、金元的词曲小说的问题,因迄今尚未获得更多的材料,此次再版仍未能对此展开论述,此话题只有留到日后再说。本书有关明清文学部分的论述颇为简略,因此打算另写一部《中国近世文学史》。"②尽管表示打算再写一部《中国近世文学史》,但似乎是敷衍之词,因为在此书"余论"部分,古城贞吉再次否定戏曲小说的价值,称其为正人君子所不耻。

与古城贞吉同期的文学史家还有儿岛献吉郎,儿岛献吉郎著有多部中国文学史,其时间跨度之久,著述种类之多,在明治学者中堪称榜首。他在第一部《文学小史》(1894)中,便将孔子及儒学确立为叙述重点,此定位可以说贯穿了他的文学史系列。如1909年的《中国大文学史古代篇》,其中对孔子及其学说的叙述占据了六章篇幅。1912年的《中国文学史纲》,仍以儒学为切入点叙述中国文学的

---

① [日]平田昌司:《木下犀潭学系和"中国文学史"的形成》,《现代中国》第10辑,2008年。
② [日]古城贞吉:《中国文学史》,东京劝学会藏版,1902年,再版例言,第6页。

特质,并提出中国古代文学有贵族文学与平民文学之分,其中贵族文学主要是宫廷文学与应制文学,平民文学则是具有田园自然之趣的文学:

> 古代的中国实行君主专制,天子一人之心,往往左右天下万人的思想。中国古代文人恋势利功名,往往以出入台阁为荣光。中国历代皇室乃名誉之源泉,万众视线集于天子一人。因此其诗文以政治经纶为主,且多有台阁之气。如果说乐享田园、热爱自然之作是平民文学,则中国文学是最发达的贵族文学。唐虞三代的文学是少数贵族的文学,至于梁之宫体、唐之应制体、明之台阁体,皆乃贵族文学。……贵族文学出自缙绅之手,叙其经世之志。平民文学乐享田园自然,叙其人之情操,发乎庶民之口,描绘社会真相。且贯穿世态人情,以悦庶民耳目。然而在中国贵族文学占据绝对势力,平民文学不过百分之一二而已。①

在此基础上,儿岛献吉郎进一步提出,从整体上看中国古代文学属于悲观文学:

> 中国古代文人的初衷是第一立德、第二立功,其半生的事业是向政治方面而努力,直至晚年才转向真正的文学生活,以诗歌文章来抒泄郁懑不平之气。如果说,歌咏骨肉恩爱的天伦之乐,亲友互诉情话之悦,山川草木风月花鸟之美,是一种乐观文学,那么中国文学则是最发达的悲观文学。先秦诸子的文章,唐宋诸家的诗歌,皆有悲观文学的倾向。②

儿岛献吉郎认为,中国古代文学之所以有平民文学、贵族文学、悲观文学之分,这些区分归根结底是由于儒学的影响,"孔孟以来,人皆以治国平天下为毕生理想,学而优则仕,因此作者总怀有攀龙附凤之念"③。他还认为,在孔孟思想的影响下,中国古代文学始终难以脱离功利色彩,不同时代的主流文学往往与功名有关,如"汉代论文勃兴是由于以策论选人,唐代韵文极盛是由于以诗赋试士,宋代经学普及是由于以经义用人,明代八股文流行是由于以八股取士"④。而即使不为求取功名,文人同样怀有兼济天下、渴望参政之心,此为4000年来中国古代文人的特质所在:

---

① [日]儿岛献吉郎:《中国文学史纲》,富山房,1912年,第7页。
② [日]儿岛献吉郎:《中国文学史纲》,富山房,1912年,第8页。
③ [日]儿岛献吉郎:《中国文学史纲》,富山房,1912年,第9页。
④ [日]儿岛献吉郎:《中国文学史纲》,富山房,1912年,第10页。

孔孟晚年著述立说,虽绝于仕途,然二圣心中仍欲明经纶之志;老庄鼓吹无为,主张平等,以此破除先王的礼乐刑政,然二贤胸中犹愤世慨时,怀忧天下而济众生之念;阮籍、嵇康寄托醉酒,以此逃避人生,其蔑视王公贵族,视富贵如浮云,以醉乡诗人的面目出现,然而眼里却仍是慷慨悲愤之泪;谢灵运谢惠连寄望丘壑,晚年流连于山水之间,以山泽诗人之名享誉天下,然其头脑中,却仍有郁勃不平之气焰,藏有渴望参与政事之欲火;李白豪放不羁,将宠辱置之度外,却仍不能安于田园生活;周敦颐心胸洒落无尘,热爱自然,然而其并不能兴起平民文学;陶渊明不为五斗米折腰向乡里小人,归居田园,种苗于东皋,采菊于东篱,悠然而见南山,此乃真正的田园诗人。①

综上所述,明治时期的中国文学史,几乎无一例外地由儒学进入对中国文学的思考。即使是以倡导"新文学观"标榜的久保天随,在他的《中国文学史》(1903)中,同样突出儒学,有关先秦学说的叙述占据了全书内容的四分之一。

实际上,日本对儒学的重视由来已久,明治中国文学史家对儒学的重视也是有因可循。日本历史上对于中国典籍所作的训读主要是先秦诸子学说,尤以儒学典籍为主。② 在漫长的历史岁月中,用训读的方法阅读先秦的儒家经典已内化为日本学者的一种基本素养。虽然5世纪前后儒学才得以官方的渠道传入日本,但是在此之前,先秦诸子文献已在日本民间广为流传。作为日本最早的成文法,7世纪初圣德太子颁布的《十七条宪法》的核心精神即是儒学,其中"以和为贵""治民之本在于礼"等思想均源于儒家典籍。此外,成书于8世纪的《古事记》与《日本书纪》,作为日本最早的文学与历史著作,对于日本文化产生了极为重要的影响,而此两部书均具有浓厚的儒学色彩。至江户时期朱子学被确立为官学,在长达264年的江户幕府统治期间始终占主导地位,历代幕府将军更是推崇中国文化,如幕府开创者德川家康,不仅自身具有深厚的儒学修养,还召集学者讲译汉学经典,主持刊行《群书治要》《贞观政要》《孔子家语》《六韬》《三略》等汉文书籍。

明治维新后,总体上中国文化在日本的影响渐次减弱,然而,从儒学角度思考、把握中国文学的特质,却贯穿了明治时期的中国文学史研究。直至1919年盐

---

① [日]儿岛献吉郎:《中国文学史纲》,富山房,1912年,第10页。
② 训读是日本汉字的一种发音方式,是使用汉字之日本固有同义语汇的读音。日本传统上对中国的"四书""五经"等中国文化典籍,主要是通过训读的方法,使之日语化,以方便进行阅读。

谷温的《中国文学概论讲话》,才不再以儒学为文学史叙述的重点,而是注重文学自身发展规律的探讨,因此被称为真正具有近代学术意义的中国文学史。然而即便如此,盐谷温本人也仍无法脱离"儒教意识形态",他始终将儒教作为构建日本现代国家意识形态的理论基础,并最终走向极端的日本民族主义。

综上,深受儒学思想影响的明治中国文学史家,在他们的中国文学史中,几乎无一例外地表现出对于儒学的重视,以及由此而展开的对于儒学与中国文学关联的思考,在其著述上刻下了时代的深刻烙印。

二、中国文学史的理论来源

作为文学史,必须有相应的文学理论支持,否则便流于介绍作家、作品的"文学书"一类。对此,明治时期的文学史家有清楚的认识。因为当时即有"文学史"与"文学书"之分,之所以称之为"文学史",特征之一即是有理论来源。明治时期中国文学史的理论来源主要有两方面,其一是泰纳的文学理论,有关此理论及对中国文学史产生的影响,此前已有所涉及,故不再赘述。其二是中国古代文论,由于明治时期以接受西学为主,因此在研究此阶段的中国文学史时,对中国古代文论的接受容易被忽视。但是应当注意到,明治中国文学史的理论构建,实际上不只来源于西方,也来自中国传统文论。

从历史渊源来看,日本历来重视中国古代文论,《汉书·艺文志》《诗品》《文心雕龙》等书籍在日本盛行久远,其中有关风俗、地域环境与中国文学的论述,与泰纳的三因素学说在学理上存在一定契合。例如,在中国古代文论中,论述文学的南北差异,最早可上推至《诗经》,《诗经》中的"国风",即是以地域划分为编纂的依据。孔子编纂《诗经》,尤其关注文学的社会功能,所谓"兴观群怨",也即是阐明诗歌所反映的社会情况与时代风俗。此外,《礼记·王制》中谈到,"广谷大川异制,民生其间者亦俗",《汉书·地理志》中也谈到,"凡民函五常之性,而其刚柔缓急,音声不同,系水土之风气,故谓之风;好恶取舍,动静亡常,随君上之情欲,故谓之俗",皆言地域不同,风俗也随之不同。尤为值得注意的是,《隋书》的《文学传序》中对南北文学差异有所论述,日本明治文学史家的论述与之颇为相符。"江左宫商发越,贵于清绮;河朔词义贞刚,重乎气质,此其南北词人之大较也",

明确指出江南文学的特征在于柔婉纤细、辞藻富丽,而北方文学则刚劲粗犷、朴拙质直。明治中国文学史中有关南北文学的叙述,或直接转引于此,甚至连文字也大致相同。此外,《文心雕龙》对盐谷温可能也有所启示,其《原道》篇将诗文提高至与天地并生的自然之道,而盐谷温也在开篇形容中国文学,"泰华巍巍耸千秋,江河洋洋流万古,天地的正气钟于此地。三代的文化凤开,汉唐之世,尊崇儒道,奖励文教,济济多士,翱翔翰苑,吟咏风月,发挥诗赋文章之英华",此与《文心雕龙》所言"日月叠璧,以垂丽天之象;山川焕绮,以铺理地之形"颇有相通之处,皆言天地自然的文学之道。以上种种评价皆言外部因素对文学产生的影响,对此张少康认为,"两汉经学时代的特点是强调文学和政治教化的关系、文学的社会教育作用,侧重于探讨文学的外部规律"①。如其所言,实际上,对文学外部规律的探讨,也是中国传统学术的特征之一。因此,明治时期的中国文学史侧重于探讨文学外部因素,既是对泰纳文学理论的接受,实际上也包含了中国古代文论,体现了西方文艺理论与中国古代文论的一种折中。

三、文学观的转变与俗文学地位的提高

文学史书写主体不同,则相应的文学观也往往不同。文学观不仅体现了书写主体对作家、作品的评判,也彰显了其对"文学"的认识与理解。在日本明治时期,主要表现为突出俗文学价值,在文学研究上由传统诗文转变为以小说戏曲为主。近代以来"文学"概念的最终确立经历了艰难的过程,而小说戏曲能够进入文学史,并最终成为文学史的叙述主角,则更是一个难上加难的过程。

19世纪中国文学研究发生重大转变的标志之一即是小说戏曲地位的提高。在中国被认为是旁门左道的小说戏曲,首先在近代欧洲大放异彩,随后在日本迎来研究的热潮。明治时期小说戏曲的兴盛并非江户时代的延续,实际上是受欧洲近代文学观的启示,是对中国俗文学价值的再定位。尽管在江户时代的中日贸易中,小说戏曲作为特殊的商品运抵日本后,掀起了日文翻译、训点和仿作之风,但大多数仿作是借鉴中国白话小说的题材及表现技巧,结合日本本国的历史事件和

---

① 张少康:《中国文学理论批评史》上册,北京大学出版社,2005年,第44页。

历史人物进行再创作,而非真正学术意义上的研究。进入明治时期,戏曲小说伴随欧洲新文学观与研究方法的导入,作为独立的研究对象,以中国文学史为载体,被赋予了全新的价值与意义,并被视为了解中国社会及风俗人情的路径。

明治维新后,文学史家的主要任务是摆脱江户时代的传统文学观,文学从此不再是"无用之业",而是有其独立的存在价值与意义:

> 明治维新以后,日本文学的现代化处于滞后的状态。江户时代的文学观念和价值观念仍占文坛的主导地位。由武士运作和町人运作两大类文学占据着文坛的中心位置。前者是以儒教理念为基础的上流文学,比如汉诗文、和歌、雅文调纪行文,主要强调道德教化的功能,以功利和实用为目的。后者是以戏作为主的庶民文学,比如人情本、滑稽本、读本、狂歌等,不强调教化作用,而以娱乐为目的。尽管两者的文学价值观的出发点不同,但是其立足点都是不承认文学本身的独立价值,实际上都是轻视文学,将文学视为"无用之业"。《浮云》问世后,虽然得到一部分有识之士的好评,但总的说来,人们却未能真正认识到这部作品的时代意义。二叶亭四迷极端不满日本文学界到处充斥着以游戏态度写作的现状,曾感叹:"文学不是大丈夫的终身事业!"近代文学的先驱者们首先努力摆脱江户时代遗留的旧文学观念。①

值得注意的是,明治时期俗文学研究的开展,并非日本一国的孤立研究,实际上是当时欧洲文学研究在亚洲的回响,并早于中国本土获得了此方面的国际话语权。当时在欧洲,小说戏曲被认为是中国文学中最精彩的部分,受到欧洲民众的认可:

> 有关19世纪文化民族主义的动向,除去本国的文化传统以外,还有必要涉及"国民文学"这一概念的变迁。这个观念使本国语言书写的代表国家的"文学"作品当作经典(canon)成为崇拜的对象。同时,还附加了另外一个含义,即文化水平已经提高的大多数民众所喜爱的作品。例如在英国,狄更斯(Charles Dickens,1812—1870)的小说就是这样定义的。伴随着新闻出版业的繁荣,作者倾注悲喜交加的情绪表现下层社会生活的小说和以激发群众兴奋情绪的政治事件为题材创作的历史小说受到欢迎,使小说体裁的地位得到

---

① 雷晓敏:《日本言文一致与日本近现代文学转型》,《外语教学》2007年11月第6期,第76页。

提升。之所以这样,是因为出现了一个局面,即,能够提高小说地位的有实力的作品被创作出来,并且受到了民众的欢迎。如果不谈小说的地位以19世纪市民社会的活力为背景得到提高这一态势,就无法叙述以诗歌、小说和戏曲为代表的语言艺术这一概念是如何形成的。以浪漫主义的崛起和新闻出版事业的繁荣为背景,小说地位得到提高。这并不局限于英国,虽然各国的时代状况和特点不同,在德国和法国也出现同样的现象。①

如果说,中国俗文学研究兴起于欧洲,则日本近代留学海外的一批学者充当了搬运者的角色,如盐谷温、井上哲次郎、白鸟库吉、狩野直喜、内藤湖南、服部宇之吉等,正是他们率先将欧洲的文学观与研究方法导入日本,使日本在大正时期进入此领域学术研究的前沿。

翻译是近代学术研究不可或缺的重要环节,明治时期对于西方学术的介绍主要得益于留洋学者所作的翻译。如"文学"即是源于英语的一个译词,"小说"也是译词。明治时期的西周在翻译《百学连环》第一编时,将其中的"Romance"翻译成"稗史",将"Fable"翻译成"小说",此后"小说"一词逐渐在日本传播开来。②与翻译同步,近代意义的"小说",实际上也来源于西洋。吉田精一在《近代文学的诸相》中对"小说"一词的古今演变进行了叙述,他认为,明治之前日本的"小说"一词,取自中国的《庄子》与《汉书·艺文志》,在江户时代专指浮世草子、洒落本、滑稽本、读本、人情本等,明治以后,"情史""奇谈""情谱"一类作品具有了"小说"的意味,此时的"小说"往往具有"传奇"或"小家珍文"之意。吉田精一进一步考察近代有关小说的著述,发现近代日本对于"小说"的界定与"文学"一样,与传统学术纠结缠绕。如《维氏美学》(1883—1884)是明治时期介绍欧洲文艺发展史的著述,但其中未见"小说"一词,而是称之以"稗官",对小说家则称之以"稗史家"或"稗官";《经国美谈》(1883)虽然提到了"小说"之名,不过其阐述并非基于散文艺术创作意义上的"小说"。目前普遍的看法是,真正具有近代意义的"小说"始于坪内逍遥的《小说神髓》(1886),从《小说神髓》问世以后,逐渐出现了"政治小说""改良小说""文学小说""人情小说""欧洲小说"。坪内逍遥在《小说

---

① [日]铃木贞美:《文学的概念》,王成译,中央编译出版社,2011年,第36页。
② 参阅[日]吉田精一:《近代文学的诸相》,樱枫社,1981年。

神髓》中提出,小说的眼目首先是写人情,其次是写世态风俗。坪内逍遥批评日本文学界追随李渔的"劝惩说",背离小说真正的意义,提出应将人情世态置于小说的首要位置,应当以欧洲的新方法、新眼光研究小说,从而将小说从单纯的娱乐功能中解脱出来,这些均对确立小说在中国文学史中的地位产生了影响。

在此风气影响之下,森槐南、冈岛献太郎、田中从吾轩等对小说戏曲展开近代学术意义上的研究,尤其值得一提的是,1887年森槐南、幸田露伴、森欧外在《醒醒草》上发表有关《水浒传》作者及成书时间的论文,该文主要观点是,《水浒传》小说的成书早于水浒杂剧。狩野直喜对此说法表示质疑,并以无可辩驳的证据,推论在《水浒传》小说出现以前,社会上已流传水浒杂剧,小说是在杂剧的基础上改编完成。盐谷温在《中国文学概论讲话》(1919)中也谈及此问题,表示认同狩野直喜的观点。此种对《水浒传》成书过程的学术争论,将事实材料与逻辑推理相结合,体现了具有近代意义的学术思辨。可见19世纪末,对中国俗文学研究,已不局限于单一层面,而是开始了多角度、多方位的思考。

总之,明治初期小说戏曲地位的逐步提升,是与文学观的转变相伴发生的。如果说在明治初期,有关小说、戏曲的研究更倾向于文学史家的个人价值倾向,局限于作家及作品本身的叙述,尚未提升至体系化与规模化的阶段,阐述的语言更多感性而非理性,因此处于尝试与探索时期的话,至明治后期,戏曲小说研究逐步走向成熟而自觉,有关此方面的研究不断深化并引起广泛关注,终于在大正时期正式跨入了近代学术的体系。

四、中日文学传统的差异

由于每个国家的文学传统不同,所处时代与环境不同,不同文学史家对同一作家作品与文学现象会有不同评价,明治时期的中国文学史也体现出此种差异性。对于文化的差异性,美国的文化人类学家本尼迪克特有一段著名的描述,她认为,"鼓励文化的差异,并不意味使世界静止"①。她为这句话所做的注解是:如果只是认为自己的生活方式是唯一存在的解决办法时,不可能理解其他生活方式

---

① [美]鲁思·本尼迪克特:《菊与刀》,吕万和、熊达云、王智新译,商务印书馆,1990年,第11页。

和知识,"他们把自身置于愉快和丰实的体验之外,他们是如此保守自持,以至于只能要求其他民族采纳他们的特殊方式,别无其他选择"①。日本对于中国文学的评论,其价值与意义实际上正体现于此。日本在漫长的岁月中接受中国文化的影响,但此种文化接受并非照单全收,而是建立在日本民族传统文化基础上的重新阐释。我们知道,日本传统文学的精髓是"物哀",所谓"物哀",即是追求一种与社会政治和现实生活无关的唯美哀怨的格调,尤其讲求从自然人性出发,不受道德观念束缚的,对万事万物的包容、理解与同情,因此日本文学注定对思恋、哀怨、忧愁、悲伤等刻骨铭心的心理情绪产生一种共感力。也可以说,"物哀"是日本文学所追求的一种最高的境界,日本人往往以能否传递这样一种精神作为评判文学作品的尺度。与此相反,中国文学传统中并不存在与"物哀"完全对应的理念,贯穿中国古典文学的更多是以儒家为代表的现实主义,强调文学贴近社会政治与现实生活是中国文学的主流。早在先秦,《诗经》便提出"诗可以兴,可以观,可以群,可以怨,迩之事父,远之事君",以此奠基了中国文学的现实主义源头。至唐宋时期,文学的现实主义精神得到进一步加强,所谓诗能讽谕,文以载道,以反映社会现实、宣扬道义作为最高的追求目标。白居易所倡导的"文章合为时而著,歌诗合为事而作"成为唐代文学的主调,在此理念之下,脱离社会现实的吟咏风月之作,即使有出色的艺术价值,也难以被视为上乘之作。明清文坛则宗唐法宋,承袭了一贯的现实主义传统。因此,如果我们对日本传统文化与中国传统文化有所了解,就可以对日本文学史家对中国文学的评价有一个整体的把握,对其选入中国文学史的作品的角度予以理解。还要强调的是,尽管历史上受中国儒学的影响,日本文学中也有深刻的道德讽谕意味,但并不能据此认为,日本文学与中国文学具有相同的属性。恰恰相反,中日两国文化存在着本质的不同,如加藤周一所言,"在日本,文学甚至代替哲学起作用,而在中国,连文学也成了哲学性的东西"②。

受近代欧洲文学观影响,明治时期的中国文学史家提出,儒学束缚了中国古代文学的发展。他们普遍认为,中国文学尤其是北方文学,注重道德训化而忽视

---

① [美]鲁思·本尼迪克特:《菊与刀》,吕万和、熊达云、王智新译,商务印书馆,1990年,第11页。
② [日]加藤周一:《日本文学史序说》,叶渭渠、唐月梅译,外语教学与研究出版社,2011年,第4页。

作品的真性情,久保天随尖锐地指出:"中国文学的特质,概括起来是重实际、尚教训,具有保守的拟古主义文学倾向,比较偏重于形式。与构思和想象相比,中国的文学作品更在修辞上下功夫。"①《诗经》以教育训化为唯一要谛,故感情不能自由奔放,而必须服从道德的规矩。《诗经》中超过半数以上的是男女之间的爱情诗,然而将这样单纯属于民情民风的恋爱诗用以教育训化,难道不是很矛盾的事情吗?"越读《诗经》越感受其严正的教训,而无法接近那种属于诗的微妙至纯的声音,远离文学的真谛而以温柔敦厚见长的汉民族诗歌的旨归是实用主义。"②笹川种郎也认为,《诗经》是北方实用主义思想的典型体现,中国现实主义诗歌非常发达,与《诗经》提倡的现实性与实用性有直接关系,且中国之所以较少雄浑宏大的叙事诗,其原因可以追溯到《诗经》。《诗经》所奠定的现实主义思想之所以为中国后世所延续,与北方人偏重实用主义的思想密切相关。笹川种郎还认为:"戏曲小说是中国文学中最具特色的部分,但是有关戏曲小说研究在中国十分罕见,归根结底这种情况的产生也与北方文学传统有关。以孔子为代表,中国古代文学强调教化作用,儒家思想深入中国几千年,因此诗被尊称为经国之伟业,而戏曲小说则被称为末技小道,甚至以为伤风败俗而受到文人的轻侮,在中国戏曲小说的地位几乎如同尘芥。"③

由是可见,明治中国文学史体现出与中国本土不同的评价尺度。如前所述,末松谦澄在《中国古文学略史》中选取了《诗经》的五首诗,分别是《唐风·绸缪》《唐风·葛生》《魏风·陟岵》《王风·黍离》《卫风·竹竿》,此五首诗分别描写少女、寡妇、游子、昔日王侯、远嫁的新娘的心理活动,其主旨可以用一个"情"字统领。此种选取标准与中国存在差异,在中国出版的各类中国文学史中极少将此五首诗选入,中国学者往往不认为此五首诗代表了《诗经》的精华。末松谦澄则注重《诗经》所反映的人性与人情,并未提及《诗经》的现实主义精神,强调唯美、注重情感体验成为其选取、评价文学作品的基本出发点。因此,尽管末松谦澄在《中国古文学略史》中倡导儒学,但其评价文学的内在标准则与日本传统文学"主情"的基调契合,日本文学以"情"为中心,感性因素多于理性因素,情趣与情调占据

---

① [日]久保天随:《中国文学史》,早稻田大学出版部,1904年,第12页。
② [日]久保天随:《中国文学史》,人文社,1903年,第54页。
③ [日]笹川种郎:《中国文学史》,博文馆,1898年,第261页。

主要位置,对事物观察与体验也往往诉诸感觉与感情,对思慕与离别之情的叙说,往往成为日本原初文学中最频繁出现的内容。

儿岛献吉郎对文学的评价同样也基于"情",尤其强调文学要有真情,"真文学字字皆血,句句有泪,描画出自我的真相"①。他以此尺度评价陶渊明,认为陶渊明是中国古代最具真性情的诗人,"不为五斗米折腰的陶渊明,是晋朝文人的巨擘,古今诗人的泰斗。如果以诗人的角度评价他,他令东晋末年的文坛为之一振,同时也开启了南朝诗坛。如果从节义逸民的角度来评价他,他是愤世嫉俗的不平的文学家,是乐享田园、热爱自然的乐天家。他是矫激凌厉,冲破礼法的世外之士,他冲淡清远,是陇亩间以琴书为乐,风尘中寄望于诗酒的雅士"②。他评价杜甫,同样也是基于"情"的层面考虑,"他是有情之人,他是多泪的诗人。他不同于李白的仙风道骨,他涵咏儒学,始终对时事充满慷慨淋漓的热情,以关心天下形势为所好。或痛苦,或悲愤,仰则念忠君之心,俯则系怀乡之情。春花秋霜,皆是他感时伤怀的种子。他一生坎坷落拓,飘零于江湖,胸中充满不平郁勃之气"③。可以说以"情"观照、以"情"统领和评价中国古代诗词及诗词作家,是明治文学史中普遍存在的现象。

中日文学评价的差异性不仅体现于诗文,在戏曲小说上同样如此。如笹川种郎推崇清朝小说《金云翘传》,甚至认为《金云翘传》的艺术价值超过了《红楼梦》。他说:"《金云翘传》没有《红楼梦》之错杂、《金瓶梅》之淫猥,篇幅短小而情节连贯,除《水浒传》《西游记》以外,如果让我对有意欣赏中国小说的人士推荐,那么我一定会推荐《金云翘传》。"无独有偶,盐谷温也认为《红楼梦》繁冗复杂,缺少一种简洁之美:

> 中国是文明古邦,文化烂熟于此,人情风俗十分发达,发展至极则为享乐,遂终至于颓废。犹如中国料理之醇厚,中国人性情亦极为复杂。以淡味刺身与盐烧为好,性情单纯的日本人,对此显然无法理解。中国人初次见面的寒暄,其辞令之精巧,委实令人惊叹。且在外交谈判及谲诈纵横的商略上,充分发挥此特色。从中国文学的虚饰之多,也可看出其国民性之复杂。餐餮

---

① [日]儿岛献吉郎:《中国文学史纲》,富山房,1912年,第5页。
② [日]儿岛献吉郎:《中国文学史纲》,富山房,1912年,第132页。
③ [日]儿岛献吉郎:《中国文学史纲》,富山房,1912年,第201页。

藿食粗糠的人不足与之论太牢的滋味,惯于清贫的生活,难以与通温柔乡里的消息,粗犷之人也无法玩味《红楼梦》的妙文。①

或以《红楼梦》之"错杂"而被列在《金云翘传》之后,或被盐谷温认为烦琐的描绘反映了复杂的中国人性,此种观点实际上也涉及日本传统审美与心理。如果对日本传统审美有所了解,可知"简约"是日本文艺所追求的一种至高的境界,"日本清幽的自然环境与淡泊的简约精神,对原初民族的简约淡泊的性格形成关系极大。日本文艺以柔和简约作为其代表,其内里蕴含着深刻性的东西"②。叶渭渠将日本以简约为主的文化现象进行概括,据此我们可以理解,对简约的追求体现于日本人精神世界的各个方面,"这种简约甚至体现于日本的语言上,日本语言一个母音只配一个子音,非常单纯,很少拗音和强音"。"简约的时尚,具体反映于数字上是尊崇奇数,以奇数代表吉祥。由此延伸,在文学上也表现出对奇数运用的偏执。从和歌、俳句的格律到歌舞伎的剧名都避开偶数而采用奇数。""表现在衣食住等日常生活方面也是如此,和服不仅色素,而且样式单一,无多样多褶皱,从衣领到下摆是一直线的,非常简洁。传统日本料理讲究清淡、生食,以保留原味。日本烟酒不浓烈,肥皂牙膏也是淡香。住宅建筑多原木结构,非对称、不均齐的直线型,连家具也多是原木色和白色。""与日本民族生活密切的茶道,更具体地体现日本民族这种简淡素泊的性格特征。他们赋予茶道空寂的性格,追求形式与内容的简素的情趣。茶室多是草庵式,空间甚小,整体结构质素,室内布置简洁,壁龛只挂一幅简洁的字画,花瓶里只插一朵小花。"③以如此审美观来阅读、体验《红楼梦》,自然对《红楼梦》的故事情节、人物关系乃至家具陈设、食具器皿的繁复错杂表现出无法理解,甚至无所适从之感。

不仅如此,盐谷温还对中国已失传的唐代传奇《游仙窟》表现出关注,在《中国文学概论讲话》中,将其列入唐代小说"艳情"部分:

《游仙窟》,张文成撰。居于我国第一淫书,在其本国(中国)早已亡而不传。此书描写张文成奉使河源,迷入神仙之窟,受到十娘、五嫂两女仙的款

---

① [日]盐谷温:《中国文学概论》,弘道馆,1948年,第447页。
② 叶渭渠:《日本文学思潮史》,北京大学出版社,2009年,第21页。
③ 叶渭渠:《日本文学思潮史》,北京大学出版社,2009年,第21页。

待。文章结构是纯然四六骈文体,极尽灿烂绚丽,罗列故事,且插以俗语调子。世传本朝的嵯峨天皇之时,曾召集纪传之儒者,欲使之传授《游仙窟》,诸家皆不传,学士伊时深以为叹。时在木岛社头,林木深处,有一草庵老翁,两眼相闭,口中常有所诵念。问之,则读曰《游仙窟》。伊时闻之,洁斋七日,整衣冠,带陪徒参诣翁所,受训读,还后复送种种珍宝,庵之迹异香馥郁,而翁之姿却了无踪迹。此为木岛大明神的化现,记于文章生英房的序上。今《游仙窟》附以训读讲释之版本甚多,风流之士未有不读《游仙窟》者,在日本文学上留下诸多印象。相传紫式部的《源氏物语》也受此底本的影响,因而《拙堂文话》上有左之一节。①

此段文字记述了《游仙窟》在传入日本之初,因无人能解其意,竟然祈求于神明相助。同时指出,此书在日本文人中流传极广,紫式部创作的《源氏物语》也受此底本影响。受此启发,鲁迅在《中国小说史略》中也表示,《游仙窟》是"治文学史者所不能废矣"。作为一部艳情小说,此书的艺术成就充其量只相当于一部普通的唐传奇,却引起盐谷温、鲁迅这样学术大家的关注,颇值得思考。《游仙窟》在日本有多个版本流传,具体版本情况如下:

京都醍醐寺三宝院藏康永三年(1344)钞本,后有日本古典保存会1926年影印本;

名古屋真福寺宝生院藏文和二年(1353)钞本,后有日本贵重古籍刊行会1954年影印本;

江户时代(1603—1868)初期无刊记刊本,后有日本和泉书院1983年影印本;

庆安五年(1652)刊本;

元禄三年(1690)刊本,称《游仙窟钞》,分作五卷,有插图。此本最为通行,后有多种翻刻本。②

不仅是《游仙窟》在日本文学界引发关注,从《水浒传》在日本的传播过程,也可以观之端倪。与《西游记》《金瓶梅》《儒林外史》等白话小说相比,《水浒传》在

---

① [日]盐谷温:《中国文学概论》,弘道馆,1948年,第344—355页。
② 顾农:《游仙窟》诸本,《中华读书报》2011年2月16日。

传入日本之初,便大受欢迎。有关此问题,光绪末年的燕南尚生在《水浒传新或问》中发问:

> 闻日本有译本《水浒传》,其视此书巨于何等乎?曰:此最易了了者也。吾国说部之书,奚止汗牛,奚止充栋?日本志士,不译吾之《金瓶梅》,不译吾之《西游记》,其待《水浒》,不已见耶?况又有最简单之批焉,曰:《水浒》之有益于初学者三,起勇侠斯尚气概矣,解小说斯资俗文矣,鼓武道斯振信义矣,此非证明乎?又彼邦之卖卫生长寿丹者,题其袋曰:神医安道全秘方灵剂。其为假托固也,然何不题曰歧黄乎?何不题曰和缓乎?可见彼邦之文人学士、孺子妇人,有不知歧黄、和缓者,未有不知安道全者也。其器重《水浒》者为何如哉?宜乎以吾国之一书,而经日人曲亭马琴、高井兰山、冈岛冠山诸君之争译也。①

对此,中村幸彦认为,《水浒传》在日本受到重视的原因,主要是由于其出色的艺术成就,他说:"对当时的有识者来说,中古物语已经成为古典,如同隔云看花,既不为其所好,那么除了西鹤等人的粗野庸俗的作品,就再无其他可看的小说了。正在这时,如同晴天霹雳,出现在眼前的第一部可以称之为小说的小说,就是《水浒传》了。"②然而,仅从艺术层面解释似乎并不全面,这是由于《金瓶梅》的艺术成就并不逊色,但是江户时代很少有人问津,对日本文学也几乎未产生影响,江户末期的曲亭马琴改编本《新编金瓶梅》,可以说是公开宣传《金瓶梅》唯一的一部书。《儒林外史》的艺术成就同样突出,但是在江户中期传入日本后,直至明治时代的1911年森槐南才首次提到它的价值,甚至到1935年才出现《儒林外史》的第一个日译本(濑沼三郎译)。同是四大奇书之一的《红楼梦》,堪称代表了中国小说的最高峰,却于宽政五年(1793)传入日本后,约沉寂了一个世纪才逐渐引起日本文人的兴趣。以至于伊藤漱平无奈地感慨:"也许对熟读《三国演义》《水浒传》等有丰富的情节变化的小说读者来说,《红楼梦》这部小说让人感到不知如何读起。……只能说,阅读《红楼梦》的条件,即使在唐通事那里也还未成熟。"③从这个角度来思考,与《金瓶梅》《红楼梦》《儒林外史》相比,《水浒传》之所以在日

---

① 朱一玄、刘毓忱:《水浒传资料汇编》,南开大学出版社,2002年,第344页。
② 转引自李树果:《日本读本小说与明清小说》,天津人民出版社,1998年,第203页。
③ [日]伊藤漱平:《红楼梦在日本的流行》,大安,1965年第1期。

本更具有影响力,是因为《水浒传》与日本文学传统有契合之处。当《水浒传》进入日本读者视野的时候,日本自古以来的尚武之风和侠义情绪所构成的传统文化心理,决定了日本民众与《水浒传》一拍即合,产生了共鸣。日本尚武的习俗由来已久,在日本远古的创世神话中提到的"天沼矛"即代表了武力征服,可以说,这个远古的神话所蕴含的尚武精神贯穿了日本人精神世界的内核。其具体的体现是,古代中国以从事学问的人为上,而日本却以拿弓矢的人为上,日本人尚武,以武为骄傲,对武的价值重视要远高于中国。而代表日本武士阶层的道德和信仰的武士精神,最根本的就是讲"义"和"勇"。除了"义"与"勇",日本人深层的理念中还有某种"复仇"情结。戴季陶在《日本论》中谈到:"日本从前那些文学家,往往把复仇的事实,当作最好的题材,或是用小说描写复仇者的性格,或是用诗歌去赞美他的行为。近代还有许多人,以为这复仇的事实,是日本人最高尚的精神,是日本人最优美的性格。"[1]正是基于此种审美取向,使日本读者容易对《水浒传》中的宋江、晁盖、柴进、卢俊义等绿林英雄产生兴趣,同时由于日本读者喜欢情节变化丰富的文学作品,《水浒传》在这一点上也正好满足了日本读者的需求。对此,高岛俊男在《〈水浒传〉与日本人》中曾谈到,《水浒传》节奏明快,是中国所有小说中读起来最痛快的一部。大木靖和大冢秀高也认为,《水浒传》和《三国演义》等历史题材的小说在情节曲折和富于变化方面,符合江户时代市民阶层的口味,因此在日本有广泛的读者。在明治时期出版的中国文学史中,几乎众口一词地对《水浒传》给予极高的评价,称其为"快书""好书",而对于《红楼梦》的艺术价值却存在不同的看法,其深层原因也在于审美传统的差异。以上审美差异,在明治时期出版的中国文学史中均有相应体现,此为阅读中国文学史时需要留意之处。

要而言之,尽管日本自古以来深受中国文化的影响,然而其对于中国文学的认识受制于本国的传统文化与价值体系之中,也因此制约了其对中国文学更为开阔而深入的思考,藤田丰八曾不无感慨地说:"我等笃信中国文学作为文学所具有之价值,故为此而期待致一臂之力,当然真正之研究,到底须望中国人也。"[2]藤田

---

[1] 戴季陶:《日本论》,九州出版社,2005年,第36页。
[2] [日]藤田丰八等:《中国文学大纲》(16卷),大日本图书株式会社,1897年,序言,第2页。

丰八所言,不仅是语言层面的障碍问题,也是指由于日本和中国文学传统的差异、文化背景不同,日本对中国文化可能产生的误读。然而,误读本身为比较文学提供了很好的研究空间,有助于从不同角度认识理解自身的文化。

第六章
明治时期中国文学史的分期研究

文学史分期体现了文学史观及对文学现象所作的总体思考,因此是文学史研究的内容之一。最早对文学艺术进行分期的是德国的温克尔曼(1717—1768),其在《古代艺术史》中将希腊的雕刻艺术分为四个发展时期。英国人托马斯·沃顿的《英国诗歌史》(1774—1781)首次将分期法应用于诗歌,此后分期法逐渐在欧洲文学史或艺术史中采用,如勃兰兑斯的《19世纪文学主流》、黑格尔的《艺术史》、泰纳的《英国文学史》等。明治时期的中国文学史,处于文学史初创阶段,因此在分期上未有统一标准,主要以朝代的自然更迭为序,但也呈现出将社会历史与文学现象结合,综合加以分期的尝试,现择其要略加阐述。

1882年末松谦澄的《中国古文学略史》出版,是日本首次以"中国文学史"题名的著作。此书尚不存在中国文学史意义上的分期,只是分别罗列了诸子学说的代表人物及其著作。具体而言,此书分为上、下两卷,上卷为周官、管子、老子、孔门诸书、晏子、杨朱墨翟、列子;下卷为孟子、商子、公孙龙子、庄子、孙吴兵法、苏秦张仪、屈原宋玉、荀子、申韩、吕氏春秋、竹书纪年、左传、国语。

1891年8月至1892年2月,日本同文社《中国文学》杂志连载儿岛献吉郎的《中国文学史》,但实际上并未写完,只写到第一期"太古至秦代的文学"。在此杂志的创刊号中,儿岛献吉郎描述了他对于文学史分期的构想:第一期是"太古至秦代的文学",第二期是"秦汉至唐代的文学",第三期是"宋代至明代的文学",第四期是"清代文学",共分为四期。此为近代日本有关中国文学史分期的最早构想。据此可以看出,儿岛献吉郎最初对于中国文学发展脉络的理解,基本上以文学类型演变的历史阶段为依据,同时也兼顾到不同阶段的历史情况及文学特点。如第一期"太古至秦代的文学"阶段,正是中国文学发生和初创期,此时的情况是,文学尚未进入到自觉的时代,文、史、哲混杂在一起。第二期为"秦汉至唐代的文学",或基于历史发展的考虑,此时期以大家族控制政权为主,即以士族社会为主的历史阶段,此种情况大约持续至唐末、五代十国时期逐渐消解,宋以后重新建立起以庶民为主的社会新道德法则,因此第二期止于唐代。"宋代至明代的文学"为第三期,此时期作为思想上的共性,体现为封建王朝核心思想理学的兴盛。自南宋后期始,理学被奉为官学,成为宋以后中国封建社会的统治思想,与此同时,宋元明时期在文学上的共同之处表现在,由于社会经济的发展,通俗文学逐渐呈现兴盛之势。儿岛献吉郎将"清代文学"作为最后一个时期,此时诗、词、散文等传统文学样式得到复兴,而小说、戏曲、民间讲唱等新兴文学样式也取得了很大成就。清代是中国古代文学的一个终结,但对于明治时期的中国文学史家来说,清代文学也可以说是当代文学。由儿岛献吉郎对中国文学史分期的设想来看,此书应当是一部中国文学史通史,但是在实际写作中其实只完成了第一期"太古至秦代的文学"。在完成的第一期中,共分三章,第一章是"文学发达之状况",第二章是"文章发达之状况",第三章是"诗歌的起源及其发达"。其中第一章"文学发达之状况"中分为总论、夏商文学、周代文学、周末文学、周末文学第一期、周末文学第二期、周末文学第三期。由于此书内容过于简略,因此很难据此考察儿岛献吉郎对文学史分期的思考。但是不容否认的是,分期法早在1891年就已经被日本学者运用到中国文学史中,且并非简单基于朝代的自然更迭,而是在综合文学作品类型、不同时代的文学特点及社会历史情况的基础上加以划分。

1894年儿岛献吉郎的《文学小史》,在汉文书院出版的《中国学》杂志上连载,共连载三期。此著篇幅更短,只分三篇:虞夏时代、殷周时代、春秋战国时代,基本上未展开论述,因此也未体现出相应的分期。

1909年儿岛献吉郎完成了一部相对较为详细的中国文学史,题名为《中国大文学史古代篇》,由东京富山房出版。此书虽题名为"大文学史",但也是一部断代史,止于六朝文学。此书共分为七个部分,首先是序论,其后依次是:一、胚胎时代(羲黄时代的文学),二、发达时代(唐虞三代的文学),三、全盛时代(春秋战国文学),四、破坏时代(秦文学),五、弥缝时代(两汉文学),六、浮华时代(六朝文学)。值得注意的是,在此书序论部分,儿岛献吉郎根据他对中国文学发展历史的思考,构想了中国文学史的分期,他认为中国文学史最合理的分期应该是九分法,即第一期是伏羲至帝尧时代,第二期是唐虞以后至周平王东迁,第三期是春秋战国时期,第四期是秦始皇统一中国至子婴灭亡,第五期是西汉、东汉时期,第六期是魏晋以后至隋朝灭亡,第七期是唐宋时代,第八期是元明时代,第九期是清代。为了凸显不同时期文学的特色,儿岛献吉郎还在不同时期的文学前冠以醒目的修饰语,依次是"胚胎时代""发达时代""全盛时代""破坏时代""弥缝时代""浮华时代""中兴时代""模仿时代""集成时代"。儿岛献吉郎设想在中国文学史九个分期中,将第一期到第六期称为古代文学,第七期到第九期称为近世文学。但在实际写作中,儿岛献吉郎只写到第六期,即"古代文学"部分,之后的第七期、第八期、第九期没有完成。在此书序言中,儿岛献吉郎交代了他对于中国文学史分期的设想,更多基于中国文学思潮的演变。他举例说,将六朝文学称为中国文学的"浮华时代",即是从六朝时代文学思潮考虑,当时文学终于从经学的附庸关系中挣脱出来,追求个性、重视抒情与艺术,普遍具有华丽精美的美学风貌和悲哀感伤的抒情基调,所谓"浮华",在日语中是具有浮于现世的华美文学之意。又如称第八期的"元明文学"为"模仿时代",也体现了明代文学思潮的总体情况,以唐寅、祝允明为首的"吴中四才子",以李梦阳、何景明为首的"前七子",均提出了复古的口号,"前七子"提出"文必秦汉,诗必盛唐"的主张,此后出现的以唐顺之为首的"唐宋派"和以王世贞、李攀龙为首的"后七子",其文学作品也具有复古倾向。

以文学思潮作为文学史演变的依据,可以追溯到勃兰兑斯(1842—1927),在勃兰兑斯的《19世纪文学主流》中,通过对欧洲不同时期的作家与文学运动,勾勒出19世纪上半叶欧洲文学思潮的更替,奠定了以不同时代文学思潮叙述文学史的模式。如果对儿岛献吉郎的分期法追本溯源,则也与泰纳产生了交集。因为勃兰兑斯的著作正是受到泰纳的启发,据说勃兰兑斯大学毕业旅行时在法国与泰纳结识,通过与泰纳的交谈,在泰纳的种族、时代与环境决定论的启发之下撰写了《19世纪文学主流》。因此,即使是文学史的分期,泰纳的影响也同样存在,可见泰纳影响之广泛。

1912年儿岛献吉郎的《中国文学史纲》出版,此书为儿岛献吉郎所著第一部中国文学史通史,自上古文学开始一直写到清代文学。此书分为五部分:第一部分是"序论",第二部分是"上古文学",第三部分是"中古文学",第四部分是"近古文学",第五部分是"近世文学"。与以往分期不同的是,此书不再对中国文学按照朝代进行细分,而是划分为上古文学、中古文学、近古文学、近世文学。将秦以前的文学称为上古文学,汉代至隋代的文学称为中古文学,唐代至明代的文学称为近古文学,清代文学称为近世文学。经过对中国文学的反复思考,儿岛献吉郎认为此种分期方法最适合中国文学史,并在此后的文学史中,一直延续了此四分法。儿岛献吉郎的最后一部《中国文学史》,由早稻田大学出版部发行,发行时间大约在1921年至1931年期间。此书在文学史的分期上与《中国文学史纲》相同,也将中国文学分为上古文学、中古文学、近古文学、近世文学四个时期,故不再赘述。

由儿岛献吉郎对中国文学史分期的思考,可以看出,他不是停留于对作家作品的鉴赏,也不是以时代自然更换的次序整齐划一,而是体现了对文学、社会与历史的综合考虑,是对中国文学发展进程所作的整体思考。

对中国文学史分期进行思考的还有藤田丰八。大约在1895年前后,藤田丰八的《中国文学史》作为日本东京专门学校的讲义录刊印。此书分为三部分,即序论、第一期古代文学、第二期中世文学。在其中第一期"古代文学"中分列三篇,分别是"三代文学""周末文学"及"南北思潮的汇流"。尽管是一部中国古代文学的断代史,但是藤田丰八也叙述了有关中国文学史分期的想法,他提出中国文学应当分为三期。其中第一期是"上古文学"(上古至春秋战国),此时期在尧、舜、禹三代基础上形成了北方文学,与荆楚地区的南方文学、秦之西方文学共同构成了中国文学的基本格局,此为中国文学的起源时期。第二期是"中世文学",时间跨度为秦汉至唐宋。藤田丰八认为,中国文学由秦汉开始逐渐隆盛,开辟了辞赋、史传、乐府诗等,呈现文学多元化发展趋势。至魏晋时期文风转为绮丽华彩之势,至唐宋时期呈现空前繁荣的景象,诗词曲赋题材广泛,风格多样,以往任何一个时代均无法比拟,此时期应是中国文学发达最鼎盛时期。第三期是"今世文学",从宋末至元明清,此时期最突出的特点是"俗文学"兴盛,戏曲小说逐渐兴起并取得了很高的艺术成就。

值得一提的还有古城贞吉。1897年,古城贞吉的《中国文学史》出版,此书的叙述自先秦时代直至清朝,共分为十个部分。序论部分阐述了诸如中国国民性、中国文学的特质、环境与文学的关系、政治思想与文学的关系、中国文学的发展演变等问题。其中第一篇为中国文学的起源,第二篇为诸子时代的文学,第三篇为汉朝文学,第四篇为六朝文学,第五篇为唐朝文学,第六篇为宋朝文学,第七篇为金元文学,第八篇为明朝文学,第九篇为清朝文学。古城贞吉将中国文学分为九期,基本上是基于朝代的自然顺序。无独有偶,一年后,笹川种郎的《中国文学史》出版,笹川种郎也将中国文学分为九期,第一期是春秋以前文学,第二期是春秋战国时代文学,第三期是两汉文学,第四期是魏晋南北朝文学,第五期是唐朝文学,第六期是宋朝文学,第七期是金元文学,第八期是明朝文学,第九期是清朝文学。此种分期与古城贞吉相似,基本上未脱离历史朝代顺序。此种以朝代顺序为文学史分期的依据,最大的好处在于线索清楚,由于王朝更换会引起政治、经济、对外交流的变动,对文学也会产生深刻的影响,因此文学发展的演变与朝代的更迭在很大程度上表现出一致性。然而,尽管文学发展变化的阶段性会与社会制度的变化及王朝的更替在某种程度上产生重合,但是前者只是导致文学变化的重要原因而非决定性因素,因此朝代自然分期法无法体现对中国文学历史过程的整体把握,更为合理的分期法应当是以文学观念与文学思潮的演变为主,兼顾朝代更替进行分期。

1903年久保天随的《中国文学史》出版,此书共分为十二讲,是一部中国文学通史,此书体现了对文学史的一些新思考。具体篇目如下:第一讲,三代文学;第二讲,周末文学(北方文学);第三讲,周末文学(南方文学);第四讲,周末文学(中部思潮);第五讲,两汉文学;第六讲,魏晋文学;第七讲,六朝文学;第八讲,唐代文学;第九讲,宋代文学;第十讲,元代文学;第十一讲,明代文学;第十二讲,清代文学。在以朝代顺序叙述中国文学史方面,与古城贞吉、笹川种郎大致相同,但是久保天随认为,在"北方文学"与"南方文学"的基础上,中国文学还应有一个"中部地区"。他以孔子、孟子、荀子为北方文学的代表,以老子、列子、庄子、屈原、宋玉为南方文学的代表。在南方文学与北方文学之间还存在一个"中部地区",是以管子和韩非子为主,包括《战国策》《吕氏春秋》。久保天随分别叙述了三个地区不同的人种、气候与环境。久保天随认为,一部比较完备的中国文学史,应足以把握中国文学的整个发展的过程和真实面目,因此他以时代、环境、种族来观察中国文学的本质特征,并以此来考察文学的阶段性特点及其进展,然后形成中国文学史的分期。

一年后，久保天随推出另一部《中国文学史》(1904)，此书由早稻田大学出版部出版。久保天随在此部《中国文学史》中对分期进行重新设定，并在序论部分解释了缘由，"中国古代文学总体来说是一种实用主义的文学，而且具有贵族化的文学倾向，中国古代文学往往与政治上的气运密切相连，善于以文学作品称颂历代贤君明主。这或者是出于文人对自我的一种保护主义，或者是个人的价值取向。……一个时代有一个时代的文学，因此文学史常以三代文学、两汉文学、魏晋文学、六朝文学、唐宋元明清文学相称。为便于把握中国文学史大势上的转向，特将中国文学史分为四期"①。现将具体情况介绍如下：

第一期是"上古文学"，论述内容始于上古时代而迄于秦代，相当于中国文学的缘起部分。其中夏、殷、周三代，北方文化以诗、书、易为主，较少个人思想感情的倾泻，可以说是民族集体的精神生活的反映。至周末，由于封建大一统制度的瓦解，海内诸侯割据，各自称霸一方，这引发了思想界的活跃。由于不同的人种差异、地理环境以及对历史认同的差异，滋生出种种不同的思想，中国文学的基础亦以此确立。自唐虞三代开始集中于邹鲁的北方思想与春秋战国时期荆楚之地的南方思想逐渐合流，在南北文学思潮中间还有一个西部文学的存在，至秦代会合为天下一统的局面。本书将三代文学与周末文学分开讲述，前者主要论述中国文学的萌芽，后者着重论述中国文学的各种思想及流派。第二期是"中古文学"，所述涉及汉代初期至隋朝末年的中国文学，此时期是中国独立思想缺失的时期，各种文学作品有如出自技工之手，几乎是千篇一律。比起内容，对于形式的重视要多得多，散文律语题材完备，可观之作品却并不多。值得注意的是，此时期老庄思想的流行以及佛教的传入，据此本书对此时期的文学分为"两汉文学""魏晋文学""江左文学"三部分进行阐述。第三期是"中世文学"，即唐宋文学。这一时期是中国文学的黄金时期，唐诗宋词的价值得到公认。此时佛教思想与中国固有思想相融合，促成了新的哲理思想的勃兴，从而将中国的思想界推向波澜壮阔的最高潮。本书在此分为唐代文学与宋代文学两部分进行阐述。第四期是"近世文学"，自元代直至清代。此时期突出的一个特点是中国由异民族人种进行

---

① ［日］久保天随：《中国文学史》，早稻田大学出版部，1904年，第14—15页。

统治,然而却迎来了解放思想禁锢的时代。一般的思想界是表面上看集成了前代文学的特点,可是此时诗文日渐式微,而兴起了作为俗文学的小说与戏曲,至此中国文学的各种类别、体裁渐渐完备。本书分为"元代文学""明代文学""清代文学"三部分加以叙述。①

久保天随在此提出,将中国文学分为"上古文学""中古文学""中世文学""近世文学",改变了此前古城贞吉和笹川种郎基于历史朝代的九分法,将中国文学分期整合成四部分。

与久保天随的思路相似,1900年前后,高濑武次郎在他的《中国文学史》中将中国文学分为"上古文学"与"中世文学"两部分。在"上古文学"中分为:第1期春秋以前的文学、第2期春秋战国的文学;在"中世文学"中分为:第1期秦汉文学、第2期魏晋六朝文学及隋朝文学。由于是一部断代史,因此未能完全体现文学史的分期特征。

1919年盐谷温的《中国文学概论讲话》出版,此书打破了以往中国文学史按照时间顺序叙述文学的方式,按照文学体裁分类阐述,此种将分期与分类结合的研究方法,在当时颇为与众不同。

综上所述,明治时期中国文学史的分期可以归纳为三种类型。第一是儿岛献吉郎的多层次兼顾的分期法,即兼顾朝代的更迭、不同时期的社会情况及文学特点;第二是以古城贞吉与笹川种郎为代表的基于历史朝代自然更换的分期法;第三是以久保天随为代表的四分法,即顾及文学作品及文学现象叙述的完整性与连贯性,主要依据文学特征与自身发展特点,对不同历史时期作家及作品加以整合,按照"上古文学""中古文学""中世文学""近世文学"四个时期加以叙述。此外,盐谷温的《中国文学概论讲话》首次按照体裁加以分类,在叙述中国文学发展进程的同时,注意到不同"文体"发展的特殊性,提供了文学史分期与分类结合的范例。

总体上看,明治时期的中国文学史对分期进行了颇有价值的探索,构建了中国文学史分期的基本框架,而且能够对不同朝代的历史状况与文学现象进行综合思考,尽管有一些因素未能充分考虑进去,比如民间文学对主流文学的影响,金元少数民族文学与汉文学的互补之势,以及外来文学的影响等,却已经做出了最初

---

① [日]久保天随:《中国文学史》,早稻田大学出版部,1904年,第15—17页。

的富有价值的尝试。

　　文学史分期是所有文学史家面临的问题,也是令不同时代文学史家困惑的问题。吉川幸次郎是1972年中日建交后第一个来中国访问的文学史家,他的《中国文学史》(1974)在此期间出版,因此在中国和日本同时产生了较大影响。此书的文学史分期也值得关注,吉川幸次郎自述此分期法的根据在于,欧洲历史上以文艺复兴为界限,分为古代、中世纪、近代,故将此种分期法运用于中国,即采用古代、中世、近代的三段论来划分中国文学史。此分期法受到当时中国学者的批驳:

　　　　显然,吉川是在把中国文学史往欧洲文学史的框子里塞。"古代、中世、近代",在欧洲文学史上是一组准确的概念,它们分别同奴隶社会、封建社会、资本主义社会三个历史时代大体上相对应,既切合于文学史实,且具有科学的含义。而鸦片战争以前的中国文学史,除上古神话和《诗经》外,基本上就是一部封建社会文学史,吉川想在一部封建文学史中也划出古代、中世、近代三个各不相同的阶段来,这就不能不令人感到有点削足适履。比如,他尽管用了"近似"一词,我们却无论如何也看不出"唐宋之间"同文艺复兴有哪些相"近"相"似"处,李白、杜甫能同但丁、塞万提斯相类比吗?他所说的"古代"同"中世"的界限在新莽时期,但前汉同后汉文学又有多少质的区别?他的"中世"同"近代"的界说也很含混不清。总之,吉川为三段划分所作的说明,似乎缺乏科学的根据。①

　　笔者认同徐公持的看法,对西洋文学史分期的借鉴的确应该慎重,西洋的文学史分期直接套用于中国文学史上,的确容易产生生搬硬套之感。此则关于文学史分期的事例颇值得思考,因为近代日本对中国文学研究的方法主要借鉴于欧洲。因此,如何将欧洲文学研究体系有效导入中国文学史,是一个极为复杂的问题。事实上,此不仅限于中国文学史的分期。

　　综上所述,文学史分期是文学史研究的重要问题,因为分期的客观与合理与否,在某种程度上决定了文学史撰写的成功与否。当然,文学史分期涉及社会历史及文学自身发展规律等多种因素制约,随着时代的发展必然会不断发展变化。

――――――――――

① 徐公持:《日本的两部〈中国文学史〉》,《国外社会科学》1978年第4期,第103页。

第七章

中国文学史的姊妹篇：日本汉文学史

在中日交流的历史过程中,日本的文字、神话传说、风俗习惯乃至政治制度无不受到中国的影响。在漫长的历史岁月里,大至诏书典章,小至一诗一词,皆以汉文写成,因此,日本保存了数量极其丰富的汉文作品。一般而言,日本人用汉字书写的典章、表文、律令等所有作品均可称为汉文作品,汉文学作品是汉文作品的一部分,指日本人用汉字塑造形象以反映社会生活、表达作者思想感情的语言艺术,包括汉诗、汉词、汉文小说、汉文散文游记等。

有关日本汉文作品最早的记录见于中国的《宋书·蛮夷传》。据此书记载,宋顺帝昇明二年(478),倭王武(日本雄略天皇)曾遣史上表,所呈表文全部是用汉文写成。一般认为,此表文并不能确定是由日本人独立撰写,有可能是移居日本的中国人代笔。目前普遍认为最早的汉文作品,是604年圣德太子颁布的《宪法十七条》,此十七条宪法的内容全部用汉文写成,且对仗工整,语句也较通顺。

以下主要叙述日本汉文学作品的有关情况。日本历史上共有两次汉文学兴盛期,分别是平安时代(794—1192)和江户时代(1603—1868)。平安时代的汉文学以宫廷贵族化为主要特征,汉诗文为此时期文学的主要标志,《凌云集》《文华秀丽集》《经国集》代表了当时汉文学的最高成就。此时期的汉文学作家主要是男性,这是由于当时只限于男性使用汉字,女性如果想记录内心情感与人生体验,则往往只能使用假名。不可思议的是,在男性垄断文化的时代,日本女性创造的文学取得了很高的成就,如紫式部的《源氏物语》与清少纳言的《枕草子》。江户时代汉文学更为繁荣,此时汉诗与汉文小说创作更趋成熟,有些作品达到相当高的水平。这一时期,在日清贸易中大量输入的中国书籍,对日本诗歌、文艺理论、小说等产生了广泛而深刻的影响，进一步推动了汉文学的兴盛。

明治维新后，日本以接受西方文化为主，中国文化的影响逐渐退于次要地位。19世纪末西方的各种思潮与文学流派传入日本，"文学史"这一新兴产物也随之传入。最早出现的是日本本国的文学史，随后有中国文学史出版，受此启发与影响，明治学者尝试以西洋史学的研究方法对日本历史上的汉文学作品进行梳理，对日本汉文学发展与演变的历史加以总结。日本文学史、中国文学史、汉文学史成为明治时期文学史的三个组成部分。

明治时期，日本的汉文学其实处于较为尴尬的境地。一方面，日本国文学派排斥汉文学，认为汉文学作品用汉字写成，非日本传统文化；另一方面，日本的中国学研究也不将其纳入研究范围。为此，芳贺矢一（1867—1927）提出，日本汉文学属于日本文学，他举例说，一个国家的文学可以用他国文字记录，比如英国的弥尔顿就是用拉丁语写作的，但是他的诗属于英国文学。芳贺矢一还认为，作品融入了日本人的性格、作者的境遇、作者的思想，从这个意义上来看，日本的汉文学理所应当属于日本文学，对日本文学的研究应当将汉文学纳入其中，否则日本文学的研究是不全面的。

昭和三年（1928）东京富山房出版了芳贺矢一的《日本汉文学史》，此为日本出现的第一部汉文学史专著。其在日本近代文学史编纂的历史潮流中产生，但是比1890年的第一部日本文学史（三上参次、高津锹三郎）、1882年的第一部中国文学史（末松谦澄）、1897年的第一部中国文学史通史（古城贞吉）迟到30余年。芳贺矢一是日本最早在大学里开设汉文学史课的教授，此书是芳贺矢一去世后，他的学生佐野保太郎等人根据他在东京大学的授课讲义及部分手稿整理出版的。此书分为总论、上古、中古、近古、近世五部分，至江户时期为止。其中的总论、上古、中古、近古部分主要是依据明治四十一年的讲课记录，除佐野保太郎的笔记以外，还参考了高木武、大冈保三、柚利淳一三人的笔记。近世部分是根据明治芳贺矢一的手稿和明治四十二年佐野保太郎的笔记。佐野保太郎负责对全书的引文的出处逐一进行了校对。此书论述了日本汉文学的产生、发展、兴盛的过程，引证丰富，尤其注重日本汉文学对国文学产生的影响。在此书中，芳贺矢一将纯粹用日语写成的文学作品定义为"纯国文文学"，并从总体上探讨了汉文学对纯国文文学的影响、汉文学对平安朝文学的影响、汉文学对镰仓室町时代文学的影响。

芳贺矢一认为,以《万叶集》为代表的奈良文学,以《源氏物语》《枕草子》为代表的平安朝文学,以军记为代表的镰仓时代的文学,其实只是一半的日本文学,另一半的日本文学则由汉文学构成。他还认为,日本历代的国文学都受到汉文学的影响,从对日本民众的实际影响来看,汉文学比纯日本国文文学更大,因此如果不研究汉诗文,就不可能完全地研究日本的国民文化,汉文学研究对国文学研究颇为有益。此出发点与中国文学史颇为相近,可见明治时期的中国文学史、汉文学史实际上均是为梳理日本的本国文化提供的学术产品。

继芳贺矢一之后,日本出现的第二部汉文学史是冈田正之的《日本汉文学史》。此书昭和四年由日本共立社出版,后经山岸德平、长泽规矩也修改增订,昭和二十九年(1954)吉川弘文馆再版。此书是冈田正之在东京大学的授课讲义,去世后由他的学生整理出版。内容较芳贺矢一的《日本汉文学史》更为充分,但是时间上只写到室町时代。此书从汉字与汉书的传来起笔,记载了上下千余年的日本汉文学史,其最大亮点是探讨了推古朝的遗文、《怀风藻》的来历与作者及汉文学的影响。冈田正之的《日本汉文学史》后来也进行了再版,由他的学生长泽规矩也负责校订,在校订工作马上完成,即将付梓印刷之时,战争爆发,出版被迫搁置下来,直至昭和二十九年才由吉川弘文馆出版。此后的研究者将芳贺矢一的《日本汉文学史》与冈田正之的《日本汉文学史》并称为日本汉文学史的双璧。

昭和七年(1932)岩波书店出版了小野机太郎的《日本汉文学史》。此书分为四部分,分别是前言、汉学初始至奈良朝时代、平安朝时代、五山时代,所述内容非常简略。昭和十三年(1938)安井小太郎的《日本汉文学史》由日本富山房出版,此书虽名为《日本儒学史》,实际上前半本是《日本儒学史》,后半本则是《日本汉文学史》。安井小太郎的此部《日本汉文学史》仅写三期:上古、近江奈良朝及平安朝、镰仓时代。此书叙述的形式采用列传体,但是,显然此种形式其实并不适合表述汉文学的发展变化。

此外,还有昭和六年(1931)山岸德平的《日本汉文学史》、昭和三十二年(1957)户田浩晓的《日本汉文学通史》、昭和三十四年(1959)神田喜一郎的《日本汉文学》陆续出版,相较此前的日本汉文学史,户田浩晓的《日本汉文学通史》在时间跨度上是最为完整的一部汉文学史。此书起自大和时代,终至明治大正时代,对日本汉文学的历史进行了较为全面的总结。此书分为六个部分,即序说、大和时代(宫廷文学时代)、平安镰仓时代(贵族文学时代)、吉野室町安土桃山时代(僧侣文学时代)、江户时代(儒者文学时代)、明治大正时代。

昭和三十六年(1961)日本评论社出版了绪方惟精的《日本汉文学史讲义》。此书共分五章,即大和时代(宫廷文学时代)、平安时代(贵族文学时代)、镰仓室町时代(僧侣文学时代)、江户时代(士人文学、儒者文学时代)、明治大正时代。作者在自序中称,写作此书的初衷是有感于当时日本研究汉文学的人数急减,芳贺矢一、冈田正之等前辈开创的汉文学史研究几乎断流,作者对此深感遗憾,于是决定写作此书,旨在让更多的人可以了解日本汉文学。此书的特点是所述时代齐全,自大和时代直至明治时代均有所涉及,但是内容比较简略,个别地方超出日本汉文学史的范围。作者似乎也注意到了此问题,他在自序中谈到,日本自古以来就有汉文,日本的汉学一直存在经学与文学未分化的状态,二者之间存在密切的关系,因此本书除文学方面以外,对经学方面也多有记述。

此外,市川本太郎的《日本汉文学史概说》于昭和四十四年(1969)由日本东洋学术研究会出版。此书由大和时代写至江户时代,前有市川本太郎题序,后附有日本汉文学史年表。

昭和五十九年(1984)猪口笃志(1915—1986)的《日本汉文学史》由角川书店出版。猪口笃志是日本大东文化大学教授,他的《日本汉文学史》也是根据其授课讲义修改、增补而成,此书是迄今为止时间跨度最长、收入作家最多、引用作品最全的一部,对上古至昭和时代的汉文学均有较详细的介绍,并在书后附有详细的汉文学史年表。

此外略述几部汉文学断代史及分体汉文学史。冈田正之的《近江奈良朝的汉文学》,是日本最早的一部汉文学断代史,昭和四年(1929)由东洋文库出版,昭和二十一年(1946)日本养德社再版。此书共分五编,内容包括典籍的传来、归化民族和汉文学、推古朝的遗文、学校及贡举、圣学及人材、学术的风气、记纪和风土记、养老令、诗和诗集、汉文学和万叶集、宣命、祝词和汉文学等。此书虽然引证资料丰富,遗憾的是将一些并非汉文学的内容也包括进去了,使此书内容有些庞杂。此种情况,是日本文学史及中国文学史共同存在的情况,由于对"文学"概念理解的不确定性,因此,误以为凡是用汉文书写的作品皆是汉文学。值得关注的还有以下一些著述:昭和十年(1935)佐佐木信纲的《上代文学史》,此书是东京堂出版的《日本文学全史》的第一、二卷。昭和二十二年(1947)日本书院出版的《上代日本汉文学史》，是柿村重松的遗著，由山岸德平负责校订。此书分两个部分，即上代前期和上代后期，书后附有柿村重松的年谱、索引以及市村宏所书的后记，由日本上古时代汉文东传开始，评述了历代汉文学，内容涉及日本制度、佛教、传说、和歌与汉文之间的关系等。遗憾的是，已出版的《上代日本汉文学史》其实只是作者遗稿的一部分，此外在柿村重松的遗稿中还包括中古日本汉文学史。

平成元年(1989)日本汲古书院出版了山岸德平的《近世汉文学史》。山岸德平曾在日本中央大学、日本国学院大学开设日本近世汉文学史课程，此部《近世汉文学史》是根据他的授课讲义整理而成的。此书梳理了纷繁复杂的日本近世汉文学的各流派，并根据各流派的情况加以分类阐述。并且以儒学为切入点，记载了近世儒学诗人的生平经历及其著书，阐述了诗人的文学观，对其代表作品的风格特征进行分析。其中有关作者的生平经历主要依据《文会杂记》《先哲丛谈》《近世丛语》诸书，诗文主要来源于《日本诗史》《拙堂文话》等。此书的特色是善于对日本的传统文化溯本求源，以此把握历史文化现象的来龙去脉。如谈到日本近世的朱子学的兴盛，先从宋学传入日本后对日本学界的影响说起，进而谈到宋学与朱子学的区别与关联；谈古注学，则从古代的学制和明经道的传统家学说起；谈日本的传统学问，则将和歌与国学的关系进行比较。

日本不仅保留了大量的汉文学作品，有关汉文学的研究也成果斐然，除以上提及的汉文学史作品，还有相当一部分具有史学性质的研究著述，如果按照叙述年代来划分，与平安镰仓时代的汉文学相关的著作有川口久雄的《平安朝日本汉文学的研究》，昭和三十四年(1959)至昭和三十六年(1961)明治书院出版；五十岚的《平安朝文学史》上卷，昭和十二年(1937)东京堂出版；久松潜一、西下经一监修的《平安朝文学史》，昭和四十年(1965)由明治书院出版；吉泽义则的《镰仓时代文学史》，昭和十五年(1940)东京堂出版。吉野室町安土桃山时代汉文学史有玉村竹一的《五山文学》，昭和三十年(1955)至文堂出版；北村泽吉的《五山文学史稿》，昭和十六年(1941)富山房出版；笹川种郎的《五山文学研究》，新潮社出版；安良冈康的《五山文学》，昭和三十四年(1959)岩波书店出版；吉泽义则的《室町时代文学史》，昭和十一年(1936)东京堂出版。江户时代、明治大正时代的汉文学有关的代表作有高野辰之的《江户文学史》，昭和十年(1935)至昭和十三年

(1938)东京堂出版;木下彪的《明治诗话》,昭和十八年(1943)文中堂出版;三浦叶《明治汉文学史》,平成九年(1998)日本汲古书院出版。特别值得一提的是三浦叶的《明治汉文学史》,此书出版后颇受好评,是一部详细地阐述明治时代日本汉文学史的专著,全书分为上、中、下三篇。上篇是明治汉文学史,内容包括明治的汉诗和明治的汉文两部分。中篇是明治汉文学,内容包括海外汉诗、日清战争与汉诗、洋诗汉译、汉诗和译、童话汉诗《猿蟹合战》、福泽谕吉的汉诗、明治的女流诗人等。下篇是明治文学和汉文学,内容包括明治的文人与老庄思想、明治文人和汉文学、明治时期文学杂志和汉文学等,并附有明治年间汉诗文集年表。

如果按照汉文学体裁划分,有关汉诗史的著作最为丰富。首先提到的是江村北海所著的《日本诗史》五卷。此书明和八年(1771)刊行,论述了上古至当世的诗人及其创作风格,全部用汉文写成。在内容上,上古略而当代详,只收近体诗,不谈古体诗。此书开创了日本探讨汉诗的体例,是日本汉诗史的第一部著作,对后来的日本汉文学史研究影响较大。《日本诗话丛书》第一卷、《日本儒林丛书》第三册、《汉诗大讲座》第十二卷均收录了此书,昭和十六年(1941)岩波书店出版了西泽道宽的译注本。此外,明治四十四年(1911)国书刊行会出版了《日本诗纪》,此书由市河宽斋编纂,自天智天皇始至正亲町天皇天正年间止,每位诗人选择一首诗歌进行解说评点。昭和十六年(1941),大东出版社出版了菅谷军次郎的《日本汉诗史》,此书自汉学东传开篇直至明治时代,是最完整的一部汉诗专著。引用资料非常丰富,但由于没有标明出处,给研究者带来一定不便。矢岛玄亮的《汉诗索引稿》于昭和四十年(1965)由日本东北大学附属图书馆油印,此书主要是《日本诗纪》的诗句及作者索引。此外,值得关注的有关汉诗史的书籍还有昭和十年(1935)あとりえ社刊行的《汉诗大讲座》、林鹅峰的《本朝一人一首》十卷(宽文五年田中清左卫门刊)、《日本诗选》(江村北海,正编十卷,安永三年刊,续编八卷,安永八年刊)、《和汉名诗类选评译》(简野道明,大正三年明治书院刊)、《新译和汉名诗选》(内田泉之助,昭和三十七年明治书院刊)。相较于汉诗史有关填词的书籍非常少,昭和四十年(1965)二玄社出版了神田喜一郎的《日本填词史》,此书最初收在《在日本的中国文学》第一集中。

综上所述,近百年来,尽管陆续出版了一些汉文学史著作,但数量远远无法与日本国文学史相提并论。已出版的汉文学史著作也存在一定问题,如断代史居多，汉文学通史只有户田浩晓、绪方惟精、猪口笃志的三部。其中猪口笃志的《日本汉文学史》虽然代表了此领域的最高成就，但是也存在问题，也有学者对猪口笃志的汉文学史提出异议，认为该书的篇幅虽然很长，但对汉文学作家作品的收录仍有遗漏。

总体而言，汉文学史在日本的出版与研究较为低迷，有些学者认为汉文学是中国文学的域外延伸，甚至认为具有殖民地文学的性质，此种误区有可能导致日本近代对汉文学的漠视。当然，汉文学研究衰落的根本原因，还在于明治维新后的社会环境，日本在向西方学习近代化的过程中，由于民族情绪的迅速膨胀，汉学研究不可避免地遭到排挤。汉文学的边缘化并非孤立现象，儒学与中国文学同样遭遇过类似情况，不同的是，对中国文学的定位较为清楚，尤其是明治社会后期，中国文学作为外国文学、一个"他者"，逐渐成为一门独立的学科，并幸运地进入了近代化的学术体系。因此，汉文学史迟迟难以得到发展的关键原因，归根结底是关于其定性与定位问题。

为了给汉文学史争得一席之地，汉文学史家从未停止过呼吁。三上参次在芳贺矢一的《日本汉文学史》的序中谈及："明治以后日本的汉文学非常低迷，由此产生了很大的社会问题。道德教化改变、功利浮躁、民风由敦厚淳朴转为世俗轻浮。回顾从前的汉文学，我们需要从中反省的东西很多。"山岸德平在《日本上代汉文学史》中也谈及，"长期以来日本的国文学者很少触及、研究日本汉文学，日本的汉文学研究长期处于束之高阁的状态，此种情况不利于国文学的研究"，直至当代学者猪口笃志，他在《日本汉学史》中仍在呼吁，"如果不懂日本的汉诗、汉文，就不能很好地理解日本传统文化的起源和发展"。然而，尽管始终有学者致力于为汉文学史争得地位，且汉文学史已走过近百年的历史，但是整体来看，目前汉文学史编纂的情况并不乐观。对于中国文学史研究而言，对日本汉文学史进行梳理，可以提供十分有益的参照，从而更全面地了解"文学史"这一学科设置与著述体例由欧洲传入日本后，如何进入大学的课程设置以及如何发展与演变的过程。

余论

19世纪末,源于欧洲的"文学史"传入日本,日本由此开始将"文学史"的体例运用于日本国文学、中国文学及日本汉文学的叙述,尝试在掌握大量资料的基础上,以科学实证主义的研究方法探索文学发展与演变的基本规律。与此同时,文学史本身所蕴含的国家与民族主义精神,也与日本明治维新后日益高涨的民族情绪产生契合,从而在明治时期(1868—1912)兴起了编纂文学史的热潮。中国文学史作为日本国文学研究的参照与补充,于明治二十年代产生,经过四十余年的发展,直至大正初期,才逐步脱离开日本国文学的附属,作为一个独立的研究对象被加以关注。目前认为,大正八年(1919)盐谷温的《中国文学概论讲话》是中国文学史跨入近代学术体系的标志,此前出版的明治时期的中国文学史,其实均在为此种近代意义的学术转型做各种铺垫。然而,明治中国文学史自有其独到价值,这不仅是因为此期间的一批学术开拓者,对中国文学史进行了颇为有益的尝试,也因为中国本土是以明治时期的文学史为媒介,借鉴其文学观、编纂体例与研究方法,开启了中国文学史的书写历程。如果说日本的学术研究如同一艘平稳行进的船舶,在明治维新后骤然改变了行进的方向,则此时期的中国文学史恰好记录了船头转向的过程。从这个角度而言,明治时期的中国文学史不仅代表着文学研究层面的意义,同时也记录了日本近代社会的历史变迁。

　　对中国俗文学价值的认可,是明治时期中国文学史的特征之一。受19世纪欧洲对中国俗文学译介的影响,日本逐渐意识到中国俗文学的价值及其研究的必要性。从森槐南以"中国戏曲一斑"为题的演讲,到笹川种郎、藤田丰八、儿岛献吉郎、久保天随等人的演绎,至盐谷温《中国文学概论讲话》出版,逐步确立了中国文学史以小说戏曲为主的叙述格局,从而使小说戏曲彻底地从"识见污下""丛残小语"中走出来,在近代学术舞台上大放异彩。值得注意的是,此时期戏曲小说的勃兴,并非江户时期的延续,而是明治维新后从欧洲导入,以西方文学观与研究方法为标志的近代意义的学术研究。

对先秦诸子学及儒学的关注是明治时期中国文学史的另一特征。从末松谦澄、古城贞吉、儿岛献吉郎到久保天随,展现了对儒学的持续关注与重视。从历史角度考虑,明治以前,日本对中国古典的研究主要是诸子学,与此相对应的,日本历史上对于中国典籍所作的训读,也以诸子学为主,在漫长的历史岁月中,以训读方法阅读先秦经典已内化为日本学者的基本素养。迄今为止,日本各图书馆所藏的中国文献也以先秦两汉为多,其中包括中国流传至日本的刻本以及日本、朝鲜本国的刻本。或许对于日本人而言,先秦文化既是中国文化的源头,也同时给予了日本深厚的文化给养,尤其是儒学的影响更为深刻。日本传统意义上的汉学,经过1000多年的岁月,直至德川幕府时代孜孜以求的仍是儒学(朱子学)。因此,明治时期的中国文学史家对于中国文学特质的把握,是以儒学为切入点,而对于中国传统文化的理解,也是从儒学出发。即使如盐谷温这样的学术大家,尽管在文学史中将文学从传统儒学学问中分离出来,但其本人的思想中仍根深蒂固地存在着经日本改造后的儒教意识形态,此种经过改造的具有日本国家主义精神的儒学思想,在盐谷温晚年表现得尤其突出。

具体至明治中国文学史中,则往往以地域来区分、评价中国文学的价值,普遍认为北方长期受儒学思想影响,北方文学的总体特征是温柔敦厚、气势宏大,并始终贯穿着劝善惩恶、经世治国的浓厚儒学色彩;相对而言,南方文学较为适意自由。尤其是元代作为异族统治的特殊历史时期,由于脱离了传统儒学的束缚,戏曲由此真正发达起来。而戏曲小说作为反映世态人情的通俗文学,是中国古代文学中最有价值的内容。

此外,由于文化传统不同,所处环境与时代不同,因此对于中国古代文学的理解,日本文学史家有不同的评价视角。尽管此与中国本土不完全一致,有些甚至差异甚远,但并不能因此说明,这些评价毫无意义。相反,可以使我们以一种比较的眼光,更全面、客观地看待传统文化的利弊。

不容否认,明治时期的文学观包含了一种民族主义情绪。明治维新后,伴随日本国力的迅速提升,"日本人优秀论"在知识界盛行,与此相应,国粹主义、民族主义思潮蔓延,如苅部直所言,"所有人都关注皇室,并拥有身为日本国民的共同情感"。① 因此,福泽谕吉的《脱亚论》实际上并非空穴来风,而是具有广泛而深刻的社会基础,其指向也并非仅在于地缘政治上的割裂,也是从文化思想领域对中国、朝鲜的彻底谢绝。与之呼应,中国文学无价值论,以及废止汉字的呼声甚嚣尘上,在此社会背景之下,文学史家也难以免俗,"越是重要的文艺现象、文艺思潮和代表作家与作品,在不同的文学研究者眼中越仁智相异。文学史家再怎样客观、公允,他所描述出来的文学历史图像,也必然带有强烈的个人色彩或学者个性以及观照角度乃至独有的操作方式"②。事实的确如此,对晚清社会的鄙视,自身的民族优越感,以及由政治较量引发的学术领域竞争,皆诉诸此时期的中国文学史。尽管如此,日本文化与中国文化客观上仍有深厚的渊源。对此日本中国文学史家也多有感慨,如末松谦澄(1882)所言,"中国文学之如东洋文学,犹如古希腊罗马文学之于西洋文学。二者渊源之深,难以述尽"。藤田丰八(1897)也表示,"中国系东洋文化之源泉也。其思想沉郁而磅礴,其词华灿烂而焕发。北方之深沉而朴实,南方之横逸而幽艳,汇合而成雄浑壮大之中国文学。其散及安南,渐浸朝鲜,更影响于我国"。盐谷温(1919)则从一个更高的角度评价中国文学,"中国是文学的古国,有四千年久远的历史,地跨四百余州,人口多达四万万。泰华巍巍耸千秋,江河洋洋流万古,天地的正气钟于此地。三代的文化凤开,汉唐之世,尊崇儒道,奖励文教,济济多士,翱翔翰苑,吟咏风月,发挥诗赋文章的英华。元明以降,戏曲小说勃兴,对于国民文学产生了不朽的杰作,实际作家之数,作品之量,在年代的久远和种类的丰富这一点上,可以称霸世界"。在肯定与赞赏的同时,明治文学史家也指出中国文学的弊端,古代伦理与劝善惩恶的理念,制约、束缚了中国文学尤其是戏曲小说的发展。此种观点固然有一定道理,但存在以偏概全的问题。

综观明治时期的中国文学史,有关"文学"及"文学史"近代意义上的学术转型十分艰难。在中国本土,此种转型则难上加难,对此川合康三认为:"20世纪日本的中国文学研究以长久吸收中国文化的累积为基础,接受西欧新的思考方法,

---

① [日]苅部直、片冈龙:《日本思想史入门》,郭连友、李斌瑛等译,外语教学与研究出版社,2013年,第141页。
② 宁宗一:《心灵史:文学与历史的契合点》,《中华读书报》2002年6月19日。

展开日本的独立研究。西欧没有累积如日本般完整的受容历史,而在中国,传统又重得令人无法轻盈地转换,于是日本遂在西洋与中国的山谷间绽放研究的花朵。"在近代中西方文学的对话中,日本无疑是重要的媒介。然而,从某种意义上讲,明治中国文学史对于中国的启发,更在于著述体例、研究方法与文学理念方面,而不在于对文学作品与文学现象的评述。

在中日关系不断变动的今天,盐谷温在《中国文学概论讲话》中的一句话,仍具有启示意义,因此将其作为本书的结语,"自遣唐使的废除至明治开国,日本与中国的外交关系或有一时中断,然而文化之间的交流却从未停止过,祈望今后的研究者也应留意深化彼此间的文化交流"。如其所言,在世界范围内,鲜有中国与日本这样的国家,在文化领域产生如此广泛的交融,今后也理应有更为深入的文化交流。

参考及征引书目

日语部分

[1][日]末松谦澄《中国古文学略史》,文学社,1882年版。

[2][日]三上参次、高津锹三郎《日本文学史》,金港堂,1890年版。

[3][日]儿岛献吉郎《中国文学史》,同文社《中国文学》杂志连载,1891年8月—1892年2月。

[4][日]儿岛献吉郎《文学小史》,汉文书院《中国学》杂志连载,1894年5月—1894年10月。

[5][日]古城贞吉《中国文学史》,经济杂志社,1897年版。

[6][日]藤田丰八等《中国文学大纲》,大日本图书株式会社,1897—1904年版。

[7][日]藤田丰八《中国文学史》,东京专门学校藏版,出版年月不明。

[8][日]藤田丰八《中国文学史稿　先秦文学》,东华堂,1897年版。

[9][日]笹川种郎《中国小说戏曲小史》,东华堂,1897年版。

[10][日]笹川种郎《中国文学史》,博文馆,1898年版。

[11][日]高濑武次郎《中国文学史》,哲学馆,1899—1905年版。

[12][日]中根淑《中国文学史要》,金港堂,1900年版。

[13][日]古城贞吉《中国文学史》,富山房,1902年版。

[14][日]久保天随《中国文学史》,人文社,1903年版。

[15][日]久保天随《中国文学史》,早稻田大学出版部,1904年版。

[16][日]儿岛献吉郎《中国大文学史古代篇》,富山房,1909年版。

[17][日]儿岛献吉郎《中国文学史纲》,富山房,1912年版。

[18][日]儿岛献吉郎《中国文学史》,早稻田大学出版部,出版年月不明。

[19][日]松平康国《中国文学史谈》,早稻田大学出版部,出版年月不明。

[20][日]宫崎繁吉《中国近世文学史》,早稻田大学出版部,出版年月不明。

[21][日]盐谷温《中国文学概论讲话》,大日本雄辩会,1919年版。

[22][日]橘文七《文检参考中国文学史要》,启文社,1927年版。

[23][日]山下贱夫《日本中国文学史》,博多成象堂,1928年版。

[24][日]西泽道宽《中国文学史概说》,同文社,1928年版。

[25][日]冈田正之《日本汉文学史》,共立社,1929年版。

[26][日]渡辺秀方、近藤润治郎《中国文学思想史》,明善社,1930年版。

[27][日]藤田德太郎《日本文学之传统》,文圆社,1940年版。

[28][日]冈崎义惠《美的传统》,弘文堂,1940年版。

[29][日]冈崎义惠《艺术论的探求》,弘文堂,1941年版。

[30][日]盐谷温《中国文学概论》,弘道馆,1948年版。

[31][日]吉田精一《明治、大正文学史》,同兴社,1948年版。

[32][日]折口信夫、久松潜一、片冈良一主编《日本文学的审美理念》,河出书房,1951年版。

[33][日]鱼返善雄《日本文学与中国文学》,弘文堂,1952年版。

[34][日]安良冈康《五山文学》,岩波书店,1959年版。

[35][日]斋藤清卫《日本文艺思潮全史》,樱枫社,1963年版。

[36][日]津田左右吉《文学上表现的国民思想研究》,岩波书店,1963—1966年版。

[37][日]山岸德平《五山文学集　江户汉诗集》,岩波书店,1966年版。

[38][日]长谷川泉《近代日本文学评论史》,有精堂,1966年版。

[39][日]增田涉《中国文学史研究:文学革命与革命前夜的人》,岩波书店,

1967年版。

[40][日]久松潜一《日本文学评论史》,至文堂,1969年版。

[41][日]北住敏夫《日本文艺意识》,樱枫社,1970年版。

[42][日]波多野太郎《小说戏曲论考》,樱枫社,1974年版。

[43][日]吉川幸次郎《中国文学论集》(1904—1980),新潮社,1966年版。

[44][日]家永三郎《日本文化史》,岩波书店,1970年版。

[45][日]山岸德平《日本汉文学研究》,有精堂,1972年版。

[46][日]小田切秀雄《明治文学史》,潮出版社,1973年版。

[47][日]永田广智《日本哲学思想史》,商务印书馆,1978年版。

[48][日]千叶宣一《现代文学的比较文学研究》,八木书店,1978年版。

[49][日]小田切秀雄《明治、大正的作家们》,第三文明社,1978年版。

[50][日]晖俊康隆《近世文艺论丛》,中央公论社,1978年版。

[51][日]小南一郎《中国文学史研究的方向》,岩波书店,1979年版。

[52][日]吉田精一《日本文学理论》,樱枫社,1981年版。

[53][日]川端康成《日本文学之美》,《川端康成全集》第28卷,新潮社,1982年版。

[54][日]加藤周一《日本文学序说》,《加藤周一著作集》5,平凡社,1982年版。

[55][日]永井一孝《国文学史、中国文学史谈》,早稻田大学出版部,1982年版。

[56][日]吉田精一《日本文学史》,《吉田精一著作集》第19卷,樱枫社,1983年版。

[57][日]兴膳宏、丸山昇《中国文学史》,角川书店,1983年版。

[58][日]新村出《广辞苑》,岩波书店,1983年版。

[59][日]猪口笃志《日本汉文学史》,角川书店,1984年版。

[60][日]川上忠雄《日中文化的交流》,高文堂,1985年版。

[61][日]近藤春雄《日本汉文学大事典》,明治书院,1985年版。

[62][日]丰田国夫《日本人的言灵思想》,讲谈社,1985年版。

[63][日]小森阳一《近代文学的成立:思想与文体的探索》,有精堂,1986年

[64][日]川口久雄《平安朝汉文学的繁荣》,吉川弘文馆,1986年版。

[65][日]《东京大学百年史》,东京大学百年史编辑委员会编,1986年版。

[66][日]片冈良一《物哀与和歌精神》,《片冈良一著作集》第2卷,中央公论社,1986年版。

[67][日]水田纪久《近世日本汉文学史论考》,汲古书院,1987年版。

[68][日]芝原拓自、猪饲隆明、池田正博辑《对外观》,岩波书店,1988年版。

[69][日]小西甚一《日本文艺史》,讲谈社,1993年版。

[70][日]大曾根章介《王朝汉文学论考》,岩波书店,1994年版。

[71][日]中西进《日中文化交流史丛书》,大修馆书店,1996年版。

[72][日]大木康《不平の中国文学史》,筑摩书房,1996年版。

[73][日]《早稻田大学百年史》,早稻田大学大学史编辑所编集,1997年版。

[74][日]町田三郎《日本汉学家》,研文出版,1998年。

[75][日]村山广吉《近代日本与汉学》,大修馆书店,2000年版。

[76][日]麻生矶次《江户文学与中国文学》,三省堂,2000年版。

[77][日]田中隆昭《日本古代文学与东亚》,勉诚出版,2004年版。

[78][日]岸阳子《中国知识人的百年:由文学视域谈起》,早稻田大学出版部,2004年版。

[79][日]杉下元明《江户汉诗》,ぺりかん社,2004年版。

[80][日]入谷仙介等校注《汉诗文集》,岩波书店,2004年版。

[81][日]后藤昭雄《平安朝汉文学论考》,勉诚出版,2005年版。

[82][日]町田三郎《江户时代的汉学家》,研文出版,2005年版。

[83][日]町田三郎《明治时代的汉学家》,研文出版,2005年版。

[84][日]滨田宽《平安朝日本汉文学の基底》,武藏野书院,2006年版。

[85][日]村山吉广《近代日本与汉学》,大修馆,2006年版。

[86][日]铃木贞美《日本文学的成立》,作品社,2009年版。

[87][日]藤田昌志《明治·大正的日中文化论》,三重大学出版会,2011年版。

中文部分

[1] 朱光潜《西方美学史》,人民文学出版社,1963年版。
[2] 杨周瀚、吴达元、赵萝蕤《欧洲文学史》,人民文学出版社,1964年版。
[3] 郭绍虞《中国文学批评史》,上海古籍出版社,1979年版。
[4] 伍蠡甫《西方文论选》,上海译文出版社,1979年版。
[5] 胡士莹《话本小说概论》,中华书局,1980年版。
[6] 钱南扬《戏文概论》,上海古籍出版社,1981年版。
[7] 王芸生主编《六十年来中国与日本》(1—8卷),三联书店,1979—1982年版。
[8] 谭汝谦、小川博《日本译中国书综合目录》,香港中文大学出版社,1981年版。
[9] [丹麦]勃兰兑斯《十九世纪文学主流》(1—6),张道真等译,人民文学出版社,1982—1986年版。
[10] 伍蠡甫主编《现代西方文论选》,上海译文出版社,1983年版。
[11] 朱一玄、刘毓忱《水浒传资料汇编》,百花文艺出版社,1983年版。
[12] [日]夏目漱石《三四郎》,吴树文译,上海译文出版社,1983年版。
[13] 罗根泽《中国文学批评史》,上海古籍出版社,1984年版。
[14] 梁容若《中日文化交流史论》,商务印书馆,1985年版。
[15] 胡适《胡适的日记》,中华书局,1985年版。
[16] 陈玉堂《中国文学史书目提要》,黄山书社,1986年版。
[17] 王晓平《近代中日文学关系史稿》,湖南文艺出版社,1987年版。
[18] 陈思和《中国新文学整体观》,上海文艺出版社,1987年版。
[19] 王守华、卞崇道《日本哲学史教程》,山东大学出版社,1989年版。
[20] 严绍璗、王晓平《中国文学在日本》,花城出版社,1990年版。
[21] 吉平平《中国文学史著版本概览》,辽宁大学出版社,1992年版。
[22] [日]家永三郎《日本文化史》,刘绩生译,商务印书馆,1992年版。
[23] 吴延璆《日本史》,南开大学出版社,1994年版。
[24] 马新国《西方文论史》,高等教育出版社,1994年版。
[25] 王实甫《西厢记》,张燕瑾校注,人民文学出版社,1995年版。

[26]宁宗一《中国小说学通论》,安徽教育出版社,1995年版。

[27]王国维《宋元戏曲史》,东方出版社,1996年版。

[28]严绍璗、中西进《日中文化交流史丛书文学卷》,浙江人民出版社,1996年版。

[29]朱立元《当代西方文艺理论》,华东师范大学出版社,1996年版。

[30]陈国球《书写文学的过去——文学史的思考》,香港麦田出版股份有限公司,1997年版。

[31][日]内藤湖南《日本文化史研究》,储元熹、卞铁坚译,商务印书馆,1997年版。

[32]杜书瀛《文艺美学原理》,社会科学文献出版社,1998年版。

[33]李树果《日本读本小说与明清小说》,天津人民出版社,1998年版。

[34]王向远《中日现代文学比较论》,湖南教育出版社,1998年版。

[35]李赋宁主编《欧洲文学史》,商务印书馆,1999年版。

[36]陈平原《文学史的形成与建构》,广西教育出版社,1999年版。

[37]段启明《中国古代文学史长编》(元明清卷),首都师范大学出版社,2000年版。

[38]吴同瑞等《中国俗文学概论》,北京大学出版社,2000年版。

[39]王晓秋《近代中日文化交流史》,中华书局,2000年版。

[40]魏崇新、王同坤《观念的演进 20世纪中国文学史观》,西苑出版社,2000年版。

[41]钱理群《反观与重构:文学史的研究与写作》,上海教育出版社,2000年版。

[42]郭绍虞《中国历代文论选》,上海古籍出版社,2001年版。

[43]葛红兵、温潘亚《文学史形态学》,上海大学出版社,2001年版。

[44]戴燕《文学史的权力》,北京大学出版社,2002年版。

[45]孟庆枢《西方文论》,高等教育出版社,2002年版。

[46]朱一玄、刘毓忱《水浒传资料汇编》,南开大学出版社,2002年版。

[47]董乃斌、陈伯海、刘扬忠《中国文学史学史》,河北人民出版社,2003年版。

[48]徐葆耕《西方文学十五讲》,北京大学出版社,2003年版。

[49]严绍璗《北京大学比较文学学术文库:比较文学视野中的日本文化》,北京大学出版社,2004年版。

[50]聂珍钊主编《外国文学史》(1—4卷),华中科技大学出版社,2004年版。

[51][法]泰纳《艺术哲学》,傅雷译,天津社会科学院出版社,2004年版。

[52]陈国球《文学史书写形态与文化政治》,北京大学出版社,2004年。

[53]温儒敏《文学史的视野》,人民文学出版社,2004年。

[54]张少康《中国文学理论批评史》,北京大学出版社,2005年版。

[55]黄遵宪《日本国志》,天津人民出版社,2005年版。

[56]林庚《中国文学简史》,北京大学出版社,2005年版。

[57]左东岭《中国古代文学通论》,辽宁人民出版社,2005年版。

[58]陈平原辑《早期北大文学史讲义三种》,北京大学出版社,2005年版。

[59]戴季陶《日本论》,九州出版社,2005年版。

[60]罗岗《危机时刻的文化想象:文学、文学史、文学教育》,江西教育出版社,2005年版。

[61]鲁迅《鲁迅书信》,人民文学出版社,2006年版。

[62]马廉《马隅卿小说戏曲论集》,中华书局,2006年版。

[63]李杨《文学史写作中的现代性问题》,山西教育出版社,2006年版。

[64]孟庆枢、杨守森《西方文论选》,高等教育出版社,2007年版。

[65]钱婉约《从汉学到中国学》,中华书局,2007年版。

[66][英]特雷·伊格尔顿《二十世纪西方文学理论》,伍晓明译,北京大学出版社,2007年版。

[67]叶琳《现代日本文学批评史》,上海外语教育出版社,2008年版。

[68]叶国良、陈明姿《日本汉学研究续谈:文学篇》,朱秋而译,华东师范大学出版社,2008年版。

[69]黄遵宪《日本杂事诗广注》,钟叔河主编《走向世界丛书》,岳麓出版社,2008年版。

[70]王韬《扶桑游记》,钟叔河主编《走向世界丛书》,岳麓出版社,2008年版。

[71]罗森等《早期日本游记五种》,钟叔河主编《走向世界丛书》,岳麓出版社,2008年版。

[72]周作人《知堂回忆录》,安徽教育出版社,2008年版。

[73][日]德富苏峰《中国漫游记》,刘虹译,张明杰主编《近代日本人中国游

记》丛书,中华书局,2008年版。

[74][日]吉川幸次郎《我的留学记》,钱婉约译,张明杰主编《近代日本人中国游记》丛书,中华书局,2008年版。

[75]李渔《闲情偶寄窥词管见》,杜书瀛校注,中国社会科学出版社,2008年版。

[76][以色列]艾森斯塔特《日本文明:一个比较的视角》,王晓山、戴茸译,商务印书馆,2008年版。

[77]朱晓进《中国现代文学史研究的视域》,人民文学出版社,2008年版。

[78][日]坂木太郎《日本史》,汪向荣、武寅、韩铁英译,中国社会科学出版社,2008年版。

[79]叶渭渠《日本文学思潮史》,北京大学出版社,2009年版。

[80]罗云锋《现代中国文学史书写的历史建构》,法律出版社,2009年版。

[81]严绍璗《日本中国学史稿》,学苑出版社,2009年版。

[82]程光炜《文学史的兴起》,河南大学出版社,2009年版。

[83]温潘亚《追寻文学流变的轨迹:文学史理论研究》,人民出版社,2009年版。

[84]唐代兴、左益《先秦思想札记》,四川出版集团巴蜀书社,2009年版。

[85]周振甫《古代文论二十三讲》,重庆大学出版社,2010年版。

[86][日]尾藤正英《日本文化的历史》,彭曦译,南京大学出版社,2010年版。

[87]李庆《日本汉学史第1部:起源和确立》,上海人民出版社,2010年版。

[88]沈国威《近代中日词汇交流研究:汉字新词的创制、容受与共享》,中华书局,2010年版。

[89]马新国《西方文论史》,高等教育出版社,2010年版。

[90]靳明全《日本文论史要》,中国社会科学出版社,2010年版。

[91][日]川本浩嗣《川本浩嗣中国讲演录》,北京大学出版社,2010年版。

[92]鲁迅《中国小说史略》,商务印书馆,2011年版。

[93][美]唐纳德·里奇《日本日记》,周成林译,上海译文出版社,2011年版。

[94][美]鲁思·本尼迪克特《菊与刀》,吕万和、熊达云、王智新译,商务印书馆,1990年版。

[95][日]加藤周一《日本文学史序说》,叶渭渠、唐月梅译,外语教学与研究

出版社,2011年版。

[96]陈平原辑《作为学科的文学史》,北京大学出版社,2011年版。

[97][日]铃木贞美《文学的概念》,王成译,中央编译出版社,2011年版。

[98]周作人《周作人译文全集》,上海人民出版社,2012年版。

[99][日]前野直彬《中国文学史》,骆玉明、贺圣遂译,复旦大学出版社,2012年版。

[100]刘毓庆、张小敏《日本藏先秦两汉文献研究汉籍书目》,三晋出版社,2012年版。

[101][日]内藤湖南《日本历史与日本文化》,刘克申译,商务印书馆,2012年版。

[102]王向远《日本之文与日本之美》,新星出版社,2013年版。

[103]邵毅平《中日文学关系论集》,上海古籍出版社,2013年版。

[104][日]苅部直、片冈龙:《日本思想史入门》,郭连友、李斌瑛等译,外语教学与研究出版社,2013年版。

[105][日]夏目漱石:《文学论》,张我军译,中国知识产权出版社,2014年版。

[106][俄]瓦西里·帕夫洛维奇·瓦西里耶夫《中国文献史》,赵春梅译,大象出版社,2014年版。

[107]王向远《和文汉读》,中央编译出版社,2014年版。

[108][日]古桥信孝《日本文学史》,徐凤、傅秀梅译,南京大学出版社,2015年版。

[109]黄人《中国文学史》,苏州大学出版社,2015年版。

[110]潘文东《日本近代小说理论研究——多维视域下的〈小说神髓〉研究》,北京大学出版社,2015年版。

[111]李声凤《中国戏曲在法国的翻译与接受》,北京大学出版社,2015年版。

[112][美]梅维恒《哥伦比亚中国文学史》,马小悟、张治、刘文楠译,新星出版社,2016年版。

后　记

当我终于修订完书稿，将之存入优盘，关上笔记本电脑时，本以为会得到盼望已久的如释重负，然而，此刻的感觉并非如此。从两次赴日本搜集资料、整理翻译，到书稿初成，再至交付出版，七年的时间如白驹过隙。蓦然回首，曾经以为辛苦繁复之事，已在不知不觉中融入我的生活，成为难以忘却的记忆。那些纷纭杂沓的书刊资料，也如故交般令人产生难以割舍之感。

每次翻阅日本文献，总有一种触动，即有关引文、注释之详尽，甚至达到极其烦琐的程度，以求将前人的研究成果毫发毕现地加以呈现。此种对学术的敬畏与尊重，成为阅读过程中无处不在的感动。此为研究之外的另一种收获，姑且也记录下来。

以七年时间从事日本汉学研究，实际上远远不够。此不仅由于日本汉学本身蕴藉的厚重，也因为研究对象出版于百余年前，无形中增加了资料搜集与翻译的难度。幸运的是，在学术之路上，始终得到前辈、师友及同人的热忱相助。因此，在完成书稿的过程中，也同时在经历着一场温暖的学术回顾之旅。

感谢北京外国语大学的魏崇新教授、张西平教授、石云涛教授、郭连友教授、邵建国教授、李雪涛教授。

感谢日本关西大学的沈国威教授、内田庆市教授，日本大东文化大学的高桥弥守彦教授。

此外，也要感谢严绍璗教授、王晓平教授、川合康三教授，我最初对日本汉学产生兴趣即源于其著述，而此后所做的种种努力，也得益于其对日本汉学的开拓之功。

本书所引日文文献为笔者所译，并承蒙北京外国语大学的日本专家松田贵博先生指正，本书所收录的《中国古文学略史》的跋文，为松田贵博先生所译，在此深致谢意。

本书编辑张韶闻老师为此书的出版进行了颇为耐心、细致的工作，在此谨致谢意。

尤其要感谢我的父母兄长、先生以及亲爱的女儿，感谢你们长久以来的支持与鼓励。

赵苗
2016 年 8 月于北京